# 탐라의 여명 *1*

**되살아나는 삼성신화**

# 탐라의 여명

## 1

### 되살아나는 삼성신화

이성준 지음

學古房

10년 전, 교직을 그만두며 나는 세 가지에 집중하려 했다.

해녀, 탐라의 역사, 제주민 의식과 제주어.

그리고 어쭙잖지만 제주어로 쓴 창작본풀이『설문대할마님, 어떵 옵데가?』와『탐라, 노을 속에 지다』를 출간했다. 또한 계획한 지 40년이 되던 재작년엔 해녀였던 어머니의 일대기를 그린『해녀, 어머니의 또 다른 이름』을 어머니 제사상에 올렸다.

이제『탐라의 여명—되살아나는 삼성신화』첫 권을 내놓는다.

순서로 보자면 이 책이『탐라, 노을 속에 지다』보다 먼저 나왔어야 했다. 하지만 탐라 건국 관련 사료를 찾을 수가 없었다. <삼성신화>가 전부라 해도 과언이 아닌 상황이라 역사소설을 쓸 엄두가 나지 않았다. 역사에 입각한 글을 쓰고 싶었던 나는 순서를 바꿀 수밖에 없었다.

탐라는 약 1500년 간 제주도를 중심으로 존재했던 나라다. 그런데도 나의 과문寡聞 탓인지 모르지만, 사료다운 사료를 찾을 수 없었고 연구서나 자료도 거의 없었다. 설혹 있다 해도 고려나 조선시대에 한정되어 있었다. 하여 탐라의 역사를 제대로 알기 위해서는 탐라가 아닌 고조선과 부여, 고구려, 낙랑 등 북방열국北方列國의 역사뿐만 아니라 1세기 초 중국과 한반도의 역사를 제대로 알아야 할 것 같아 많은 사료들을 찾아 읽었다. 그리고 해양과 대륙을 아우를 수 있는 관점을 세우기 위해 해륙사관海陸史觀에 대해서도 배웠다. 지난 10년이 그 시간이었다.

탐라의 역사는 대륙사관으로는 이해할 수 없는 면이 많다. 대륙적인 관점에서 보자면 제주도는 한반도 남쪽 한 귀퉁이에 있는 작은 섬에 불과하기 때문이다. 그러나 해륙사관에서 보면 제주도는 대륙과 해양의 중앙이라 할 수 있다. 그래서 탐라는 그 어떤 곳보다 번영을 누릴 수 있었다. 중국의 중화中華는 중국의 관점에서 자신들을 우선시하는 사상이지만, 제주의 중화는 대륙과 해양의 문화를 흡수 통합하는 사상이라는 점에서 중국의 중화와는 다른 것이었다.

『탐라의 여명』은 고구려의 두 번째 수도였던 국내성(현재의 집안) 주변과 서해 북방에 있는 해랑도海浪島를 비롯한 서해군도뿐만 아니라 제주를 무대로 한다. 이에 그치지 않고 백제, 신라, 왜(일본), 중국 영파, 안남(베트남)을 포괄하는 해양벨트를 무대로 하고 있다. 대륙적 관점이 아닌 해륙적 관점海陸的 觀點에서 제주를 바라보고자 했다.

『탐라의 여명』은 한 권으로 끝나지 않는다. 여섯 권으로 계획한 대하소설이다. 이런 사실을 미리 밝혀두는 것은 이미 여섯 권의 이야기를 얼마간 정리해두었기 때문이다. 그러나 정작 중요한 내용은 중국 대륙과 요동반도뿐 아니라 산동반도 일대와 황해 지역을 돌아본 후에 탈고할 생각으로 남겨두었기에 연차적으로 출간하려 한다.

1권은 고을나로 알려져 있는 탐라 고씨 시조 이야기다. 그러나 고을나의 이야기는 1권에서 끝나지 않고 6권까지 이어진다. 양을나나 부을나의 이야기도 마찬가지다. 세 주인공의 이야기와 만남, 그

5

리고 그 후의 이야기가 탐라 건국 직전까지 그려진다. 그러다 보니 자연스레 중국 대륙과 만주, 요동과 산동뿐만 아니라 해양에까지 공간이 확장된다. 공간만 확장되는 게 아니라 시간도 확장되니 고조선에서 부여, 삼국시대 초기까지 훑게 된다.

이 책 속에는 해륙사관을 정립하고자 노력하는 윤명철 교수, 제주 유민의 역사를 새롭게 정립하고자 하는 이영권 박사, 바다의 관점에서 제주를 바라보고자 하는 고용희 선생의 사상과 철학이 담겨 있다. 이 분들은 나에게 탐라를 제대로 보라고 자극을 주신 분들이다. <도서출판 각>의 박경훈 대표도 제주에 대해 관심을 가지라고 자꾸만 성화를 부리고 나를 추구리는(?) 또 한 사람으로 늘 자극을 준다.

또한 우리나라 역사를 반도 속에 가둬두지 말고, 주무대를 대륙으로 파악하라고 강조했던 역사학자 신채호·리지린·윤내현의 사상을 이 책에 담으려고 노력했다. 이 분들의 책을 읽으며 고개를 끄덕이는 정도가 아니라 무릎을 친 적이 많았다. 역사에 대해 문외한인 내가 이런 글을 쓰게 된 것도 통찰력과 혜안을 가지신 이런 선학들이 계셨기에 가능한 일이었다. 아울러 환단고기桓檀古記와 규원사화揆園史話를 읽으면서 우리나라 역사를 새롭게 인식하게 됐음도 밝혀둔다.

이 책이 나오기까지 곡절이 많았다. 여러 출판사에 출판 의뢰를 했으나 거절당했고, 거절 회신마저 받지 못한 적도 있었다. 그러던 중 동향 선배인 이성훈 박사에게서 써둔 원고 있으면 보내보라는 전화를 받았고, 이 박사의 주선으로 학고방 하운근 대표님을 알게 됐고, 출판지원금을 받아 출판하는 영광(?)까지 얻게 되었다. 하운근 대표님 이하 출판사 가족들의 적극적인 지원이 있었기에 가능했음은 두말할 필요도 없다.

학고방의 조연순 팀장님께 감사드린다. 비단 코로나뿐만 아니라 여러 이유로 만나보진 못했지만, 그녀는 최초의 독자로서 내게 많은 자극과 도움을 주었다. 그녀 덕분에 볼품없이 엉성했던 책이 책다워진 것 같다.

2020년은 유난스러웠던 해였다. 코로나19로 전세계가 아직까지 고통을 받고 있고, 개인적으로는 심근경색으로 심장에 스탠트 시술을 받기도 했다. 깜깜한 터널을 지나는 것처럼, 더듬거리느라 길게만 느껴졌던 한 해였다. 그러나 막상 지나고 보니 너무나 짧게 느껴지고, 이룬 것 하나 없이 지나는 것 같다. 이 책마저 발간하지 못했다면 그런 감정은 더욱 커졌을 것이기에 이 책은 나름대로 의미가 있는 책인 것 같다.

마지막으로, 아내 부복민에게 고맙다는 말을 꼭 해야 할 것 같다. 말없는 지원으로 글쟁이의 길을 갈 수 있게 도와주었을 뿐 아니라 덜컥 병자가 되었음에도 변함없는 손길로 돌봐준 은혜를 잘 알고 있다. 그렇지만 표현에 인색해서 표현하지 못했음을 이해해줬으면 한다.

사랑하는 나의 아이들(영은, 영주, 승우)에게도 사랑한다는 말을 전한다.

2020년 세모
백마산 기슭 만취재晚翠齋에서

# 차례

# 탈궁脫宮

1

도저히 있을 수 없는 일인데, 누군가 몸을 흔드는 것 같아 눈을 떴다.

깜깜절벽.

빛이라곤 없었다. 약하게일망정 늘 밝혀져 있는 문 앞의 등불도 꺼져 있었다.

무슨 일인가 싶어 버버리 아지啞持를 부르려 했으나 부를 수가 없었다. 누군가가 손으로 입을 막고 있었다.

순간, 가슴이 철렁 내려앉았다. 일이 터진 게 분명했다.

한밤중에 태자인 자신의 침소에 들어와 자신을 흔들어 깨우는 것도 모자라 입을 막고 있다면 예삿일이 아니었다. 급히 몸을 일으키려 하자 상대가 입을 막은 손에 힘을 주며 낮게 말했다.

"쉿! 아집네다. 소리 내지 마시라요."

아지라니? 벙어리 아지가 어떻게 말을 하고, 무슨 일이 있기에 아지가 이런 무엄한 행동을 하는지 알 수가 없었다. 그러나 그러저런 생각을 할 겨를이 없었다. 아지가 잔뜩 긴장한 목소리로 낮게, 재빨리, 상황을 알렸기 때문이었다.

"아무래도 변고가 있는 것 같습네다. 기러니낀 소리내디 마시고 날래 기침起寢하시라요."

그리곤 입을 막고 있던 손을 거두었다.

"변고라니?"

"소신도 거기까딘……. 길티만 무슨 일이 있는 건 분멩하니까니 날래 기침하시라요."

"무슨 일이간데?"

"소신도 잘 모르갔시오. 태자궁으로 군사들이 몰려오는 것 같습네다. 태자궁을 경비하는 군사들과 충돌하는 걸로 보건댄 태자 전하 신변이 위험한 것 같습네다. 기러니 날래 몸을 피하는 게 상책일 거 같습네다."

말을 하며 몸을 일으켜주었고, 몸을 일으키기 무섭게 손을 잡아 끌었다.

"옷은?"

"시간이 없습네다. 기건 냉중에 챙겨도 되니까니 날래 가시자우요."

그리고 보니 밖에서 소리가 들리는 듯했다. 소리는 그리 크지 않았지만 창검이 부딪치는 소리가 분명해 보였다. 한밤중에 그런 소리가 태자의 침실까지 들릴 정도라면 위여일발危如一髮이었다. 태자궁은 완전 격리돼 있었고 왕명 없이는 개미새끼 한 마리 얼씬하지 못하는 곳이 아닌가.

"불은 어찌 된 거네?"

"소신이 껐습네다. 변고가 생겼다믄 기래야 안전할 거 같고, 도주로를 확보할 수 있을 텐니낀."

"알았다. 앞장서라."

영影은 모든 게 의문투성이였으나 아지를 따르기로 했다.

태자궁에 들기 전부터 3년 가까이 투명한 그림자로 그의 곁을 지켰던 아지를 믿고 의지하는 수밖에 없었다. 만약 아지의 계략으로 사지死地에 내던져진다 해도 지금은 그를 믿어야 했다. 부왕父王께서 아지를 호위무사로 내리실 때는 그만한 이유가 있었을 것이고, 그에 대한 방비도 해놓았을 것이었다. 또한 벙어리라고 많이 놀리기도 했지만 그 누구보다 가까운 사람이었다. 구비·명이·석권(구명석)보다 영에 대해 더 많이 알 정도로 흉금을 털어놓았던 사람이었다. 벙어리라 말이 새지 않을 것이라 생각해서 누구에게도 말해서 안 되는 말까지 해왔으니깐.

"이똑으로……"

아지가 영이 드나드는 앞문이 아니라 자신이나 궁인들이 출입하는 곁문을 열더니 전방을 살피며 나섰다.

영은 아지를 따라 나섰다. 어둠에 익숙하지 않은 영을 위해 아지는 왼손에 칼을 든 채 오른손으로는 영의 왼손을 잡고 있었다.

밖으로 나오자 창검 소리가 좀 더 뚜렷해졌다. 몇몇은 벌써 안으로 들어서는지 발자국 소리가 나기 시작했다.

곧이어 중실휘仲室輝 장군의 목소리인 듯한 무장의 목소리가 태자궁에 울려 퍼졌다.

"태잘 잡으라. 여의티 않으면 베 버리라. 태잘 처리하는 사람은 공신이 될 거이다."

그 명령이 떨어지자 군사들이 움직이기 시작했는지 여기저기서 소리가 났다. 발자국 소리, 문을 부수는 소리, 비명이 들려왔다.

다리가 후들거렸다. 땀도 났다. 자다가 방금 일어났고 옷도 제대로 입지 않아서 춥기만 한데 등에서는 땀이 나고 있었다. 식은땀이었다.

영은 아지가 이끄는 대로 낯선 복도를 따라 걸었다. 한 번도 가본 적이 없는 복도였다. 태자궁에 이런 길이 있었다니. 꿈에서도 생각 못했던 길이었다. 그러나 아지에게는 익숙한 길인 듯 조금의 더듬거림이나 망설임도 없이 걸었다.

생각 같아선 뛰어서, 조금이라도 빨리 태자궁을 벗어나고 싶었다. 그만큼 무서웠다. 그러나 앞장선 아지가 안전을 확보한 후 길을 열고 있어 그럴 수가 없었다.

한 번도 가 본 적이 없는 복도를 돌고 돌아 건물 밖으로 빠져나오자 눈보라가 치고 있었다. 동짓달 눈보라가 소·대한 때보다도 맹렬하게 휘몰아치고 있었다.

"여, 여긴……."

영은 놀라지 않을 수 없었다. 어둠 속에서도 눈에 익은 자리였다. 아지한테서 무술을 익히는 무련장武鍊場으로 이어지는 곳이었다.

태자궁 북편 뒤쪽.

궁궐의 오물이나 궁인들의 시신을 밖으로 내보내는 북문 바로 앞이었다. 사람들의 발길이 거의 없는 곳이었고 궁인들도 꺼리는 곳이었다. 그런 만큼 남의 눈에 띄지 않게 무술을 연마하기에는 더없이 좋은 곳이라 아지와 비밀리에 무술을 연마해왔던 무련장 앞이었다. 그곳을 태자궁에서 바로 나올 수 있다니. 그곳은 태자궁과는 별개의 공간이라 생각하고 있었는데 바로 연결되어 있었다니. 믿어지지 않았다.

그러나 그런 놀라움도 잠시. 북풍한설 눈보라에 몸을 가누기조차 힘들었다. 침의寢衣 바람에 나온 터라 추위가 혹심했고 발을 옮길 엄두가 나지 않았다.

"이 눈보라에 어떻게?"

영은 아지의 손을 잡아당기며 말했다. 아무리 위급한 상황이라 해도 침의 바람으로 눈보라 속에 나설 수는 없었다. 더군다나 신발도 신지 않은 채였다.

그러나 아지는 조금의 망설임도 없이 손을 잡아끌었다. 그 손길은 단호했다. 이제 응석부릴 때는 지났다는 경고의 몸짓 같기도 했고, 죽음보다 더 두려운 게 있는 줄 아느냐는 힐난의 뜻을 담고 있는 것 같기도 했다. 그 서슬에 영은 아무 저항도 할 수 없었다. 아지가 말을 했을 때보다 더 큰 충격이 밀려들어 따를 수밖에 없었다.

버선을 신기는 했지만 신발도 없이 눈길을 가자니 여간 고역이 아니었다. 발이 시린 건 둘째 치고 눈길에 나서자마자 젖어버린 버선발로 걷자니 발을 옮길 때마다 발에 진물이 나는 것처럼 끈적거렸다. 또한 물기로 발이 미끄러워 빨리 걸을 수가 없었다.

그런 영의 고충을 아는지 모르는지 앞장선 아지는 손을 잡아끌기만 했다.

그러나 아무 말도 할 수 없었다. 두려웠다. 자신들의 뒤를 쫓아오고 있을지도 모르는 군사들이 두려웠고, 돌변해버린 아지의 태도도 두려웠다. 무슨 말을 했다가는 잡고 있던 손을 놓아버릴 것 같았다. 그래서 아무 말도 못한 채 끌려가기만 했다.

무련장은 멀었다.

눈보라 때문이기도 했지만, 쫓기는 몸이라 더욱 그랬다. 평상시에는 아지와 단둘이 산책하는 마음으로 오갔던 길이라 가깝기만 했었다. 그러나 지금은 멀기만 했다. 오늘 저녁 잠자리에 들 때까지도 태자궁이 너무 좁고 갑갑하다고 느꼈었는데 태자궁은 결코 좁은 곳이 아니었다.

허리가 아파오기 시작했고, 장단지가 팅팅 붓고, 발바닥이 감각을 잃어가기 시작했다. 더 이상 걷기 힘들 정도였다. 그때 드디어 무련장이 보였다.

무련장에 닿자 좀 쉬었다 가려는지 아지가 손을 놓았다. 그러더니 안쪽에 있는 시신보관소로 뛰어갔다. 그리고 잠시 후 다시 뛰어나왔다.

"이거 날래 입으시라요."

그러더니 무언가를 내밀었다. 옷이었다. 신발도 함께였다.

"뭔 옷이네?"

"소신의 옷입네다. 날래 입으시라요."

"기럼 너는?"

"소신 걱정 말고 날래 입으시라요. 시간 없습네다."

"아, 알갔어."

영은 아지가 시키는 대로 옷을 입고 신발을 신으려고 했다. 그런데 어둠 속이라 그런지, 자기 손으로 옷을 입어본 적이 없어서 그런지, 추위와 두려움에 몸이 떨려 그런지, 옷을 제대로 입을 수가 없었다.

아지가 도와주지 않았다면 옷을 입느라 눈 위에 뒹굴었을지도 몰랐다. 바지를 입기 위해 허둥거리고 있자니 아지가 바지를 펴 입

혀주었고, 침의 위에 저고리를 입히더니 바람이라도 들까 걱정스러
운지 옷깃을 여며주었다. 그리곤 자신이 신었던 버선인 듯 따뜻한
온기가 남아 있는 버선에 갓신까지 신긴 후 꼭꼭 여며주었다.

그때쯤 제법 가까이서 사람들의 소리가 들려왔고, 그들을 찾고
있는지 횃불이 어지럽게 날리고 있었다.

"날래 가시디요."

지금까지 손을 잡고 끌고 왔던 것과 달리 아지가 영의 등을 밀었다.

"내래 발자국을 지우며 가야 하니깐 날래 앞서시라요."

스스로 가지 않으면 영의 등을 떠밀어 버릴 듯 아지의 태도는
단호했다. 그 서슬에 영은 걸음을 옮겨 놓기 시작했다. 말을 듣지
않으면 자신을 내버려 두고 가버릴지도 모른다는 생각이 들어 아지
의 말을 듣지 않을 수 없었다.

그렇게 얼마를 가자 쪽문이 보였다. 한 번도 본 적이 없었지만,
영은 그 문이 무슨 문인지를 알 것 같았다. 궁 안에서 죽은 궁인들
의 시신을 내보내는 시구문屍口門이었다.

순간, 영은 멈칫했다. 아무리 다급하다 해도 그 문으로 나갈 수는
없었다.

"저거 시구문 아니네?"

"예. 시구문 맞습네다."

"긴데 어띠 뎌기로 가는 기야?"

"이 궁을 빠져나가는 길은 이제 저 문뿐이야요. 날래 가자우요."

"어띠 저 문으로 나간단 말이네?"

"시간 없습네다. 저 보시라요. 벌써 우릴 탖아 쫓아오고 있지 않
습네까?"

"기래도 어뜧게 저 문으로 나간단 말이네?"

"딕금 살아서 저 문을 빠져나가디 못하믄 조금 이따간 듁어서 저 문을 나갈디도 모릅네다. 날래 가자우요."

아지가 등을 떠밀었지만 영은 버텼다. 아무리 목숨이 경각이라 해도 시구문을 빠져나갈 수는 없었다. 그건 살아도 살아있는 게 아니었다.

"저 문을 빠져나가야 살 수 있습네다. 증조부 추모왕鄒牟王을 생각해 보시라요. 추모왕께선 부여에서 도망쳐, 듁음의 강을 용감하게 건너 이 고구려를 세우지 않았습네까? 그런데 태자께선 와 기렇게 못한단 말입네까? 기래도 추모왕보다는 나은 펜이야요. 목숨을 내건 채 깊고 차디찬 강을 건너는 건 아니잖습네까? 몸을 낮춰 문 하나만 통과하면 되디 않습네까? 시간 없습네다. 날래 앞장서시라우요."

아지는 증조부이신 태조 추모왕 일화를 들춰내며 결행을 촉구했다. 증조부가 죽음의 강을 건너 고구려를 세웠듯이 죽음의 문을 지나 새로운 세상으로 나가야 한다고. 상징적인 죽음의 제의를 거치지 않고선 새로움을 얻을 수 없다고.

그러나 영은 망설이지 않을 수 없었다. 강을 건너는 것과 시구문을 지나는 건 달랐다. 강과 시구문은 그 의미에서 엄청난 차이가 있었다. 시구문을 지나가는 순간, 다시 돌아올 수 없는 저승으로 떨어져 버릴 것 같았다.

"안 가시갔다믄 소신 혼자라도 가갔습네다."

정말 혼자 가버릴 듯이 아지가 앞으로 나섰다. 영은 철렁했다. 이런 상황에서 아지마저 떠나버린다면 영은 죽은 거나 다름없었다.

아무도 없이 혼자 힘으로 이 난국을 돌파할 수는 없을 것이었다.

"호위무사가 어딜 앞서가갔다는 거네? 뒤따르라."

영은 아지 앞으로 나서며 시구문을 향해 발을 떼어놓았다.

이제 방법은 하나뿐이었다. 죽음을 통한 재생. 증조부 추모왕이 그랬던 것처럼 자신도 죽음의 문을 통과해야 했다. 육신의 죽음이 아닌 정신적 죽음을 통해 다시 태어나야 했다.

영은 시구문을 향해 걸어갔다. 제의를 행하러 제단으로 이동하는 제사장처럼 엄숙한 걸음으로. 아지에게 떠밀려서가 아니라 자의로.

# 눈보라 속에서

2

태자궁을 빠져나오자 곧장 북으로 길을 잡고 뛰었다.

만약 변고가 생겼다면 궁궐은 물론 도성과 성문까지 봉쇄했을 터였다. 그러니 성벽과 가장 가까운 북쪽으로 피하는 게 발각될 염려가 가장 적을 것이었다.

또한 북문과 동문 중간쯤에 성을 빠져나갈 수 있는 비밀통로가 있다고 했다. 해자와 연결되어 있어 밖에서는 통로가 있는지 없는지 알 수 없는, 궁에서 대왕만 아는 비밀통로라 했다. 비밀통로를 만든 장인匠人들은 비밀을 지키기 위해 스스로 목숨을 끊었다고 했다. 대왕께서는 이런 일이 있을 줄 예감이라도 했는지, 태자궁에 들어가던 날 은밀히 아지에게 알려줬었다.

비밀통로로 성을 빠져나간 후 두 마장 정도 북쪽에 있는 우산禹山으로 피신할 생각이었다. 거기에 몸을 숨긴 채 상황을 파악한 후 그에 맞게 대처하는 게 가장 바람직할 것 같았다.

국내성은 동서남북으로 직방형이었다. 동쪽이 사백 보, 서쪽이 사백팔십 보, 남쪽이 오백사십 보, 북쪽이 오백 정도로 전체 둘레가 이천 보 정도였다. 서쪽의 통구하, 남쪽의 패수와 작은 개울은 자연적 해자垓字를 이루고 있고, 북쪽 벽과 동쪽 벽 바깥은 열 보쯤 되는 해자가 둘러져 있었다.

성벽에는 일정한 간격으로 성가퀴[馬面]가 동서로 열 개, 남북으로 열다섯 개 정도 설치되어 있었다.

문은 동서에 둘, 남북에 하나씩 있었는데 북문은 거의 사용하지 않았다. 유리왕이 국내성으로 천도한 이후 한 번도 사용된 적이 없다고 했다. 따라서 북문은 유명무실한 문이라 할 수 있었다. 그래서 소수의 군사들만 지킬 뿐 경계도 심하지 않았다. 그러나 전쟁 등의 위급 상황이 발생했을 때는 없어서는 안 될 문이었다. 모든 문이 봉쇄되거나 적군에게 포위됐을 때 유용성을 발휘하는 문이었다. 그 북문과 동문 사이에 비밀통로를 설치해두었던 것이었다.

북벽에 도착한 아지는 벽에 몸을 바짝 붙인 채 동북문과 북문 거리를 가늠해 보았다. 자신들이 숨어있는 곳이 대충 가운데쯤 돼 보였다.

위치를 가늠한 아지는 칼집으로 성벽 맨 아래쪽을 찔러보았다. 힘을 주어 밀면 움직이는 돌이 있을 것이라 했다.

그러나 아무리 밀어 봐도 움직이는 돌은 없었다. 낭패였다. 시간은 촉박하기만 한데 비밀통로 입구를 찾을 수 없으니 입이 바짝바짝 말랐다. 태자가 참다못해 말이라도 할까봐 중간중간 손가락을 입에 갖다 대며 조금만 기다려달라고 신호를 보내며 비밀통로 입구를 찾아봤지만 마찬가지.

'이럴 듈 알았으믄 대왕의 비밀서신이 당도했을 때 미리 확인이라도 해둘 걸……'

아지는 자신의 준비성 부족과 둔감함을 탓하지 않을 수 없었다. 모든 준비를 미리 해뒀으면 이런 낭패를 겪지 않았을 것이란 생각이 들자 대왕과 태자에게 송구해서 견딜 수가 없었다.

그런 송구함을 만회하기 위해서라도 어떻게든 비밀통로를 찾아야 한다는 생각에 범위를 넓혀 다시 칼집으로 밀어 보았다. 조금 전보다 더 힘을 주며 밀어 보았으나 결과는 마찬가지. 초조함을 넘어 두려웠다. 자신 때문에 태자가 위험에 빠질 수 있었다.

"지금 뭐하는 거네?"

태자가 더 이상 참지 못하고 동분서주하는 아지에게 물었다.

"쉿! 말씀하디 마시라요. 조금만 기다리믄 알게 될 기야요."

"기래도……."

"걱뎡하디 마시고 댬시만 더 기다려 듀시라요."

태자를 안심시키기 위해 그런 말을 하긴 했지만, 더 초초한 건 아지였다. 이제 더 이상 머뭇거렸다간 발각될 수 있었다.

아지는 다시 한번 비밀통로를 찾기 위해 움직이려다 멈칫했다.

혹시?

아지는 칼끝이 아닌 발로 성벽을 밀기 시작했다. 만약 돌 틈에 물이 스며들어 얼기라도 했다면 칼끝 정도의 힘으로는 꿈쩍도 안 할 것이란 생각이 들었기 때문이었다. 발로 밀어 보며 미세한 움직임을 감지해볼 생각이었다.

그렇게 발로 밀며 뒤로 물러서노라니 다른 성벽과는 다른 느낌의 돌 하나가 있었다. 아지는 재빨리 눈을 걷어낸 후 아래쪽을 밀어

보았다.

과연.

돌이 안쪽으로 밀리면서 사람 하나가 드나들 수 있을 만한 통로가 열렸다.

아지는 재빠르게 통로 안으로 기어 들어갔다. 큰 바위 두 개를 양 옆에 세우고 그 위에 커다란 바위를 얹어놓은, 마치 고인돌처럼 만들어놓은 공간이 있었다. 두세 명은 거뜬히 숨을 수 있을 만큼 넓었다.

통로를 확인한 아지는 다시 빠져나와 태자 곁으로 갔다. 그리고 말없이 태자의 손을 잡아끌어 통로 앞에 와서 낮게 말했다.

"대왕께서 은밀히 알려주신 비밀통롭네다. 날래 들어가시라요."

태자가 아지를 보기만 하며 머뭇거리자 아지가 다급하게 재촉했다.

"시간 없습네다. 기어서 날래 몸을 숨기시라요. 소신이 이미 들어가 봤으니 걱뎡 마시라요."

그제야 태자가 몸을 굽혀 통로 안으로 들어갔다.

아지는 자신들의 발자국을 칼집으로 지운 후 비밀통로에 들어갔다. 그리고 바위를 제자리에 밀어 넣었다.

어둠 속에서 숨을 고르며 돌 틈을 살펴봤다. 돌로 다 막혀 있는 듯 보이지만 어딘가에 틈이 있을 것이고, 그 틈이 바로 밖으로 나가는 길일 것이었다.

한참을 어둠 속에서 눈에 힘을 주고 찾노라니 희미하게 빛이 새어 들어오는 곳이 있었다. 입구 쪽에서 두어 걸음 오른쪽에 있는 돌 틈이었다. 돌의 크기는 안으로 들어올 때 돌 크기만 했다.

아지는 그 돌을 잡아당겨 보았으나 꿈쩍도 하지 않았다. 그렇다면 그 돌 역시 돌 틈에 얼음이 얼어서 움직이지 않을 확률이 높았다. 아지는 돌의 모서리를 잡고 상하좌우로 움직여 보았다. 대여섯 번을 방향을 바꿔가며 움직이노라니 어느 순간 돌이 움직이는 것 같았다. 확신에 찬 아지는 힘을 다해 돌을 끌어당겼다. 그러자 돌이 쏙 빠졌다. 돌은 끝부분을 사각으로 정교하게 다듬어 돌과 돌 틈 사이에 꼭 맞게 재단된 돌이었다.

돌을 완전히 빼내 밖을 내다보니 꽁꽁 언 해자가 내려다보였다.

아지가 먼저 빠져나온 후 태자를 돌 틈 사이로 빼낸 후 돌을 잡아당겨 제자리에 놓았다. 그리고 북쪽을 향해 있는 힘을 다해 뛰었다. 다행히 들키지 않았는지 아무 소리도 들리지 않았다.

있는 힘을 다해 산 입구에 도착한 두 사람은 나무 밑에서 잠시 쉬었다. 숨이 막혔고, 가슴이 터질 듯 방망이질 쳤고, 다리가 후들거렸다. 무사히 도망쳤다는 안도감이 사람을 곤죽으로 만들고 있었다.

숨이 골라지자 아지 먼저 자리에서 일어섰다. 그러나 막상 일어서긴 했지만 막막하기만 했다. 어디로 가겠다는 작정이 없었기 때문이었다. 어떻게든 태자를 모시고 도성을 빠져나와야 한다는 생각뿐 그 이후의 일은 염두에 두지 않았었다. 그러니 아지의 생각은 비밀통로를 통해 도성을 빠져나오는 데서 멈춰있을 수밖에. 어렵게 도성을 빠져나오기는 했지만 막막하기만 했다.

몸을 피할 곳이 없었다. 그렇다고 도움을 청할 사람도 없었다. 상황을 정확히 파악하기 전에는 그 누구도 믿어서는 안 됐다. 그렇다면 방법은 하나밖에 없었다. 사람들로부터 멀리 떨어져 있어야 했다.

생각이 거기에 이르자 일단 산으로 몸을 피하기로 했다. 겨울 산이라 위험했지만 두 사람이 숨을 곳은 이제 산밖에 없을 것 같았다.

"이제 산으로 가야 합네다. 최대한 깊숙이……."

출발하기에 앞서 아지가 말했다. 시구문을 통해 궁에서 빠져나가고 비밀통로를 통해 도성을 탈출했으리란 생각을 하기는 좀처럼 하기 힘들 것이다. 그러나 결국은 두 사람의 족적을 찾아낼 것이고 추적해 올 것이었다.

아지는 일어서며 몸을 부르르 떨었다. 긴장이 풀려선지 땀이 식어선지 갑자기 한기가 몰려들었다. 특히 발이 시려웠다.

태자궁을 나설 때까지만 해도 아지는 버선에 갓신까지 신고 있었다. 그러나 태자에게 양보했다. 급히 도망치느라 태자는 맨발에 침의 바람이었다. 그런 그를 못 본 체 할 수가 없었다. 결국 옷과 버선, 그리고 갓신까지 내주고 자신은 시체보관실에서 눈에 보이는 대로 신고, 입고 나섰던 것이었다.

신발은 저승길 가는 궁인들을 위해 미리 마련해다 벽에 걸어둔 짚신이 있어 문제가 없었으나 옷이 문제였다. 입은 만한 게 있을 수 없었다. 궁인들이 입었던 옷도 궁인과 함께 묻어주거나 장례 후 불로 저승에 보내줬을 테니 옷이 남아있을 리 없었다. 생각다 못해 바닥을 뒤져보니 시신을 덮었던 듯한 천이 있었다. 그게 어떤 것인지 생각할 겨를도 없이, 그것만이라도 다행이라며 둘러쓰고 나왔던 것이었다. 그러니 발이 시릴 수밖에. 시린 정도가 아니라 아리고 쓰려오는 게 아무래도 언 것 같았다.

한 참쯤 산길을 오르자 더 이상 산을 오를 수가 없었다. 눈이 무르팍까지 차올랐다. 계곡 쪽으로 길을 잘못 들었나 싶어 주위를 점검해봐도 마찬가지였다. 그나마 그들이 가고 있는 쪽이 나은 편이었다.

"이제 어떻게 헐 거간?"

태자가 더 이상은 힘들겠다는 듯 처음으로 입을 열었다. 태자의
목소리를 듣는 순간 아지는 반가웠다. 모든 게 마음에 안 드는지,
삐쳤는지, 화가 났는지, 한 마디도 없더니 드디어 입을 열었기 때문이
었다. 목소리로 봐서는 화가 난 것 같진 않았다. 그렇다고 응석부리거
나 떼를 쓰는 것 같지도 않았다. 그냥 궁금한 걸 묻는 목소리였다.

마땅히 대답할 말이 없었다. 막연히 산속에 숨어야 한다는 생각
만 했던 그에게 산속에서 살 방도를 찾아내란 건 잔인한 일이었다.
그러나 태자의 입장에서는 오직 아지를 믿고 따라나섰으니 아지에
게 묻는 수밖에 다른 방법이 없었을 것이었다. 태자야 궁에 갇혀
있었으니 세상을 전혀 모르지만 아지는 궁에만 갇혀 있는 몸이 아
니었기에 세상을 알 만큼 알 것이라 판단했을 것이었다.

그러나 모르기는 아지도 마찬가지였다. 무술 훈련을 위해 산야를
제법 돌아보기는 했지만 아지 또한 남의 도움으로 생활을 해왔던
터라 그러저런 사정을 알 리 없었다. 다만 태자보다 나을 것이라
생각하고 겨울 산 속으로 들어왔는데, 들어오고 나니 모든 게 생소
하고 막막하기만 했다.

아지는 얼른 대답할 수 없어 망설였다. 그렇다고 태자에게 있는
그대로, 아무런 대책도 없다고 말할 수는 없었다. 그래서 잠시 망설
이고 있자니 자신도 모르게 툭 튀어나오는 소리가 있었다.

"눈 속에서 살라허믄 궤(굴)을 찾아야갔디요."

"궤를? 어디서?"

"이제 찾아봐……"

그러노라니 또 한 가지 생각이 퍼뜩 지나갔다. 그래서 자신 있게

말했다.

"이렇게 큰 산에 궤 하나 없갔시오? 눈이 덮여서 분멩틴 않디만 여기서 멀지 않은 곳에 있을 기야요."

"기래? 기럼 날래 탖아보라우. 그냥 있다간 얼어듁갔어."

태자는 추운 듯 몸을 부르르 떨며 아지에게 매달리려 했다. 그러자 아지가 냉정하게 대답했다.

"같이 탖아야디 소신 혼자 어떻게 탖갔시오? 태잔 이데 어린애가 아닙네다. 스스로 탖아보시라요."

아지가 그러는 데는 나름대로 이유가 있었다. 그건 태자 혼자 살수 있는 힘을 길러주기 위해서였다. 자신이 언제 어디서 어떻게 될지 모르니 혼자 헤쳐나갈 힘을 길러줘야 했다. 그래서 족적도 지울겸 일부러 태자를 앞세웠던 것이었다.

시구문까지는 상황이 너무 다급하여 자신이 앞장섰지만 더 이상 그래서는 안 될 것 같아 무련장에서부터 앞장서라고 했었다. 그래서 시구문 앞에서 머뭇거리는 태자에게 일부러 모진 말을 뱉었던 것이고. 태자도 아지의 돌변에 처음에는 다소 당황하는 듯했으나 아지의 의도를 알아차렸는지 별다른 거부감 없이 따라 주었다.

그런 아지의 행동은 평상시 같으면 엄두도 낼 수 없는 일이었고, 태자 또한 그냥 당할 리 없었다. 자기한테 왜 그러냐고, 서운한 게 있냐고 엉겨붙거나 그래도 안 되면 묵과하지 않겠다고, 어디 감히 자기한테 이러냐고 난리를 쳤을 것이었다. 그런데 태자가 순순히 그의 말을 따르고 있었다. 따르는 정도가 아니라 혼자 내버려두고 도망이라도 칠까봐 전전긍긍하고 있는 듯했다. 이에 힘을 얻은 아지는 이제 깊은 산중에서 굴을 찾으라고 밀어붙이고 있었다.

"기치만 내가 어뜧게?"

"기건 소신도 모르갔시오. 소신도 이 산은 처음이라서리……."

밀어붙이는 김에 끝까지 밀어붙였다. 그래야 태자가 어떻게든 나설 것이었다.

"알갔어. 그 대신 아지도 같이 탖아보라우."

"알갔시오. 앞장서시구래."

아지는 다시 족적을 지우며 태자 뒤를 따랐다.

그러나 굴을 찾을 수가 없었다. 눈이 쌓이지 않은, 낮이라 해도 찾을까 말까였다. 그런데 눈 덮인 산속에서, 그것도 한밤중에 굴을 찾는다는 건 거의 불가능했다. 만약 동굴이 앞에 있다 해도 눈에 덮여 찾을 수가 없을 것이었다.

굴을 찾을 수 없자 눈이라도 피할 생각으로 큰 바위를 찾아 밑을 더듬었다. 그러나 두 사람이 들어갈 만한 곳은 없었다. 바위 밑 공간이 넉넉하면 눈보라를 가려주지 못했고, 눈보라를 막아주면 공간이 좁아 두 사람이 들어갈 수 없었다. 결국 아지는 태자를 혼자 바위 밑에 남겨둔 채 두 사람을 수용할 수 있는 공간을 찾아 나서기로 했다.

"여기 계시라요. 소신이 어뜧게든 탖아볼 테니까니 절대 움딕이디 말고 계시라요."

"아, 알갔어. 알갔으니깐 날래 돌아오라. 나 혼차 내버리지 말라."

"알갔시오. 기런 걱정 붙들어 매시라요."

"호위무사가 주군 곁을 비운다는 건 반역이지만 눈감아 줄 테니깐 날래 돌아오라. 알갔네?"

"알갔으니낀 걱정 마시라요. 기리고 이건……."

아지는 손에 들고 있던 칼을 태자에게 내밀었다. 자신을 위한 칼이 아니라 태자를 위한 칼인 만큼 태자에게 주는 게 맞을 것 같았기 때문이었다. 자신이 자리를 비운 사이에 무슨 일이 생기면 태자 스스로 방어하게 해야 했다. 그래서 사람들 눈을 피해 가며 검술이며 궁술, 창술, 마장마술을 가르쳐오지 않았던가. 이제 그간의 훈련 덕을 볼 시간이라고 여겨졌다.

그러나 태자는 아지의 그런 태도가 미심쩍은지 내미는 칼을 받을 생각을 안 했다.

"기걸 와 나한테 주네? 기건 아지가 가디고 있다 날 보호해둬야 할 칼이 아니네?"

"예. 기건 기렇디만 소신이 없는 동안 무슨 일이 있으믄 이걸로 막으시라요."

"혹시 날 버려두고 혼차 도망치는 건 아니갔디?"

"기럴 일은 없습네다. 기간 소신을 보고서도 못 믿으십네까?"

"못 믿는 게 아니라 아지 칼을 나한테 듀니까니 기렇디."

"기건 소신을 지키기 위한 칼이 아니라 태자 전하를 지키기 위한 칼이니깐 태자 전하께서 갖고 계시는 게 맞습네다."

"아, 알갔으니 간 듯이 돌아오라."

"예. 꼭 돌아올 테니깐 댬시만 기다시라우요."

아지는 태자를 최대한 안심시킨 후 발길을 돌렸다. 그러나 몇 발자국 못 가 태자를 돌아보며 재다짐을 받았다.

"거기서 벗어나믄 절대 안 되니깐 꼭 계시라요. 알갔시오?"

"응. 알았으니깐 날래 다녀오라."

그제야 아지는 몸을 돌려 은거할 만한 곳을 찾기 시작했다.

눈 덮인 산속에서, 그것도 한밤중에 두 사람이 은거할 만한 곳을 찾는다는 건 땅속 깊이 묻혀 있는 보물을 찾는 것만큼이나 어려운 일이었다. 그러나 태자를 살리기 위해서는 다른 방법이 없었다. 해서 불가능한 일인 줄 알면서도 찾아 헤맸다. 미끄러지기도 했고, 돌부리에 걸려 넘어지기도 했고, 가시나무에 긁히기도 했고, 눈 속에 빠져 허우적거리기도 했지만 멈출 수가 없었다. 그러나 두 사람이 은거할 만한 곳을 찾을 수는 없었다.

결국 희뿌옇히 밝아오기 시작하자 태자가 있는 바위 밑으로 돌아가려 했다. 그런데 너무 멀리 왔는지 태자를 숨겨둔 바위를 찾을 수가 없었다. 눈 덮인 산이라 거기가 거기 같아서 가늠조차 하기 힘들었다.

아지는 자신의 바보스러움을 탓하며 이번에는 태자를 숨겨둔 바위를 찾아 산속을 헤매기 시작했다. 날이 밝아오는 만큼 쉽게 찾으려니 생각했는데 오히려 날이 밝아오자 더 혼란스럽기만 했다. 밤과 달리 해가 떠오르기 시작하자 하얗게 눈 덮인 산은 하나의 모습이었다. 온 세상이 하나였다.

'이럴 둘 알았으면 나뭇가지라도 꺾어 표시라도 해둘 걸……'

그러나 곧 고개를 저었다. 그렇다고 태자 있는 곳을 표시해둘 수는 없는 일 아닌가. 그랬다가 추격군이라도 쫓아온다면 꼼짝 없이 당할 수밖에 없는 일 아닌가. 오히려 자신마저도 못 찾을 만큼 은밀한 공간에 숨겨두길 잘 했다는 생각이 들었다.

그런 생각이 들자 서두를 일이 아닌 듯싶었다. 기왕 나선 길이니 산 밑에 내려가서 정확한 상황을 파악해두는 게 좋을지도 모른다는 생각이 들었다.

그러나 다시 곧 고개를 저었다. 오래 자릴 비웠다간 태자가 참지 못해 밖으로 나설 것이고, 그리 되면 태자는 위태로울 수 있었다. 군사들이 아직 그들을 쫓아오지 않는 것만도 다행이라 할 만했다.

아지는 희뿌염히 밝아오는 산을 바라보았다. 나무들에 가려 정확하지는 않지만 6부 능선쯤 되는 것 같았다. 태자와 헤어지면서 산세를 살펴본 바로 태자는 8부 능선쯤에 숨어 있었다. 산봉우리가 바로 눈 위에 있었었다. 그렇다면 조금 더 위로 올라가서 산세를 살펴봐야 할 것 같았다.

아지는 나뭇가지를 붙잡으면서 산을 올랐다. 이제 발과 다리, 손과 얼굴은 아예 얼어버렸는지 감각마저 희미했다. 나중에야 어찌되든 당장은 춥지 않은 것만도 다행이었다. 감각이 무뎌져 움직임은 자유롭지 못했지만 당장 추위를 느끼지 않으니까.

몇 번이나 미끄러지고 구른 끝에 8부 능선쯤에 오르자 산봉우리가 뚜렷이 보였다. 봉우리 모양을 좌표 삼아 한 식경쯤 헤맨 끝에 태자를 숨겨둔 바위를 찾을 수 있었다.

태자는 칼을 품고 앉은 채 자고 있었다.

밤에는 몰랐는데 밝은 날 보니 태자의 모습은 가관이었다. 침의 위에 입은 아지의 옷은 마대를 뒤집어 쓴 듯했고, 여기저기 긁힌 얼굴은 거지새끼가 따로 없었다. 발에 맞지 않게 큰 갓신을 신고 있는 모습은 아비의 신발을 끌고 길가에 나온 꼬맹이를 연상시켰다. 그런 중에도 쏟아지는 잠을 어찌 할 수 없는지 입을 푸푸 불며 자고 있었다. 누가 와서 업어 가도 모를 정도였다.

"태……."

아지는 태자를 부르려다 말고 가만히 태자 바깥에 앉았다. 밤새 산속을 헤매선지 몸이 천근만근이었다. 그렇다고 눈을 붙일 수는 없었다. 이제 태자의 목숨은 자신에게 달려 있었다. 그런 만큼 안전이 확보되기 전까지는 잠잘 수 없었다. 최소한 굴이라도 찾아 태자를 안전하게 모시고 난 후에 쪽잠이라도 자야 했다.

'태자가 깨면 알린 후에 산 아랠 다녀와야갔어. 상황을 알아야 뭘 해도 할 수 있을 테니까니……'

아지는 구비具備·명이明珥·석권昔捲을 만나볼 생각이었다. 그들은 태자의 지금 상황을 안다면 결코 모른 체하지 않을 것이었다. 다른 사람이라면 몰라도 그 세 사람은 태자를 위해서라면 목숨이라도 내놓을 것이었다. 태자와 세 사람은 비록 부모는 다르지만 친형제만큼이나 끈끈하게 지냈다. 그러니 그들을 찾아가 상황을 파악하는 한편 그들에게 도움을 청해야 했다. 그러기 위해선 몸을 좀 쉬어야 했다. 밤새 설원을 헤맨 몸을 좀 쉬어야 또 눈보라를 뚫고 나갈 힘이 생길 것이었다.

아지는 등을 바위에 기댄 채 다리를 뻗었다. 온몸이 칭칭 거리고 바람을 피하자 얼굴과 손이 녹는지 가려웠다. 그러나 못 견딜 정도는 아니었기에 무시하고 조용히 눈을 감았다.

'무슨 일이 터진 것일까?'

눈을 감자 어제 있었던 일이 주마등처럼 떠올랐다.

## 3

태자궁에 소리가 들리기 시작한 건 자시子時가 한참 지난 후였다. 자시를 알리는 궁궐의 북소리를 들은 게 한 식경쯤 전이었으니까. 그런 시각에 사람 소리와 병장기 소리가 난다는 건 결코 좋은 조짐이 아니었다. 태자궁은 별호군鱉虎軍이 특별 경비를 맡고 있는 곳으로, 왕명 없이는 그 누구도 출입할 수 없는 지역이었다. 그곳을 무단 진입한다는 것은 왕명을 어긴 모반죄에 해당했다. 그런 곳에 군사들이 밀려온다는 것은 변란이 일어났다는 뜻이었다. 특히나 왕의 밀명을 받은 후라 더욱 신경이 곤두섰다.

아지는 태자가 곤히 잠든 것을 확인하고 조용히 밖으로 나섰다. 정확하진 않지만 사람 소리와 병장기 소리가 맞는 것 같았다. 가만히 귀 기울이니 그 소리가 점점 가까이 다가오고 있었다. 아지는 긴장하지 않을 수 없었다.

'자시가 넘었는데 사람 소리와 병장기 소리가 난다는 건?'

그는 당장이라도 뛰어나가 눈으로 확인하고 싶었다. 그러나 생각과는 달리 그는 태자의 침실로 뛰어가고 있었다. 열흘 전쯤 대왕이 내린 밀명이 떠올랐기 때문이었다. 무슨 일이 있든 태자를 보호하는 게 우선이었다. 태자를 피신시키는 게 급선무였다. 아지는 머리털이 다 곤두서는 것 같았다.

계비繼妃와 중실씨仲室氏, 그리고 그 추종세력들은 호시탐탐 태자를 노리고 있었다. 대례大禮를 치른 후 이 년 남짓밖에 안 됐는데 계비는 태자를 눈엣가시처럼 여기고 있었다. 조정 관직을 독차지한 친정 세력을 등에 업은 계비의 눈에 태자는 눈엣가시일 수밖에 없었다. 왕자를 생산하든 못하든 태자를 제거하지 않고서는 자신의 미래를 보장받을 수 없었다. 왕은 정치에는 무관심한 채 난행亂行만을 일삼고 있었다. 그러니 그녀의 최고 정적은 태자였다.

그녀는 대례를 올린 후 줄기차게 태자를 고립시키려 했다. 왕과 가까이 있는 것마저도 불안한지 왕과 떨어놓으려 했다. 틈만 있으면 비집고 들어 태자를 왕과 떨어놓으려고 농간을 부렸다. 눈에서 멀어지면 마음마저 멀어지니, 그때를 이용하여 태자를 도모할 생각인 모양이었다.

그게 용이하지 않자 참언讒言과 모함謀陷으로 태자를 공격했다. 얼마나 집요한지 왕까지 두 손 두 발을 다 들 정도였다. 그리고 결국 계비가 승리했다. 태자를 별궁인 서궁西宮으로 내쫓았으니까. 올봄의 일이었다.

그때 대왕은 아지를 불러 말했었다. 태자를 제대로 보필하지 않는다고 모질게 질책한 후였다. 단둘이 할 말이 있으니 좌우를 물리라고 명한 뒤 대왕은 본심을 드러냈다.

"아직도 다른 사람들은 모두 버버리로 알고 있갔디?"

아지는 고개를 끄덕였다.

"기렇디. 기래야지. 긴데…… 딕금부터 내래 하는 말 잘 들으라. 기리고 하나도 어긋남 없이 행하고."

아지는 대왕을 바라봤다. 조금 전까지 호통을 치던 목소리가 아니었기 때문이었다. 무슨 이유인지는 모르겠지만 대왕의 목소리가 떨리는 듯싶었다.

"내래 태자를 떨어놓는 이유는 태자를 못 믿거나 미워해서가 아니야. 태자를 믿고 괴기 때문이야. 둘이 가까이 있다간 둘 다 위험해질 것 같아 떨어놓는 거니낀 목숨을 바텨 태자를 디키라. 우리 두 부자 중 하나는 살아서 고구려의 왕업을 이어야 하니낀. 내 말 알아 듣갔네?"

"……."

"내래 믿을 사람이 아무도 없어. 아니, 아무도 믿디 못 하갔어. 길티만 너만은 믿어서 이런 말을 하는 거니낀 나를 도와 달라. 나를 모시듯 태자를 모시라. 어미 얼굴도 제대로 못 본 태자가 아니네?"

"뼈에 새기갔습네다."

아지는 몸짓이나 눈짓이 아닌 말로 자신의 의지를 전하고 싶어 고개를 숙이며 대답했다. 대왕의 목소리가 떨림을 넘어 울먹이는가 싶더니 어느 순간 눈물을 흘렸기 때문에 그에 대한 대답만은 말로 하고 싶었던 것이었다.

"기래. 너그 할아바딘 추모왕을 도와 나라를 세우셨으니낀 너는 이 나랄 디키라. 기러기 위해 널 버버리로 속인 것이니끼니 내 뜻을 닏디 말라."

그날 이후 대왕은 태자를 찾지 않았다. 공식적인 석상에서 만나도 인사만 받을 뿐 대화를 나누지도 않았다. 태자를 미워하는 정도가 아니라 무시하고 배척하는 것처럼 행동했다. 그러나 그건 태자를 보호하기 위한 아버지의 뜨거운 거짓 몸짓일 뿐이었다. 대왕은 비밀리에 태자에게 자신의 속마음을 전하곤 했다.

태자궁을 지키는 병사들이 교대할 때 은밀하게 서찰을 전하곤 했다. 그 절절한 아버지의 사연은 태자와 아지를 울리기에 충분했다. 그렇게 뜨거운 냉정을 지속하더니 열흘 전에 아지에게 비밀지령을 하달했다.

仲室動趐(중실동력)

중실이 움직이고 걷고 있다?

중실仲室은 두 말할 것 없이 중실仲室 성姓을 가진 계비 일당이었다. '동動'는 '움직인다'는 뜻이 분명했다. 그런데 '역趐' 자가 문제였다. '걷다'는 뜻은 아닌 듯했다. 중실 씨들이 움직이고 있다는 사실은 이미 알려져 있지 않은가. 그런 뜻이라면 은밀히 내릴 필요가 없었다.

아지는 '력趐' 자를 몇 번이나 새겨봤다. 달릴 '주走' 자가 아니라 걸을 '력趐' 자를 쓴 이유가 있을 것이었다. 몇 번을 씹고 되씹다 아지는 무릎을 탁 쳤다.

'력趐' 자는 '걷다'란 뜻이 아니라 '온 힘을 다해 도망치라'는 파자破字임이 분명했다. 따라서 밀명은 '중실 씨가 움직이거든 온힘을 다해 도망치라'는 뜻이었다. 무슨 일이 있는지 모르지만 대왕은 피부로 무얼 느끼는 듯했다. 그러니 아지로서도 어떤 형태로든 대비책을 강구하지 않을 수 없었다.

태자에게는 비밀에 부치고 은밀하게 왕명을 수행하기 시작했다.

먼저 태자궁의 궁인들을 대폭 줄였다. 궁인들 중 계비와 연결된 사람이 있을 수 있었기 때문이었다. 핑계는 태자궁에 할 일이 없는 만큼 많은 궁인이 있을 필요가 없다는 것이었다. 눈과 귀를 줄이지 않고서는 비밀이 새나갈 수 있었다.

그리고 침방寢房도 여러 개를 준비하여 은밀하게 옮겨 다니면서 잠을 자게 했다. 태자에게는 그래야 태자궁에 정을 붙일 수 있다고 거짓말을 했다. 그리고 침방 주변에는 아지의 허락 없이는 그 누구도 출입하지 못하게 했다. 태자가 불면증에 시달리고 있으니 심기를 흩트리지 말라고.

그러나 태자궁을 지키는 군사들에 대해선 어떤 조치도 취할 수 없었다. 군사들은 왕명이 아니고서는 함부로 움직일 수 없었고, 대왕이 합당한 조치를 취했을 테니 괜히 긁어 부스럼을 만들 필요가 없는 것 같아 그냥 두었다.

만반의 조치를 취한 아지는 도주로를 확인해 두었다. 그러나 궁을 나선 후에 대해선 대비할 수가 없었다.

궁 밖은 그도 잘 몰랐다. 그렇다고 태자 곁을 비우고 궁 밖으로 나갈 수도 없었다. 삼총사 구명석에게 도움을 청할까 생각도 해봤으나 참았다. 파자破字로 뜻을 전한 대왕의 의중을 생각해서였고 그들이 안전해야 궁에서 벗어난 후의 일을 도모할 수 있었기 때문이었다. 일단 일이 터지면 어디든 숨어 구명석에게 연락을 취할 생각이었다.

그런데 눈보라치는 날 한밤중에 일이 터질 줄은 몰랐다. 군사들을 동원한다면 군사들을 움직이기 좋은 날을 택할 것이라 생각했었다. 그런데 악천후 속에 일이 터지자 막막하기만 했다.

아지는 어떻게든 구명석에게 연락을 취해야 한다고 생각했다. 그런데 연락 방법이 막막했다. 만약 변고가 일어났다면 그들에게도 군사가 들이닥쳤을 가능성이 높았다. 국내성國內城에서 태자와 그들의 관계를 모르는 사람이 없었다. 태자를 제거하기 위해 군사를 움직였다면 그들을 그냥 둘 리 없었다. 그러니 그들에게 접근하는 것도 신중해야 했다. 설불리 움직였다간 아지가 잡힐 수 있었고, 아지가 잡히는 날엔 태자도 무사하지 못할 것이었다.

아지가 구명석에게 접근할 방법을 고민하노라니 태자가 움직이는 기미가 느껴졌다.

"깨셨습네까?"

아지는 눈을 떠 자세를 고치며 태자에게 물었다.

"으응. 갔던 일은?"

"탖지 못했습네다. 기래서 삼총사 구명석을 찾아가 볼까 합네다. 가기 전에 전하께 알려야 할 것 같아 댬시 돌아왔습네다."

"기럼 딕금 또 간다고?"

"여기서 벗어날 방도를 탖아야 하지 않겠습네까. 먹을 것도 탖아봐야 하고……."

아지의 말에 태자는 대답하지 않았다. 잡고 싶지만 잡을 수 없음이 괴로운 것 같았다. 그렇다고 떼를 쓰거나 응석을 부릴 수는 더욱 없었을 테고.

"기다릴 테니깐 날래 돌아오라. ……몸됴심하고."

태자의 말에 아지는 울컥했다. 하룻밤 사이에 어른이 된 것 같은 태자의 말이 안쓰러웠다. 더군다나 몸조심하라고 당부하는 데는 울컥하지 않을 수 없었다. 비로소 조카나 동생이 아니라 주군을 모시게 되는구나 싶자 더 굳센 의지가 샘솟았다.

"알갔습네다. 소신이 어찌 일각이라도 전하 곁을 비우갔습네까? 바람처럼 다니올 테니깐 댬시만 기다리고 계시라요."

아지는 지금까지와는 다르게 깊숙이 머리를 숙여 인사드린 후 바위 밑을 벗어나 눈밭으로 발을 옮겼다. 눈보라는 계속 되고 있었고 발은 푹푹 빠졌으나 태자와의 약속을 지키기 위해 있는 힘을 다해 걸었다.

# 조우遭遇

4

다시 성안으로 들어갔으나 아무도 만날 수 없었다.

구명석의 집은 군사들이 포위하고 있었다. 수소문해 보니 구명석은 이미 잡혀갔다고 했다. 그러나 궁에서 일어난 일에 대해서는 아는 이가 없었다.

아지는 구명석 외에 그 가족이나 하인들에 대해서 아는 바가 없었으므로 연락을 취할 데가 없었다. 하는 수 없이 먹을 거나 구해 은신처로 돌아가려 했으나 그것마저도 쉽지 않았다. 길 곳곳을 군사들이 막아선 채 행인들을 일일이 검문하고 있었다. 아무래도 태자와 아지를 찾고 있는 것 같았다.

아지는 하는 수 없이 산발散髮에 짚신, 시신을 덮었던 천을 둘러쓰고 거지 노릇을 했다. 군사들의 의심을 살 수 있었기에 최대한 몸을 숨긴 채.

산속에 숨어 있기 위해서는 어떻게든 음식과 옷을 마련해야 했다.

그렇지 않고서는 오늘을 넘기기도 힘들 것이었다. 그런데 돈이 없었다. 다른 사람의 힘을 빌어야 했지만 쉽지 않았다. 눈보라가 치고 있어 장도 서지 않았고, 행인도 없었다. 그러니 아는 사람을 만날 수가 없을 수밖에.

그러나 그냥 돌아갈 수는 없었기에 동냥질을 하는 척하며 끈기 있기 기다렸다. 혹시나 아는 사람을 만날지도 모른다는 기대감보다는 다른 방법이 없었기 때문이었다.

오정午正을 넘기자 눈보라가 잦아들기 시작했다. 그러자 꽁꽁 닫혔던 문이 열리기 시작했고 사람들의 모습도 보이기 시작했다.

거지 노릇을 해본 적이 없는 아지는 땅에 엎드려 고개를 숙인 채 손바닥을 벌리고 있었다. 바가지라도 구해다 놓고 싶었지만 그마저도 쉽지 않았기에 어쩔 수 없었다.

그렇게 동냥질을 하고 있자니 한 여자가 그 앞에 멈춰 섰다. 신이나 의복으로 봐서는 귀족 처녀인 듯했다. 그러나 아지는 고개를 들지 않았다. 상대에게 얼굴을 보였다간 화를 자초할 수 있었다. 그래서 기어드는 목소리로 '한 푼만 줍세' 하고 말았다.

그러자 상대가 입을 열었다.

"이 튜운 날 이러다간 얼어 듁고 말디. 날 따라오라."

그러더니 앞장섰다. 아지는 켕겼지만 지금으로선 다른 도리가 없었기에 여자의 뒤를 따라갔다.

여자는 장 안쪽으로 길을 잡더니 계속 앞서 걸었다. 싸전을 지나자 오른쪽으로 틀었다. 그때쯤 꼬리를 밟는 게 느껴졌다. 사내 두엇이 따라오는 것 같았다.

칼만 가지고 있다면 사병 두엇 정도는 문제가 되지 않았다. 그러나 지금은 달랐다. 수중에 어떤 무기도 없었다. 그러니 틈을 보는 수밖에 없었다. 섣부른 행동은 금물이었다.

장에서 벗어나 민가 쪽으로 들어서는가 싶더니 여자가 갑자기 걸음을 멈췄다. 그러더니 날카로운 목소리로 물었다.

"넌 누구네?"

갑작스런 행동에 당황한 아지는 대답을 할 수 없었다. 여자가 무얼 묻고 있는지를 알 수 없었기 때문이었다.

"대체 누구간대 궁에서나 쓰는 물건을 뒤딥어쓰고 다니면서 거지 흉내를 내고 있네? 날래 본색을 밝히라."

아지가 뒤집어쓰고 있는 모포毛布를 아는 여자임이 분명했다. 그렇다면 여자나 뒤따르는 사람들도 궁과 관련이 있는 인물일 가능성이 높았다. 그렇다면 더더욱 쉽게 처리할 수 있는 상대가 아니었다. 해서 아지는 비굴하게 거지 행세를 계속하며 말을 하지 않았다. 그러자 여자가 충격적인 말을 뱉었다.

"엊저녁 국왕을 시해하고 도주한 놈이 있다더니 네 놈이 그놈이네?"

"예? 국왕이 시핼 당했시오?"

아지는 깜짝 놀라 부지불식간에 소릴 지르고 말았다.

"시치미 떼디 말라. 바른대로 대지 않았다간 네 놈 목이 성티 않을 기야."

여자가 하는 말로 보거나 앞뒤 정황으로 보아 자신의 신분을 밝히면 해칠 사람은 아닌 듯했다. 국왕을 시해한 시해범을 쫓고 있다면 왕과 태자 쪽 사람일 가능성이 높았다.

"기럼 태자래 어뜩게 됐댔시오?"

아지는 상대를 파악하기 위해 태자에 대해 물었다. 그러자 뒤따르던 자가 칼을 들이대며 으르렁거렸다.

"대왕을 시해한 것도 모자라 태자까지 들먹이다니……. 고저 이런 놈은 단칼에 베 버려야 합네다."

"가만. 태자 전하를 묻는 걸 보니 시해범이 분멩해. 끌고 가댜."

여자의 말에 두 사람이 거칠게 아지 두 팔을 비틀더니 그 중 하나가 낮게 주워섬겼다.

"반항하거나 도망틸 생각했다간 사명없이 베 버리갔어. 알았으면 순순히 가댜."

아지는 도망칠 생각은커녕 오히려 잘 됐다 싶었다. 만약 이들이 왕과 태자 쪽 사람이라면 일정한 도움을 받을 수 있을 것이었다. 그리만 된다면 태자도 목숨을 보전함은 물론 뒷일을 도모할 수도 있을 것임은 물론이고.

아지는 그들이 미는 대로 걸었다. 그러나 그들은 거칠었다. 중간중간 아지의 팔을 더 세게 비틀기도 했고 조금이라도 걸음이 이상하다 싶으면 으르렁거리길 멈추지 않았다.

그들이 아지를 끌고 간 곳은 솟을대문의 대갓집이었다. 대문 앞까지 경비하는 걸로 봐서는 권문세가임이 분명해 보였다. 그러나 궁 밖의 일을 잘 알지 못하는 아지로서는 그 집이 누구의 집인지 알 수가 없었다.

대문을 통과해 좌측으로 꺾더니 여자가 낮게 말했다.

"곳간에 가둬 두라. 내래 아바딜 만나고 올 테니낀."

아지는 이때다 싶었다. 아무도 없는 이때 자기를 알려야 했다. 시간이 흐를수록 태자가 위험해질 것이었다. 굶주림에 지쳐 바위 아래서 나올 수도 있었고, 너무 오래 안 가면 자기를 찾아 나설 수도 있었다. 이제 상대를 얼마간 파악했으니 신상을 밝히는 게 좋을 듯했다.

"태자 전하께선 무사합네다."

걸어가던 여자가 발을 딱 멈추더니 주변을 살피며 다가왔다.

"태자 전하께서 무사하시다?"

"예."

"넌 대체 누구네?"

"버버리 아지라고 들어보셨습네까?"

"버버리가 어떻게 말을 한단 말이네?"

"기렇게 됐습네다. 아버님이 뉘기신디?"

"기건 알 거 없고……. 니가 탐말로 버버리 아지란 말이네?"

"기렇습네다. 뎡 못 믿갔으면 아버님을 뵙게 해 주시구래. 아버님은 소신을 알지 모르니까네."

아지는 여자를 뚫어지게 쳐다보며 말했다. 자신의 눈빛을 통해 진심을 파악하기를 바랐다. 그러자 여자가 다소 누그러진 투로 물었다.

"기럼 구명석도 알갔네?"

"네. 잘 압네다. 구비, 개 구狗에 코 비鼻인데 갖출 구具에 준비할 비備를 쓰는 개코. 명이, 밝을 명明에 귀 이耳인데 밝을 명明에 귀고리 이珥를 쓰는 붉은귀. 마지막 한 사람은 석권으로 돌 석石 자에 주먹 권拳인데 옛 석昔에 말 권捲을 쓰는 돌주먹이디요."

"풀어드리라."

여자가 아지의 말을 다 듣더니 사내들에게 명했다. 그러더니 예를 갖춰 인사를 하며 말했다.

"무례를 용서하시라요. 내래 몰라뵈서리……."

"일 없습네다. 날래 어른을 뵙게 해듀시라요. 태자 전하의 일을 이논[議論] 드리고 싶습네다."

"알갔습네다. 가시구래."

아지는 여자를 따라갔다. 여자가 안내하는 대로 방에 들어가 보니 대로(對盧. 고구려 초기 문관의 두 번째 서열. 상가 다음으로 재무를 주로 담당했음) 을지광乙持珖이 앉아 있었다.

"아, 아니 자넨?"

"예. 버버리 아집네다."

"긴데 어뜧게 말을?"

아지는 왕과 자신 사이에 있었던 일을 간략하게 말했다. 그러자 대로가 고개를 끄덕이며 물었다.

"기러면 태자 전하께서도 무사하시갔디?"

"예. 기러니낀 내래 살아있디요."

"기래, 기래야지. 기렇고 말고."

대로가 기뻐하더니 아지를 쳐다봤다. 어찌 된 일인지를 묻고 있었다.

아지는 대충의 사연을 전했다.

"기래, 됐네. 더 이상은 자네나 나한테 이로울 게 없을 테니낀 말 안 하는 게 똫갔네. 나는 선왕의 사람이자 태자의 사람이라 어떤 일이 닥칠지 모르고, 그리 되면 자네나 태자가 곤경에 빠질 수 있으니 그만하면 됐네. 그 대신 언제라도 필요한 게 있으면 여기서 조달해 가게."

아지가 신중히 사연을 전하며 구체적인 언급을 피하자 대로가 말을 막았다. 더 이상 알고 알리는 건 피차에게 도움이 안 된다고 여기는 듯했다.

아지는 감격하지 않을 수 없었다. 태자의 안위를 위해 더 이상은 알지도, 알리지도 말자는 말엔 대로의 충심을 느낄 수 있었다. 폭군 밑에 충신이 없다고 했는데, 이런 충신을 가진 선왕은 결코 폭군이 아님을 증명하고 있었다.

짧은 만남을 뒤로 하고 아지는 다시 산으로 올랐다. 필요한 물품을 조달하고, 옷도 갈아입었다. 칼도 한 자루 얻었다. 그러나 은신처로 쓸 굴에 대해서는 어떤 말도 나누지 않았다. 은신처를 알려서는 안 됐고, 알 필요도 없었다. 그게 서로를 위하는 길이었다.

# 시해의 전말

5

모본왕慕本王을 시해한 사람은 두로杜魯다.

그러나 두로의 단독범행이 아니었고, 두로도 피해자일 뿐이었다. 국구國舅인 계비의 친정아비와 계비, 계비의 오라비 휘, 그리고 중실씨仲室氏들이 정권을 탈취하기 위해 왕을 시해한 것이었다. 그런데 왕을 직접 시해한 사람이 두로인 만큼 그에게 모든 걸 뒤집어씌웠던 것에 불과했다.

역사는 승자의 논리고 기록이다. 따라서 사실이나 진실과는 다를 수 있다. 사실/진실이 아닌 것이 역사로 둔갑해 있는 것이 어디 한둘인가. 그래서 '역사적 사실'이란 용어를 쓰곤 한다. 이 용어는 '역사에 기록된 사실/진실'이라는 좋은 의미로 쓰이기도 하지만, '역사에 기록된 사실일 뿐 진실이 아닐 수도 있는 사실'이라는 의미가 내포되어 있다고 해도 과언이 아니다.

낙랑樂浪을 멸망시킨 대무신왕大武神王은 왕자 해우(解憂. 훗날 모본왕慕本王)를 태자로 세운다. 재위 15년째인 신묘辛卯(서기 31)년 12월의 일이다. 그러다 12년 후인 재위 27년째 되던 해인 갑진甲辰(서기 44)년 10월에 왕이 승하한다. 그런데 태자인 해우가 왕위에 오르지 않고 대무신왕의 동생인 해색주解色朱가 왕위를 계승한다. 이유는 태자가 어려서 정사를 맡아볼 수 없었기 때문이라고 했다.

그러나 해우가 왕위에 오르지 않는 데는 그만한 이유가 있었다. 나이가 어려서는 아니었다. 그때 태자 해우는 상중이었다.

대무신왕이 세상을 떠나기 3년 전인 신축辛丑(서기41)년 3월에 태자비가 아들 영(影. 훗날 모본왕의 태자)을 낳고 사흘 만에 세상을 떠났다. 아내를 사랑했던 태자 해우는 아내를 잊지 못해 상실감을 술로 풀게 된다. 그러다 3년 만에 다시 아버지까지 잃게 되자 폐인이 되어갔다. 그에게 인생은 허무 그 자체였다. 그 허무감은 슬슬 광기로 나타난다.

그런 상황이라 왕실은 술렁거렸다. 왕위를 하루도 비워둘 수 없어 태자 해우를 설득했으나 왕위에 오르지 않겠다고 버티며 아버지 빈소를 떠나려 하지 않았다. 하는 수 없어 왕실은 태자의 뜻을 받아들여 대무신왕의 동생 해색주에게 왕위를 잇게 한다. 나이가 많아 오래 왕위에 있을 수는 없겠지만 태자 해우가 마음을 정리할 시간을 주자는 것이었다. 그 이가 바로 민중왕閔中王이다.

그러나 민중왕은 재위 5년 만인 48년에 승하한다. 이에 해우가 모두의 근심을 일소시키려는 듯 왕위에 오른다.

해우가 왕위를 잇고자 했던 것은 아들 영을 위해서였다. 어미도 없이 자란 아들을 천덕꾸러기로 살게 할 수는 없었다. 그래서 왕위에 오르자마자 아들 영을 태자로 세워 보호해준다.

그러나 해우가 왕위에 있는 동안 편한 날이 없었다. 삼촌이었던 민중왕의 권력에 빌붙었던 세력가들이 해우에게 끊임없이 도전했기 때문이었다.

민중왕이 왕위에 오르자 이제 왕위는 민중왕 자손으로 이어질 줄 알았던 신흥세력들은 자신들의 권력을 뺏길까 두려워하여 해우를 제거하기 위해 혈안이었다. 해우가 왕위에 오른 날부터 왕의 시해 계획을 세울 정도였다. 그럴수록 해우는 강하게 밀어붙였다. 아들을 위해 어떻게든 왕권을 확립해야 했다. 그것은 빠를수록 좋았다. 세력은 커지면 커질수록 뒷감당하기 힘든 것이었기에 과감하게 숙청의 칼을 휘둘렀다.

그럴수록 해우는 고립되어 갔다. 조정을 장악하고 있던 극씨克氏 세력은 왕 혼자 감당하기에는 버거운 상대였다. 조정뿐만 아니라 나라 곳곳에 뿌리내리고 있는 극씨 세력을 뽑아내는 데는 한계가 있을 수밖에 없었다. 혼자 힘으로 벅찬 왕은 자기 사람들과 머리를 맞대보았지만 별 뾰족한 수가 없었다. 극씨 세력은 제거하면 할수록 무성해지는 독초였다.

"이 기회에 중실仲室을 중용하심이 어떻갔습네까?"

어느 날, 극씨 세력 제거를 위해 머리를 앓고 있자니 대로對盧 을지광乙持珖이 말했다.

"조정은 극씨와 그 세력들이 다 장악하고 있는데 어떻게 중실씨를 중용한단 말이네?"

"기야 기렇디만 방법이 뎐혀 없는 것도 아닌 것 같습네다."

"방법이 전혀 없는 것도 아니라니?"

왕이 이해가 안 된다는 듯 되물었다. 그러자 지광이 상주上奏했다.

"마침 왕비가 안 계시니 왕비를 중실에서 맞으시면 될 듯합네다."

"뭐? 뭐라? 지금 뭐라 했소?"

왕이 놀랐는지 소릴 질렀다. 그러나 지광은 오히려 예상했던 바인지 차분한 목소리로 대답했다.

"춘추시대春秋時代 오패五覇의 한 사람인 초楚 장왕莊王은 삼년 동안이나 날지도 울지도 않았더랬습네다. 그러나 충신 오거伍擧의 직언에 정사에 매진하여 창궁蒼穹을 날아오른 결과 청사에 그 이름을 냉겼댔습네다. 소신이 대왕의 뜻을 모르는 바 아니나 지금이 구천에 날아오르고 천하를 향해 울 땝네다. 더 이상 실기하면 역사에 오점을 남기게 됩네다. 태자에게 굳건한 고구려를 물려주시려면 극씨를 일소해야 하는데 이이제이以夷制夷 외엔 방법이 없는 것 같습네다. 기러니 중실로 극씨를 잡은 후, 중실을 평정하십시오. 기러면 나라가 반석 위에 설 것입네다."

지광이 죽음을 각오한 직언을 하자 왕은 예상외로 차분히 들었다. 왕비를 얻어야 한다고 간諫하다 벼슬을 잃은 사람이 부지기수였고 목숨을 잃은 사람도 한둘이 아니었다. 모두가 극씨 쪽 사람들이어서 왕이 격분했는지도 모를 일이었다. 그러나 극씨도 중실도 아닌 지광이 죽음을 각오하고 직간直諫하자 달리 들리는 듯했다.

"왕비 문제를 거론하면 듁이겠다는 말을 기억하고 있갔디?"

"달 알고 있습네다."

"기럼, 이 자리에서 듁어도 여한이 없다는 말이네?"

"그러합네다."

"둏다. 기럼 듁여두디. 듁고 싶어서 안달하는 사람을 듁여두디 않으면 그것도 죄가 될 것……."

왕은 무슨 말인가를 더 하려는 듯싶더니 말을 멈춘 채 한참을 생각하는 것 같았다. 그러더니 무겁게 입을 열어 말했다.

"기럼, 대로가 태자를 디켜듀갔어?"

"……?"

"누가 이기든 이제부터 전쟁이 시작될 될 텐데 태자를 디켜 듈 사람이 필요하디 않갔네?"

"그 문제라면 크게 걱정하지 않아도 될 거우다. 태자가 비록 어리긴 하디만 제나라 맹상군을 존경하여 두루 인재와 사귀고 있으니 말입네다. 특히나 구비·명이·석권 등의 충성심 깊은 인재들이 태자 주변에 있으니 걱뎡하실 일이 아닌 것 같습네다. 소신 또한 목숨을 걸고 태자를 디킬 테니긴 대왕께서는 태자를 곁에서 디켜듈 호위무사 하나 정도만 붙여주믄 될 거 같습네다."

지광의 말에 왕은 얼굴을 밝혔다. 지광이 단순히 정치에 관심을 가지라고 간하는 게 아니라 왕의 심중을 이미 읽고 그에 대한 대비를 하고 있으니 믿음직스러웠다.

지광은 벼슬이 비록 대로對盧에 불과했지만 그 힘은 상가(相加. 고구려 초기 문관의 최고 지위. 행정 수반인 총리급)뿐만 아니라 왕마저 그를 어려워하는 존재였다. 출장입상의 전형인 인물로 부왕이신 대무신왕大武神王을 도와 한나라와 싸워 요동을 정벌함은 물론, 북방을 평정하고 낙랑을 멸망시킨 장본인이기도 했다. 그런 그였기에 마음만 먹었다면 상가나 대모달(大模達. 고구려 무관이 최고 지위) 자리도 꿰찰 수 있는 인물이었다. 그러나 그는 권세를 누리려 하지 않았고 낮은 자리에서 나라를 위해 일하려 했으니 중신들도 그를 신임함은 물론 두려워하고 있었다. 그런 그가 태자를 위해 목숨을 바치겠다니 그보다 더 든든한 일은 없었다.

이렇게 해서 왕은 대로 을지광에게 태자를 맡기기로 하고, 아지
란 호위무사까지 붙여 놓고 나서야 대례를 올렸다. 물론 이런 속사
정을 아는 사람은 왕과 지광뿐이었다. 2년 전인 재위 4년(서기 51)
봄 3월의 일이었다.

그러나 이 방책은 실패했다. 그리고 왕의 명을 재촉한 결과를 낳
았다.

중실씨로 극씨를 견제하고 제거하기는 했지만 중실의 득세는 극
씨보다 더 큰 폐해를 남겼다. 특히 태자를 제거하기 위한 계비와
중실의 중상모략과 참소는 끈질겼다. 왕도 얼마간 예상은 하고 있
었지만 그렇게 끈질기게 물고 늘어질 줄은 몰랐다.

처음에는 태자가 계비를 어머니의 예로 대접하지 않는다고 참소
했다.

"태자가 소첩을 예로써 대접하지 않으니 아마 소첩을 간음하려
는 것 같습네다."

계비가 처음 태자의 일을 입에 올렸을 때 왕은 당황하지 않을
수 없었다. 아버지의 여자, 그것도 왕의 여자를 간음하려 한다는
것은 역모죄보다도 더 큰 죄였다. 왕은 그게 뭘 말하는지 잘 알고
있었다.

낙랑을 멸망시키는데 일등공신인 호동好童이 자살한 것이 바로
원비元妃를 간음하려 한다는 참소 때문이 아니었던가. 계비는 원비
가 썼던 수법을 그대로 쓰려 하고 있었다.

"태자가 그럴 리 없디 않간? 태자 나이 이제 열한 살인데 기런
생각을 어찌 하간? 자기가 낳은 아이가 아니라고 미워하는 게 아니

간?"

그러자 계비가 읍소했다.

"대왕께선 자신의 아들인 태자를 두둔하는 것도 모댜라 아내인 소첩을 믿지 못하여 자식을 듁이려는 여자로 몰아붙이고 계시니 어찌 대왕을 믿고 살갔습네까? 차라리 폐위시켜 궁 밖으로 내보내 달라요."

계비가 하도 강하게 나오자 왕도 주춤하지 않을 수 없었다. 잘못 하다간 극씨들을 축출하고 궁궐을 장악하고 있는 중실씨들에 의해 자신과 태자가 축출당할 수도 있었다.

"알갔어. 알갔으니껜 시간을 둠 달라. 내래 알아서 처리할 테니 껜. 태자도 승복하지 않을 수 없는 방법을 탖아야 하지 않간?"

그렇게 말미를 얻은 왕은 태자의 처리를 놓고 고심했다. 계비의 참소를 받아들인다면 태자는 목숨을 보전치 못할 것이었다. 어느 누가됐든 왕비를 간음하려는 남자는 목숨을 보전할 수 없었다. 그 렇다면 다른 길을 찾아야 했다. 태자를 살릴 수 있는 절묘한 한 수 를 찾아야 했다.

결국 왕은 지광을 불러들였다.

"일이 이런데 어띠 하믄 똫갔소?"

왕의 하문에 지광은 물끄러미 왕을 쳐다보았다. 자식을 살리려는 아비의 고뇌가 가슴을 울렸다. 그러나 그라고 뾰족한 방책이 있을 리 없었다.

둘은 한동안 침묵 속에 앉아 있었다. 바직바직 소리를 내며 타는 등불보다도 그들의 가슴은 더 타고 있었으나 어떤 소리도 내지 않 았다. 겉은 고요하기 그지없으나 속에선 용암이 들끓어 폭발 직전의 화산과도 같았다. 그러나 그 고요는 오래 가지 못했다.

"내래……"

"소신이……"

두 소리가 동시에 터져 나왔다. 그리고 서로를 쳐다보며 쓴웃음을 지었다. 긴박한 상황인데도 두 사람의 웃음은 묘하게 닮아 있었다. 왕이 지광에게 먼저 말하라고 손을 내밀었으나 지광은 고개를 숙이며 대답했다.

"대왕께서 먼저 말씀해 보시구래."

"아니야. 대로가 먼저 말해보라."

"아닙니다. 소신을 그저 대왕의 말씀을 듣고자……."

"어허, 참. 고집부리디 말고 말해보라."

"아닙니다. 대왕의 뜻이 중요하디 소신의 뜻이 무슨 소용이갔습네까?"

"허 참, 기럼 이렇게 합세."

왕은 붓에 먹을 듬뿍 먹인 후 지광에게 내밀며 말했다.

"어디 우리 두 사람이 같은 마음인가 확인해봅세."

"기게 좋갔습네다. 소신도 대왕의 뜻을 알고 싶으니낀."

두 사람은 등을 돌리고 앉아 각각 글을 적었다. 그리고 앞으로 내밀었다.

'安置(안치)'

두 사람이 내민 죽간竹簡에는 같은 글자가 적혀 있었다. 두 사람이 다시 웃었다. 그러나 쓴웃음은 아니었다. 좀 전의 쓴웃음이 그새 굳은 의지로 바뀌어 있었다.

두 사람이 같은 뜻을 확인하자 일은 일사천리로 진행되었다.

먼저 서궁西宮에 담을 쌓았다. 다른 궁들보다도 더 높이, 견고하게. 그리고 출입문을 보통의 궁보다 한참이나 작게 만들었다. 함부로 사람들을 끌어들여 궁을 어지럽히는 태자를 징벌하기 위해, 외부와 차단하기 위해서라고 했다. 그리고 서궁을 지킬 경비병들을 훈련시켰다.

서궁이 별궁으로 꾸며지자 왕은 조서를 내렸다.

오늘부로 태자를 별궁인 서궁에 안치하고자 한다. 태자는 그간 제나라 맹상군을 따른다는 명목으로 궁으로 사람들을 불러들여 궁의 질서를 어지럽혔을 뿐 아니라 사람들에게 둘러싸여 아들의 도리를 다하지 않았다. 이에 폐위시킴이 마땅하나 계비가 눈물로 간청을 하니 그 뜻을 받아들여 태자의 위는 유지하게 한다. 그러니 태자는 짐과 계비의 뜻을 겸허히 받아들여 별궁에서 자숙하기 바란다.

별궁의 경계는 새로 조직한 별호군鱉虎軍이 맡고, 별궁에는 최소의 궁인들만 거주시킬 것이다. 태자의 교육을 담당할 일부 사람들만 출입을 허락할 뿐 왕명이 아니고서는 단 한 사람도 출입하지 못한다. 이를 어길 시는 모반죄를 다스릴 것이다.

왕의 조서는 단호했다. 태자를 완전 고립시키려는 것이었다. 그러나 태자와 지광, 그리고 아지와 구명석 정도는 왕의 뜻을 알고 있었다.

태자를 서궁에 안치시킨 왕은 안도하여 정사에 임할 수 있었다.

태자를 죽이지 못해 안달하던 계비도 잠잠해졌다. 그러나 그 잠잠함은 오래 가지 못했다. 태자를 놓친 계비와 중실씨들은 왕을 과녁으로 삼기 시작했다.

태자가 서궁에 안치되자 계비와 중실씨들은 바삐 움직였다. 말로는 서궁 안치지만 태자를 보호하기 위한 조치임을 그들이 모를 리 없었다. 왕의 묘수에 한 방 먹은 셈이었다. 더군다나 태자궁 출입을 금해 버림으로써 태자는 중실씨의 표적에서 완전히 벗어나 버렸다.

중실씨들은 분주히 뒷일을 논의했다. 그리고 계비에게 알렸다.

"아무래도 해우解憂을 도모해야 할 것 같습네다."

친정아비 입에서 왕을 없애겠다는 말이 튀어나왔을 때 계비는 놀라지 않을 수 없었다. 이젠 대놓고 반역을 하자는 얘기였다. 또한 왕을 없애겠다는 건 자신이 쓸모없게 됐다는 뜻이기도 했다. 정적이기 하지만 왕이 있었기에 자신이 존재할 수 있었다. 그런 왕을 제거해버리면 자기도 끝이었다. 또한 왕을 시해해 버리면 당연히 태자가 보위에 오를 것이었다. 그걸 어쩌란 말인가. 어쩌면 자신을 죽이고 젓을 담가 씹어 먹을지도 모를 일이었다. 그러니 당황할 수밖에.

"왕을 도모한다는 건?"

계비는 아비를 너무나 잘 알고 있었다. 한 번 하고자 하는 일은 어떻게든 해치우는 냉혈한이었다. 그러니 그의 의중을 정확히 파악하는 게 급선무였다.

"꿩 대신 닭이라 하디 않았습네까? 영을 없앨 수 없다면 해우解憂라도 도모해야디요."

"태자를 없애는 것과 왕을 없애는 건 다릅네. 만약 잘못되기라도 하믄……."

계비는 어떻게든 아비를 막고 싶었다. 이제 왕과 대례를 올린 지 2년밖에 되지 않았다. 지아비 없이 궁에서 평생 혼자 살 자신이 없었다. 설혹 거사에 성공한다 해도 마찬가지였다. 아비가 왕위에 오를 수는 없을 테니까.

"기건 걱정 마시라요. 그만한 방비를 안 해놓고 거사를 할 거 같습네까? 기러니 비妃께서는 내래 시키는 대로만 하믄 될 거우다."

친정아비가 털어놓은 계획은 충격적이었다. 왕의 신임을 한 몸에 받고 있는 상가 두로杜魯를 이용할 것이라 했다.

"그 사람은 왕의 사람입네다. 어띠 그 사람을 이용한단 말입네까?"

계비가 막고 나서자 그 아비는 크게 웃었다.

"왕의 사람? 궁궐에 왕의 사람이 어딨습네까? 궁궐은 이제 우리 중실씨의 천하입네다. 기러니 걱정 마시라요. 기거에 대한 대비도 다 해뒀습네다. ……들게."

친정아비가 밖을 향해 말하자 두로가 들어섰다. 혹시나 딸이 믿지 않을까봐 미리 데리고 왔던 것 같았다.

두로가 계비한테 인사를 올리자 계비는 상가 두로까지 자기 수중에 놓은 친정아비의 집요함에 다시 놀라지 않을 수 없었다.

"자, 이제 상가께 덕담이나 하시구래. 목숨을 바쳐 충성하려는 충신에게 그만한 보답이야 해야지 않갔습네까?"

친정아비는 너털웃음을 지었다. 그러나 계비는 오금이 저려 아무 말도 할 수가 없었다. 이제 모든 것이 자기 손을 떠난 것 같았다. 이미 구체적인 계획을 서로 나누었을 테니 멈출 수도 없는 노릇

아닌가. 그야말로 이미 호랑이 등에 올라타 있는 격[기호지세騎虎之
勢]이었다. 남편인 왕을 해하겠다면 혹시나 계비가 망설일지도 모른
다는 생각에 이미 빼도 박도 못하게 만들어 놓았음이 분명했다. 그
러니 이제 선택의 여지가 없었다. 아비가 시키는 대로 하는 수밖에.

"나와 내 아바디를 위해 목숨을 바틸 각오를 하셨다니 고맙습네
다. 은헨 닛디 않갔시오. 이번 일만 무사히 처리해준다믄 상가는
자손대대 우리와 함께 할 거우다."

"왕후의 은혜가 하해와 같습네다. 소신은 이미 둑을 각오를 하고
있으니 그에 대해선 아무 걱명 마십시오."

"고맙습네다. 기럼 어뚷게 왕을 처리할 겁네까?"

두로가 왕 시해 계획을 자세히 말했다. 복대服帶 속에 휘는 칼을
감춰 왕에게 근접한 후, 왕이 방심하는 틈을 타 없애겠다고 했다.
왕과 독대하는 경우가 종종 있으니 그때를 이용하겠다고.

"저 늙은인 딴 생각을 못할 테니 걱정 마시라요. 이미 가족을 인
질로 붙댑아 뒀으니낀."

두로가 나가자 친정아비가 말했다. 아무래도 믿을 수 없어 하는
딸의 표정을 읽은 게 분명했다. 하기야 모반을 계획하면서 그만한
대비를 안 했을 리는 없었다. 친정아비처럼 냉혹하다 못해 악랄한
인간이.

왕을 시해함과 동시에 태자궁을 공격하여 태자도 없앨 계획이라
했다. 태자를 없애지 않고서는 단 하루도 편할 날이 없을 테니 그게
최종 목표라 했다. 태자궁을 경비하는 별호군이 드세게 반항할 테
지만 대군大軍으로 한꺼번에 몰아칠 계획이라 했다.

그렇게 왕과 태자를 없앤 후에 고추가(古鄒加. 고구려 때 왕족이

나 귀족에게 준 칭호) 재사再思의 아들 궁宮을 허수아비 왕으로 세워 태후太后가 대신 정사를 보살피면 고구려는 중실씨의 나라가 될 것이라며 호탕하게 웃었다. 이미 나라를 다 가진 듯했다.

그리고 동짓달 열사흘, 왕과 독대하는 자리에서 드디어 상가 두로가 왕을 시해했고, 동시에 궁에 대기하고 있던 군사들이 태자궁을 쳤으나 태자는 도망쳤는지 행방이 묘연했다.

왕을 시해한 두로는 시해 현장에서 붙잡혔는데 계비의 명을 받은 군사들에게 무참하게 살해당했다.

그리고 계획대로 궁宮을 왕위에 올려 태후가 된 계비가 정사를 장악했다.

# 혈거穴居

6

대로의 딸 이름은 소옹素擁이라 했다. 그러나 아지는 소옹이라는 이름보다 자신이 붙인 미소微笑란 이름이 더 마음에 들었다.

대로와 얘기하는 동안 그녀가 흘리는 미소는 아지의 마음을 잡고도 남았다. 하얗고 갸름한 얼굴에 흐르는 소리 없는 미소는 아름답다 못해 숨이 막힐 지경이었다. 지상에서는 볼 수 없는 미소처럼 느껴졌다. 그래서 미소란 이름으로 기억하고 싶었다.

아지는 미소의 배웅을 받은 후 산에 올랐다. 헤어지기에 앞서 그녀가 조용히 말했다.

"태자를 모셔야 할 분이니깐 댜기 몸 먼뎌 탱기구래."

그래놓고는 부끄러운 듯 몸을 돌려버렸다. 처음 아지를 붙잡아 닦달할 때는 세상에 둘도 없는 악녀처럼 보였는데 보면 볼수록 지상의 여자가 아니었다.

아지는 힘들게 산을 오르면서도 지친 줄을 몰랐다. 헤어지기에 앞서 미소가 했던 말이 그를 밀어주고 있었고, 애타게 기다리고 있을 태자가 잡아끌고 있었다.

"만났구나?"

바위 밑에 가보니 태자가 초조하게 기다리고 있었다. 아지의 복장이 바뀌고 등에 지고 온 것을 보더니 태자가 반갑게 말했다.

"아니, 못 만났습네다. 대신, 을지광 대로를 만났습네다."

아지는 대충 산 아래 상황과 을지광을 만난 일을 얘기했다. 그리고 마지막에 대왕께서 시해당했다는 사실을 알렸다.

태자는 대성통곡을 했다. 사람들이 들을지 모르니 목소리를 낮추라 해도 듣지 않았다. 자기도 따라 죽겠다고 몸부림을 쳤고, 가지고 있던 칼을 뽑기까지 했다. 아지가 재빨리 막지 않았다면 줄초상을 치를 뻔했다.

그러니 태자가 우는 걸 막을 수 없었다. 아니, 막고 싶지 않았다. 아비를 잃은 마음도 마음이지만 아비까지 잃고 도망자 신세가 된 태자의 마음을 충분히 공감할 수 있었기 때문이었다. 자신도 겪었던 일이 아니던가. 그래서 태자가 하는 대로 놔두고 싶었다.

그러나 태자의 울음은 길지 않았다. 울음을 멈추고 한참 멍하니 앉아 있더니 드디어 입을 열었다.

"나 때문에 많은 사람들이 다티게 생겼구나. 기럼 안 되는데 ……."

"기건 태자 전하 때문이 아니야요. 계비를 비롯한 중실씨들의 야욕 때문이디요. 이제 대왕을 시해했으니 태자 전하를 끝까지 탓아 다닐기야요. 기러니 음식 돔 먹고 날래 자릴 옮기자우요."

궁궐 상황을 자세히 알지 못했기에 섣부르게 판단할 수는 없었지만 태자를 찾아 혈안이 되어 있을 것만은 불 보듯 뻔했다. 그러니 빨리 안전한 곳으로 피하는 게 상책이었다. 비록 대왕의 시해는 막지 못했지만 태자는 살려야 했다. 그래야 앞날을 기약할 수 있었다. 태자마저 살해되거나 잡힌다면 모든 게 끝장이었다.

태자가 대충 식사를 마치자 옷을 갈아입혔다. 침의를 벗기고 대로 집에서 가지고 온 옷을 입혔다. 그리고 가죽옷을 덧입혔다. 버선과 신발도 벗겨 새로 가지고 온 것을 신겼다. 옷이나 버선, 신발이 모두 조금 컸으나 활동하기엔 큰 문제가 없을 듯했다.

태자의 옷을 갈아입힌 아지는 옷들을 보자기 속에 담아 허리에 묶었다. 그리고 길을 나섰다. 산속은 일찍 밤이 찾아드니 빨리 굴을 찾아야 했다.

그러나 그날도 결국 굴을 찾을 수 없었다. 어두울 때까지 굴을 찾아 헤맸는데도 찾을 수가 없었다. 눈 덮인 산속에서 굴을 찾는다는 건 생각보다도 어려운 일이었다. 산중 어디엔가 굴이 있을 터인데 찾을 수가 없었다.

아지는 또 태자와 바위 아래서 잤다. 그래도 오늘은 두 사람이 들어갈 수 있는 바위 밑을 찾을 수 있었고, 대로 집에서 가지고 온 의복을 입고 있어서 어제보다는 나았다.

그러나 추위 때문에 깊은 잠을 잘 수가 없었다. 자다간 깨고, 자다간 깨곤 했다. 어제와는 다른 추위가 온몸을 엄습했다.

어제는 목숨이 경각이라 밤새 도망을 다니느라 추운 줄도 몰랐었는데, 상황이 조금 나아지자 추위가 몰려들었다. 가죽옷으로 바꿔입고 갓신까지 갖춰 신었는데도, 두 사람이 바싹 붙어 앉았는데 추위는 어제보다 더 했다. 불을 피우지 않고선 잠을 잘 수가 없었다.

그러나 불을 피울 수는 없었다. 불을 피우는 순간 발각되고 말 터였다.

'아무래도 불이 없으면 안 되갔어. 미소에게 굴을 좀 알아봐 달라고 해야갔어.'

아지는 날이 새기만을 기다렸다. 추위에 떨면서도 미소의 미소를 생각하노라니 견딜 만했다.

## 7

소옹은 아지를 보내놓고 한동안 자리를 뜨지 못했다. 이 추위에 산속에서 떨 걸 생각하니 쉽게 자리를 뜰 수 없었다.

'어쩌다 한 번 본 사람을?'

소옹은 자신을 탓해보았다. 겨우 한 번 봤을 뿐인데 마음을 뺏겨버린 자신이 미웠다.

소옹은 아지를 처음 봤을 때를 떠올렸다.

거지 행세를 하고 있었지만 아지는 남달랐다. 덮고 있는 모포 때문만은 아니었다. 비록 궁의 물건이라 할지라도 모포는 낡고 색 바랜 것이었다. 군데군데 구멍까지 나 있어 누더기나 다름없었다. 그런데 가끔씩 주위를 살피는 아지의 눈매가 예사롭지 않았다. 잠시 잠깐이었지만 그의 눈빛은 형형하기 이를 데 없었다.

소옹은 가던 길을 멈추고 몸을 숨긴 채 거지를 살폈다. 분명 예사 거지는 아닌 듯했다. 몸이 떨렸다. 어젯밤 궁에서 있었던 일과 관계 있는 인물이 분명해 보였다.

소옹은 가던 길을 되짚어 집으로 향했다. 대왕을 시해한 인물이면 혼자 힘으로 감당하기 어려울 것이란 생각이 들었다.

소옹이 날랜 수하 몇을 데리고 다시 그곳에 가보니 거지가 없었다. 눈치채고 도망가 버렸는가 싶어 급히 찾다보니 피륙전 앞에 엎드린 채 구걸을 계속하고 있었다.

"예서 기다리다 내가 유인할 테니 따라오기오."

소옹은 수하들을 대기시킨 후 혼자 거지 앞으로 갔다. 그리고 말을 걸자 눈을 들어 소옹을 쳐다봤다. 눈이 마주치는 순간 소옹은 철렁했다. 눈빛은 날카롭고 빛났으나 대왕을 시해한 대역죄인의 눈빛치고는 너무 선량했다. 또한 이목구비가 너무나 수려했다. 귀공자임이 분명했다.

'시해범이 아닌 게 분명해.'

소옹은 자신도 모르는 새에 단정 지어 버렸다. 그러나 곧 머리를 흔들었다.

'아니다. 시해범이라고 얼굴에 쓰고 다니는 건 아니다. 이 잔 대왕을 시해하고 도망틴 자가 틀림없어.'

소옹은 사내에게 끌리는 자신을 억누르기 위해 될 수 있는 한 모진 마음을 먹었다. 궁에 있는 대왕을 시해할 정도라면 대왕 측근일 테고, 그런 사람이라면 그만한 기품을 지니고 있을 게 분명했다. 그런 만큼 흔들려선 안 됐다.

시해범을 포박하여 집으로 끌고 가는 도중에도 자꾸만 마음이 흔들렸다. 대왕을 시해한 시해범이라 하더라도 용서해주고 싶었다. 여자의 미모가 무기일 수 있음은 역사가 증명해주는 사실이지만, 남자의 용모도 그에 못지않게 무기일 수 있다는 사실이 새로웠다.

'그래 봤자 대왕을 시해한 대역죄인일 뿐이야.'

소옹은 자꾸만 끌리는 자신을 다잡기 위해 대역죄인이란 단어를 곱씹었다. 그런데도 자꾸만 대왕을 시해했다면 그만한 까닭이 있을 것 같았다. 그 이유를 물어보고 싶었다.

광에 가두려 하자 자신은 태자의 호위무사 아지라고 밝히는 순간, 소옹의 가슴이 철렁 내려앉았다. 숨도 쉬기 힘들었다. 아지라면, 정말 아지가 맞다면 아버지가 그렇게도 아쉬워하던 바로 그 사람이었다.

아버지는 태자 얘기를 할 때마다 아지를 입에 올렸었다.

"내래 남잘 숱하게 봤디만 아지 같은 남잔 아덕 없었어야. 버버리가 아니었다믄 당장 사위 삼았을 기야. 허기사 버버리가 아니었다 해도 태자에게 묶은 몸이니 쉽딘 않갔디만……."

아쉬움이 큰지 아버지는 앞에 앉은 소옹을 물끄러미 쳐다보곤 했었다. 그 눈빛엔 '우리 소옹이 배필은 어디 있을꼬? 날래 시집보내야 할 낀데.'란 말이 담겨 있곤 했다.

그런데 벙어리인 줄 알았던 아지가 벙어리가 아니었다. 더군다나 전사戰死한 큰오라비를 닮아있었다. 아니, 큰오라비를 빼다박은 듯했다. 아버지가 아지에게 끌리고 아지가 벙어리인 것을 아쉬워한 이유를 알 것 같았다. 아버지는 전장에서 죽은 아들을 땅에 묻지 못하고 당신의 가슴에 묻어두었음이 분명했다.

아버지와 얘기하는 모습을 보며 자꾸만 큰오라비가 아버지와 얘기하는 것 같은 착각이 들었다.

큰오라비는 자기보다 열 살 위여서 오라비가 아니라 아버지처럼 여겨졌었다. 또 아버지는 엄해서 쉽게 다가설 수 없었지만 오라비는 달랐다. 온갖 애교와 어리광으로 오라비를 사로잡을 수 있었다. 오라비는 그런 소옹이 좋아 죽겠는지 보기만 하면 안고 뽀뽀하고 토닥거렸다. 심지어는 목욕까지 직접 시켜줄 정도였다.

'난 오라비 같은 사람과 혼인할 기야.'

소옹이 큰오라비 같은 사람을 배필로 삼겠다고 다짐했던 건 너무나 당연한 일이었다.

"소옹이 니가 둠 챙겨주라."

소옹이 두 사람의 대화를 들으며 옛 생각에 잠겨있자니 아버지가 말했다. 순간, 소옹은 도둑질하다 들킨 사람처럼 깜짝 놀랐다. 아버지의 말이 '아내인 니가 둠 챙겨주라.'라고 들렸기 때문이었다.

"와 기리 놀라네? 옷가지며 음식을 둠 챙겨줘야 하지 않간?"

소옹은 얼굴이 확 달아오르는 것 같아 예! 소리와 함께 자리에서 일어서고 말았다. 평상시 같으면 문밖으로 아버지의 웃음소리가 터져 나왔을 텐데 상황이 상황인지라 웃음소리는 들리지 않았다. 그것만으로도 다행이었다.

모르긴 몰라도 아버지는 소옹의 마음을 읽고 직접 챙겨주라고 했을 것이었다. 안 그랬다면 아랫사람들을 시켜도 충분한 일이었다. 그런데도 소옹에게 직접 챙겨주라고 한 걸 보면 아버지의 의중을 짐작하고도 남음이 있었다.

소옹은 태자와 아지에게 필요한 물품들을 꼼꼼히 챙겼다. 올케들에게 부탁해 필요하겠다 싶은 것은 하나도 빠짐없이.

그렇게 다 챙겨놓고 보니 한 짐이었다. 쫓기는 몸에 그 많은 걸 가지고 간다는 건 불가능해 보였다. 하는 수 없이 소옹은 수하를 불러 우산 입구에 있는 집 하나를 물색해보라고 일러 보낸 후 태자의 옷가지와 먹을 것만 따로 챙겼다. 아지의 옷은 아예 갈아입고 가라고 다른 보자기에 묶었고.

누더기를 벗고 큰오라비 옷을 입고 나선 아지는 큰오라비가 환생한 듯했다. 아버지도 놀라운지 입을 딱 벌렸고, 어머니와 큰올케는 아예 주저앉을 정도였다.

"시간 없으니낀 날래 모셔드리라."

아버지는 그런 소요를 잠재우려는 듯 소옹을 재촉했다.

"무탈하시라요. 나중에 또 뵙갔습네다."

아지가 하직인사를 하자 아버지도 무너지는지 아무 말도 하지 못했다. 그 모습은 큰오라비가 살아생전 아버지 곁을 떠날 때 했던 그대로였기 때문이었다. 아버지도 속으로 울고 있음이 분명해 보였다.

집을 나선 후 어떻게 우산禹山 입구에 있는 사냥꾼 집까지 갔는지 생각나지 않았다. 소옹의 가슴은 아지에 대한 생각으로 꽉 차 있었다. 수하들은 중실씨 군사들의 눈을 피하기 위해 바삐 움직였지만, 그에 따라 소옹과 아지도 분주히 움직였지만 현실이 아닌 꿈속의 일인 듯 막연하기만 했다. 실감할 수 없는 시간이었다.

그러나 사냥꾼네 초가집에 닿자 현실이 엄습했다. 아지와 헤어져야 할 시간이었다.

"이 집이 앞으로 우리가 만날 집이야요. 사냥꾼이 홀어미를 모시고 사는 집이니낀 사람들 눈 피하기도 좋고, 발자국을 남겨도 괜찮을 기야요. 기러니 이 집을 접선 장소로 삼댜고요."

아지가 잘 알았다는 듯 고개를 끄덕이며 돌아서려 했다. 순간, 소옹은 자신도 모르는 새에 한 마디를 덧붙여 버렸다.

"태자를 모셔야 하니깐 자신 몸부터 탱기시라요."

그래놓고 돌아서 버렸다. 그 말은 하지 말았어야 할 말이었다. 그러나 이미 뱉어버린 말이라 주워 담을 수도 없었다. 부끄러움이 밀려와 소옹은 아지를 다시 볼 용기가 나지 않았다.

그렇게 아쉬운 이별을 하고 집으로 돌아오니 아버지가 초조하게 기다리고 있었다.

"달 보낸?"

"예. 안전하게 산으로 떠나수다."

"기래, 곤할 테니 가서 쉬라."

아버지가 말을 마치더니 돌아서려 했다. 그러자 소옹이 다급하게 아버지를 불렀다. 와? 하고 아버지가 물었다. 그러나 소옹은 아무 말도 할 수 없었다. 무슨 말을, 어떻게, 아버지한테 한단 말인가. 아버지 마음도 소옹이나 다르지 않을 텐데. 말하지 않아도 아버지는 벌써 느끼고 있을 텐데.

"아, 아닙네다. 아바디도 쉬시라요."

소옹은 아버지 얼굴을 볼 수 없어 얼른 자리를 피해 버렸다.

밤이 되어 잠자리에 들었지만 잠을 이룰 수 없었다. 태자도 걱정이었지만 아지 걱정이 앞서는 건 어쩔 수 없었다. 이 추위에 산속에서 떨고 있을 것을 생각하자니 따뜻한 아랫목에 누워있는 것마저 죄스러웠다.

결국 몸을 일으켜 마당으로 나갔다.

어제까지만 해도 눈보라가 기승을 부리더니 오늘은 맑게 개여 있었다. 보름이 가까운 달빛이 차갑게 마당에 내려앉고 있었다. 그 달빛을 받은 눈 쌓인 마당은 추웠다.

그러나 추위가 느껴지지가 않았다. 오히려 시원하게 몸과 마음을 식혀주는 것 같아 한참 동안 마당을 걸었다. 몸은 추운데 마음은 식지 않는 돌덩이처럼 더 타오르고 있었다.

안방에도 불이 켜져 있는 게 부모님도 잠을 못 주무시는 것 같았다. 하기야 잠 못 자는 게 어디 혼자겠는가. 부모님은 부모님대로, 큰올케는 큰올케대로 잠을 못 이루고 있을 터였다. 거기에 생각이 미치자 소옹은 급히 방으로 들어가 버렸다. 부모님이나 큰올케가 잠 못 이루는 소옹을 본다면 안 될 것이었다.

방에 들어갔으나 잠을 이룰 수가 없었다.

불을 끄고 누워있긴 했지만 잠이 찾아주질 않았다. 눈에 삼삼 떠오르는 영상을 지울 수가 없었다. 그러노라니 머리가 아파왔다. 일부로라도 자보려 했지만 가슴만 답답할 뿐 잠은 오지 않았다.

뜬눈으로 밤을 지샌 소옹은 날이 밝자마자 옷을 챙겨 입고 방을 나섰다. 아무래도 사냥꾼네 집에 가 있어야 마음이 놓일 것 같았다.

그러나 밖으로 나갈 수가 없었다. 마당에서 기다리고 있던 아버지가 막았기 때문이었다.

"어디 가간?"

"아, 아닙네다. 기냥 바람이나 쐴까 해서……."

"나다니디 말라. 아무래도 심상티 않으니낀 집에 있으라."

소옹은 아버지를 바라봤다. 아버지의 고개가 좌우로 흔들리고 있었다. 안 된다는, 절대 밖에 나가지 말라는 경고였다.

"기래도?"

소옹이 말을 하려하자 아버지가 가로막았다.

"더 이상은 안 됨매. 태자를 위해서나 아지를 위해서나 기게 우리가 해야 할 도리야. 두 사람 다 곤경에 빠트릴 순 없디 않네.”

아버지도 밤새 고민했는지 얼굴이 꺼칠했고 피곤기가 잔뜩 묻어 있었다. 그런 아버지에게 소용이 떼를 쓸 수는 없었다. 아버지 말마따나 두 사람을 위해서는 기다리는 게 최선일 수 있었다.

8

날이 밝자 아지는 굴을 찾아 헤맸다. 온 산이 눈으로 하얗게 덮여 있어서 도저히 가늠을 할 수 없었다. 골짜기마저 눈 속에 파묻혀 거기가 거기처럼 보였다.

결국 포기하고 태자에게 돌아가려는데 검게 아가리를 벌리고 있는 게 보였다. 순간, 아지의 눈이 크게 뜨였다.

하얀 눈 속에 검게 입을 벌리고 있다면 굴일 가능성이 높았다. 아지는 검은 입을 향해 뛰듯이 걸었다. 분명 굴이구나 싶자 기뻐서 견딜 수가 없었다. 굴만 찾는다면 추위를 얼마간 피할 수 있을 것이었다.

몇 번을 미끄러지고, 눈 속에 빠져 허우적거리며 검은 아가리로 접근하자 굴이 있었다.

‘탖았다, 탖았어.’

아지는 소리라도 지르고 싶었다. 그렇게 찾아 헤매던 굴을 발견했으니 기쁘기 한량없었다. 그러나 그것도 잠시. 아지는 냉정해지기로 했다.

굴을 찾았다 해도 살 수 있는지를 확인해 봐야 했다. 굴이라고 아무 굴에나 들 수는 없었다. 안전이 확보돼야 했다. 그렇지 못하면 굴은 바위 밑보다도 못할 수 있었다.

아지는 조심스레 굴 앞에 서서 굴을 살폈다. 자신의 키를 기준으로 하여 가늠해보니 높이나 폭은 오 척쯤 될 것 같았다. 굴 앞에 덤불이 무성한 것으로 봐선 사람의 발길이 거의 닿지 않는 굴인 것 같았다.

아지는 덤불을 헤치며 조심히 안으로 들어가 보았다. 입구에 크고 작은 돌덩이가 쌓여 있는 것으로 보아 물이 흐르는 굴인 것 같았다. 돌덩이를 사람들이 일부러 옮겼을 리는 없으니까.

확인을 위해 아지는 돌 틈을 비집고 굴속으로 들어갔다. 아니나 다를까. 굴속으로 조금 들어가니 나뭇가지며 풀들이 뒤엉켜 있었다. 그래서 사람들이 찾지 않는 굴인 듯했다.

'혹시 통천굴通天窟인가?'

나뭇가지와 풀들이 입구에 쌓여 있는 것을 보다 아지는 불쑥 생각했다. 거기에 생각이 미치자 아지는 굴에서 나와 굴 위쪽을 향해 걸었다.

통천굴이라면 위쪽에 또 하나의 입구가 있을 것이었다. 그러나 아무리 위쪽을 둘러봐도 다른 입구를 발견할 수가 없었다.

이상한 일도 다 있다 싶어 다시 굴 입구로 내려가려는데 나무들 사이로 이상한 게 보였다. 눈에 뒤덮여 있어 잘 보이지는 않았지만 8부 능선쯤 되는 곳에 주변과는 다른 모습을 하고 있는 곳이 보였다.

아지는 다시 산을 올랐다. 오를수록 가팔라서 자꾸만 미끄러졌다. 그러나 눈으로 확인하지 않고서는 안 됐기에 몇 번이나 미끄러진 끝에 굴 입구에 닿았다.

아지는 잘못했다간 수직 굴속으로 떨어질 수도 있겠다 싶어 굴 가까이 가지 않고 멀리서 나무를 붙잡은 채 굴 입구를 살폈다.

안에서 따뜻한 공기가 새어나오는지 주변엔 눈이 아닌 얼음이 얼어 있었다. 그리고 그 가운데 서너 척 정도의 구멍이 있었다. 자세히 보지 않으면 보이지도 않을 정도였다. 얼음이 얼었는데도 그 정도의 구멍이 나 있다면 아래쪽 입구보다도 더 큰 구멍이 나 있을 것이었다. 그 구멍을 통해 물이 모여들었을 것이고, 그 물이 굴 속에서 내가 되어 흘렀을 것이고. 그 바람에 돌이며 나무들이 떠밀려와서 입구 쪽에 쌓였을 것이고.

아지는 다시 산 밑으로 걸어가면서 대충 길이를 추산해보았다. 입구와 입구 사이는 삼백 보쯤 되어 보였다. 굴속 사정이야 잘 모르겠지만 입구로 봐서는 결코 작은 굴이 아니었다. 또한 피신처로선 더 없이 좋은 조건을 갖추고 있었다.

아래 입구로 들어가 중간쯤에 자리를 잡는다면 추위를 막을 수 있음은 물론, 만약 어느 쪽으로 사람들이 접근해온다 해도 도망칠 시간을 가질 수 있을 것 같았다.

아래쪽 입구로 내려온 아지는 굴 입구에 서서 산세를 자세히 살폈다. 태자를 모셔올 때도 필요했지만 산을 내려가 음식을 공급하기 위해서도 산세를 자세히 살펴둬야 했다.

오른쪽으로는 오 리쯤에 봉우리 세 개가 겹쳐 있는 산이 흐르고 있고, 그 곁에는 깊은 계곡이 자리잡고 있는 듯했다. 산줄기가 흐르다 접힌 부분으로, 내가 깊게 흐름직한 계곡이었다. 왼쪽은 가파른 바위산으로 자작나무가 빽빽했고 듬성듬성 소나무가 있었다. 특히 바위산 정상에 아름드리 소나무가 서 있어서 표지로서는 그만이었다.

굴이 있는 곳은 완만한 오르막 끝자락이었는데, 입구를 지나면 바위들이 불쑥불쑥 솟아 있어서 여간 험해 보이지 않았다. 특별한 일이 아니라면 올라올 엄두도 낼 수 없는 곳이었다. 특히나 겨울철에는 짐승들마저 피할 만한 곳이었다.

'하늘이 태자 전하를 뎌버리지 않아서.'

산세를 살펴본 아지는 감격하지 않을 수 없었다.

천연적인 동굴은 마치 태자가 쫓길 것을 미리 알고 하늘이 마련해놓은 것처럼 여겨졌다. 그것도 오늘처럼 한겨울에 쫓길 것을 미리 알고 있었던 것만 같았다. 그건 자신이 그런 동굴을 찾았음에 대한 뿌듯함이 아니었다. 하늘의 뜻을 알아차리고 그곳으로 태자를 안전하게 모셔올 수 있게 됐다는 사실이 너무 기뻤기 때문이었다. 하늘은 큰일을 할 사람에게 반드시 시련을 주지만 그 시련을 이겨낼 수 있는 방도도 함께 준다지 않았는가. 그런 사람과 함께 시련을 극복하게 된 것은 사나이로서 축복이 아닌가 싶었다.

아지는 산을 내려가다 경사가 완만해지자 왼쪽으로 꺾었다. 거기서부터 산을 두 개 타고 넘어야 태자를 숨겨둔 바위 밑이었다. 결코 가까운 거리가 아니었다. 그러나 하늘의 뜻을 확인한 아지는 힘든 줄도 모르고 그 길을 거침없이 내달렸다. 그 모습은 하얀 설원 위를 달리는 한 마리 야생동물처럼 보였다.

## 9

동굴로 들어가기는 결코 쉽지 않았다.

좁은 돌 틈을 통과해야 했고, 돌 틈을 지나서도 얼키설키 얽혀있는 나뭇가지를 넘어야 했다. 그러나 그럴수록 힘이 났다. 하늘이 태자를 보호하기 위해 만들어놓은 요새가 아니던가. 그런 요새를 쉽게 들어갈 수는 없지 않은가.

불을 켤 수 없었기에, 대로 댁에서 얻어온 부싯돌을 긁어대며 앞을 막고 있는 장애물들을 치워갔다. 그리고 드디어 아래로 내려서자 푹신하게 나뭇잎이며 풀들이 쌓여 있었다.

아지는 부싯돌을 이용해 앞으로 나갔다. 동굴은 사람 키를 훌쩍 넘길 정도로 높았고, 자갈들이며 흙들이 쌓여 있었다. 동굴은 낯설고 무서운 곳이 아니라 푹신하고 아늑한 방을 연상시킬 정도였다. 보면 볼수록 하늘이 내린 곳이었다.

불빛이 새어나가지 않을 곳에 도착했다 싶자 나뭇잎들을 긁어모아 불을 붙였다. 불을 피우자 갑자기 요란한 소리가 일었다. 불빛에 놀란 박쥐들이 날며 일으킨 소란이었다. 그러나 곧 잠잠해졌다. 아지는 천장에 붙어있는 박쥐들을 살폈다. 큼직큼직한 것이 먹을 게 없으면 식량으로도 부족함이 없어 보였다.

나무 둥치와 가지들을 주워다 불을 피워놓고 아지는 다시 밖으로 나가 태자를 모셔왔다.

동굴을 휘 둘러보더니 태자가 말했다.

"우리한테 내린 하늘의 선물이구나야. 정말 고생해서."

태자의 말에 아지는 울컥했다. 태자가 마음에 들어 하지 않거나 이런 곳에서 살라는 거냐고 화라도 내면 어찌할까 걱정을 했었다. 그러나 태자는 고생했다고 칭찬하고 있었다. 바위 밑에서 이틀을 지내봐서 그런지 벌써 야생생활을 이해하고 있는 듯했다. 그리고 이만한 동굴에 들 수 있음을 감격해하고 있었다. 그런 태자의 태도 변화가 안쓰러웠고 짠했다. 궁에 있을 때는 감히 상상하기도 힘든 일이었다.

"태자 전하 마음에 드신다니 다행입네다. 우선 앉아 계시라요. 내래 곧 댜리를 마련해 드리겠습네다."

"아니야, 돼서. 이만하면 충분하디 댜린 무슨 댜리네?"

"아닙네다. 잠시만 계시라요."

"됐다니깐 기러네. 아지도 잠시 불가에 앉아 쉬라. 하루 종일 눈밭에서 고생하디 않았네?"

"아, 아닙니다. 소신은 걱정 마시고 잠시만 앉아 계시라요."

태자가 말렸지만 아지는 곧 움직이기 시작했다. 불가에 앉아 불을 쬐는 것보다 몸을 움직이는 게 아지의 직성에 맞았다. 바람살 차가운 눈밭을 뒹굴어서 그런지 따뜻한 동굴 안에 들자 불을 쬐지 않아도 충분했다. 또한 이틀 동안 잠을 제대로 못 잔 태자를 위해 따뜻한 잠자리를 마련해주고 싶었다.

아지는 굵은 나뭇가지 하나를 꺾어내 동굴 바닥의 흙을 골랐다. 그리고 그 위에 동굴 입구에 쌓여 있는 나뭇잎이며 풀들을 가져다 깔았다. 그 위에 자신이 입고 있던 가죽옷을 펼쳐 깔았다. 그래놓으니 제법 그럴싸한 자리가 마련되었다.

"여기로 옮기시라요."

아지가 자리를 마련하여 태자에게 권했으나 태자는 대답이 없었다. 들여다보니 불가에 쪼그려 앉은 채 자고 있었다. 추위에 떨다 따뜻한 곳에 드니 주체할 수 없이 잠이 쏟아지는가 보았다.

아지는 태자를 안아 옮기려 했다. 그러자 태자가 눈을 뜨더니 말했다.

"뎡말 따뜻하구나야. 내래 너무 따뜻해서 잠시 돌아서. 기러니 너무 나무라지 말라."

"그 무슨 말씀을? 태자 전하 자리를 마련했으니낀 이제 댜리에 가서 듀무시라요."

"기래. 나도 나디만 아지도 눈을 붙여야 하니낀 내 옆에 누우라. 기래야 나도 마음 편히 자지 않간? 여긴 천연 요새라 들어올 사람도 없을 테니낀 아지도 눈 둠 붙이라."

"예. 알갔습네다. 기러니 소신 걱정 마시고 듀무시라요."

"아니야. 내래 아지가 안 자믄 나도 안 잘 기야."

"예. 알갔으니 날래 자릴 옮기시라요."

태자를 자리에 눕히고 아지도 그 곁에 누웠다. 따뜻한 온기를 받으며 푹신한 나뭇잎 위에 몸을 눕히자 맹렬한 잠이 쏟아졌다. 그 맹렬한 진입군과 한참을 싸우느라 싸워봤지만 결국 패하고 아지도 곤한 잠에 빠져들고 말았다.

# 구명석의 출옥出獄

10

구명석은 영문도 모른 채 옥에 갇혔다.

맨 처음 갇힌 건 석권이었다. 새벽녘에 느닷없이 군사들이 들이닥치더니 석권을 거칠게 포박하려 했다.

"무슨 일이네? 내래 무슨 죄가 있다고 이러네?"

그러나 일체 대답하는 사람이 없었다. 거칠게 몸을 누르더니 포승줄로 묶고 압송했다. 그리고 곧장 옥에 가뒀다.

"무슨 일이네? 무슨 일이 있네?"

옥에 갇혀서도 계속 물었으나 누구도 대답하지 않았다. 그러나 그 시간은 그리 길지 않았다. 잠시 후 떠들썩하더니 명이가 잡혀 들어왔고, 그 다음은 구비까지 수감되었다.

"무슨 일이 터진 거네?"

마지막으로 잡혀온 구비가 영문을 모르겠다는 듯 두 사람에게 물었으나 두 사람도 영문을 모르기는 마찬가지. 셋 다 잠자리에서 포박당해 끌려온 것이었다.

"정확틴 않지만 무슨 일이 터진 것만은 분명해. 밖에서 나는 소리를 들으니 군사들이 대규모를 움직이고 있어."

역시 붉은귀답게 옥 밖의 소리를 들었는지 명이가 조용히 말했다.

"기래? 기럼 자세히 들어보라."

석권의 재촉에 명이가 일어서더니 바깥쪽에 귀를 대고 들었다. 곁에 선 둘도 숨죽인 채 그를 바라보았다.

그렇게 잠시 바깥 상황을 들은 명이가 드디어 입을 열었다.

"태자 전하 얘길 하고 있어. 정확한 건 아니디만 태자 전하께서 도망텼다고, 군사들을 전부 그쪽으로 이동시키라고 하는 것 같아."

"뭐? 태자 전하께서?"

석권이 놀라 입을 떡 벌렸다.

"그 외엔 안 들리네?"

이번엔 구비였다.

"응. 군사들이 다 이동했는지 이젠 아무 소리도 안 들려."

명이의 말에, 구비가 받았다.

"태자 전하께서 도망쳤고, 우리가 이유 없이 감금됐다? 기럼 변란이 일어난 게 아니네? 대왕께서 변란을 우려해서 태자 전할 서궁에 감춰두디 않안?"

"길쎄. 하필이면 이 눈보라 치는 날 변란이……?"

"아니디. 상대가 예상티 못한 때를 이용하는 게 공격의 기본 아니네. 기러니 기습을 한다문 오늘 같은 날이 딱이디."

석권의 말에 둘은 아무 말도 하지 못했다. 병법이야 나라 안에서 석권을 따를 만한 사람이 없었다. 다만 드러나지만 않았을 뿐이지 대왕과 태자, 구명석은 이미 그 사실을 알고 있었다. 그는 춘추 전국 시대부터 이어진 병법을 모조리 섭렵함은 물론 꿰고 있었다. 그걸 상황에 맞게 적응하는 능력도 빼어났다. 그래서 대왕은 때가 되면 긴요하게 쓰일 터이니 절대 남한테 드러내지 말고 숨겨두라고 당부까지 했었다.

"기럼 이제 어떻게 되는 거간?"

구비의 물음에 명이가 답했다.

"좀 더 기다려보자. 조만간 뭐가 드러날 테니깐."

셋은 불안하고 초조했지만 기다리기로 했다. 현재로서는 그 외에 다른 방법이 없었다. 영문도 모른 채 영어의 몸이 됐으니 이유를 알 때까진 기다리는 수밖에 없었다.

그러나 그 시간은 그리 길지 않았다.

희뿌옇게 날이 밝아오는가 싶자 군사들이 옥으로 들이닥쳤다. 그리고 군사들을 이끌고 온 말객(末客. 고구려 무관직으로 천 명의 병력을 지휘하는 지휘관) 하나가 소리쳤다.

"태자 영을 어디 숨겼네? 바른대로 대라. 망종 해우는 이미 뒤어서. 이미 척살됐으니깐 날래 불라."

셋은 놀람을 넘어 경악했다. 대왕을 시해한 것도 모자라 시해한 사실을 너무나 당당하게 발설하는 말객의 태도에 경악하지 않을 수 없었다. 그러나 경악하는 표정과는 달리 행동은 차분했다. 마치 그런 줄 알았다는 듯한 표정이었다. 특히 그 어떤 무장 못지않게 우락부락하게 생긴 석권의 태도는 이외였다.

"기랬구만, 기랬어."

석권은 딱 벌렸던 입을 다물더니 고개를 끄덕이며 체념한 듯한

반응을 보였을 뿐이었다. 당장이라도 옥을 부수고 탈옥할 것처럼 덤빌 것 같은데 너무나 차분히 마무리해 버렸다. 군사들이 옥문을 열고 들어와 포박해도 별다른 거부반응을 보이지 않고 순순히 끌려 갔다.

**11**

옥에서 끌려 나온 구명석은 곧바로 궁으로 압송되었다.

궁 안엔 군사들이 도열해 있었다. 군데군데 타오르는 화톳불과 군사들이 들고 있는 횃불로 궁 안은 대낮처럼 밝았다.

좌우로 도열해 있는 군사들을 뚫고 대전 앞으로 끌려가자 중실씨 들이 모여 있었다. 셋 중 둘은 중실씨로 문중 모임을 하고 있는 게 아닌가 싶을 정도였다. 고구려가 고씨의 나라가 아니라 중실씨 나라인 것 같았다.

대전으로 오르는 계단 앞에 닿자 끌고 온 군사들이 거칠게 구명 석의 무릎을 꿇렸다. 구명석은 그들이 시키는 대로 무릎을 꿇고 앉 았다.

계단 위에서 목소리가 터져 나왔다.

"태잔 어디 있네?"

자신이 왕이라도 되는 듯 계비의 친정아비가 물었다. 그러나 아 무도 대답하지 않았다. 대답이 없자 구명석 곁에 서 있던 중실씨 중 하나가 노한 목소리를 질렀다.

"국구의 말씀이 들리지 않네? 날래 대답하라."

그 소리에 명이가 대답했다.

"어띠 태자의 행방을 소인들에게 묻습네까? 태자야 태자궁에 계시디 어디 있갔습네까?"

"종간나 새끼, 어느 안전이라고 함부로 주둥일 놀리네."

다른 중실씨가 소리치며 덤벼들려 하자 계비의 아비가 손을 들어 제지하며 물었다.

"태자궁에 있을 거이다?"

"기렀습네. 태자야 태자궁에 갇혀 있디 않습네까? 이 많은 군사들을 동원하고도 탖디 못한 태자를 어띠 우리한테 묻습네까?"

이번에 구비가 받았다.

"저, 저런 발칙한 놈. 어디서 국구를 욕보이려는 거네? 네 목숨이 둘이라도 된단 말이네?"

"기게 아니라 우린 태자의 행방을 모른단 말씀이우다. 만약 태자의 행방을 알고 있다면 같이 도망갔디 여기 붙잡혀 오갔습네까? 삼척동자도 그 정도는 알 것 아닙네까?"

가만히 앉아 있던 석권이 더 이상의 침묵은 죄악이라는 듯 계비의 아비를 자극했다. 그러자 바로 옆에 섰던 중실씨 하나가 칼날을 그의 목에 겨누었다. 그리고 칼에서 울려나오는 듯한 섬뜩한 목소리가 울렸다.

"간나 새끼, 듁고 싶어 환장핸?"

그러나 계비 아비는 아직까지 여유가 있는지 손을 들어 그를 제지하며 말했다.

"그간 정리를 생각해서 봐주려 했는데 말로는 안 되갔구나. 여봐라! 입이 고분고분해지게 매맛을 보여라."

그 말이 떨어지기가 무섭게 셋의 등짝 위로 몽둥이가 내려왔다. 그 힘이 얼마나 센지 한 대에 모두 앞으로 꼬꾸라질 정도였다. 그렇게 꼬꾸라진 구명석 몸 위로 몽둥이가 사정없이 내리 덮쳤다. 구명석의 몸은 금방 피투성이가 되었다.

계비 아비가 손을 들자 몽둥이질이 멈췄다. 그러나 구명석은 쉽게 몸을 일으키지 못했다. 무지막지한 몽둥이질에 반병신이 다 된 듯했다. 그러나 그들은 이를 악물며 몸을 일으키더니 다시 꿇어앉았다.

"이제 매맛을 봤으니 입을 제대로 놀리라. 다시 한 번 묻갔다. 태잘 어디다 숨갔네?"

"독금 전에 말하지 않았소. 우리가 안다면 왜 도망치디 않고 여기 답혀왔갔소? 우리가 그 정도도 생각 못하는 바봅네까?"

명이의 고함에 계비 아비는 또다시 명을 내렸다.

"저놈들 입이 아직 살아있구나야. 사정 봐두디 말고 매우 티라."

그 말에 또 몽둥이가 춤을 췄다. 이번에는 등짝만 아니라 닥치는 대로 내리꽂았다. 매에 장사가 없다더니 두 번을 두들겨 맞자 구명석 중 누구도 쉽게 일어나지 못했다. 돌바닥 위에 쭉 뻗은 채 몸을 일으키려고 안간힘을 쓰다 쓰러졌다.

그렇게 태자가 있는 곳을 묻고, 모른다는 답변이 오갈 때마다 몽둥이찜질을 당한 구명석은 초죽음이 돼서야 감옥에 던져졌다. 온몸이 피투성이여서 사람이 아니라 도살해 마구 포개놓은 멧돼지고기 같았다. 서로가 서로를 보며 놀랄 정도였다.

"태자 전하께선 무시하갔디?"

그런 와중에도 맨 처음 터져 나온 소리는 태자에 대한 걱정이었다. 석권이었다. 무예로 단련된 몸이라 그래도 개중 가장 견딜 만한 모양이었다.

"태자 전하께서 무사하니낀 우리가 이 꼴 된 거갔디. 안 기랬으믄 이리 됐갔어?"

명이의 말에 석권이 받았다.

"기랬갔디? 기럼 우리래 아픈 건 영광이구만 기래."

석권이 이를 드러내며 히벌쭉 웃자 명이가 오금을 박았다.

"간나, 혼자 견딜 만한 모양이디? 웃고 지랄하는 게……. 내래 저승 가는 줄 알았어야. 아이구, 영광이건 지랄이건 내 몸이 내 몸이 아니야."

"기러니 펭상시 몸을 단련시켜 놓디 뭐핸? 사내놈이 기까딧 것 가디고 엄살은?"

"야, 이놈아. 니 눈엔 엄살로 보이네?"

"엄살이디 않고. 달못했으믄 듁을 뻔하지 않았네. 기때 계비래 말렸으니깐 망명이디 정말 듁을 뻔하디 않안?"

석권과 명이가 입씨름하는 걸 가만히 듣고 있던 구비가 입을 열었다.

"기나저나 계비가 와 그때 나타나 우릴 살렸디?"

구비는 계비가 자신들을 살린 이유를 이해할 수 없다는 듯 물었다.

사실, 계비가 아니었으면 셋은 몰매 맞아 죽었을지도 몰랐다. 태자를 놓친 것에 대한 분풀이라도 하듯 군사들은 사정없이 셋을 두들겨 팼다. 한두 번도 아니고 반복적인 매타작은 정신마저 혼미하게 했다. 아무리 몸을 웅크리며 방어자세를 취한다 해도 한계가 있을 수밖에 없었다. 그렇게 한계상황에 다다를 때쯤 갑자기 매질이 멈췄다.

무슨 일인가 싶어 계단 위를 올려다보니 언제 왔는지 계비가 서 있었다. 그리고 친정아비에게 무슨 말인가를 하고 있었다. 계비의 아비가 계비에게 뭐라 하자 계비가 거부하는 것 같았다. 그러기를 잠시. 계비 아비가 화가 난 목소리로 단하를 향해 소릴 질렀다.

"죄인들을 옥에 쳐 넣으라."

그러더니 화가 난 몸짓으로 자리를 떠버렸다. 그러니 계비가 구명석을 살렸다고 볼 수밖에 없었다. 그러나 계비가 왜 그들을 살펴줬는지는 의문이었다. 그걸 구비가 들춰낸 것이었다.

"기야……"

명이가 무슨 말을 하려다 말았다.

"뭐 딥히는 게 있네?"

구비가 묻자 명이 대신 석권이 가로채며 말했다.

"우릴 미끼로 삼을 닥덩이디 뭐 있간? 우리가 갇혔다는 소식을 들으믄 태자 전하께서 어뚷게든 움직이지 않을까 해서 살래둔 거디. 아니믄……"

"아니믄 뭐가?"

"태자 전할 없애디 않고서도 수습할 방안을 탖았거나, 태자 전하께 모든 걸 뒤집어씌울 묘술 탖았거나……."

"기랬갔디? 태자 전하께서 답히딘 않았갔디?"

명이가 자신의 예상이 빗나가기를 바라는 마음으로 덤볐다.

"기건 아닐 기야. 태자 전하께서 답혔으믄 가만 있간? 우리와 함께 옥에 갇혔거나 목이 베였갔디. 기러니 기건 걱정 안 해도 될 기야."

석권이 자신 있게 말하자 두 사람은 안심이란 듯 다소 얼굴빛이 밝아졌다.

"긴데 말이야, 태자 전한 어뜽게 피했디? 미리 알았나?"

"아지가 있었으니 어뜽게든 피했을 기야. 기러고 아지와 헤어디디만 않았다믄 벨 문젠 없을 기고."

"기러갔디? 어뜽게든 무사해야 할 긴데."

명이가 한숨을 쉬며 말했다.

"걱정 붙들어 매라. 태자 전하께선 무사하니낀 우리 걱뎡이나 하라. 저승 문턱에 앉아 있는 놈들이 딕금 남 걱정할 때간?"

"허기사……. 기렇디만 우린 둑어도 태자 전하께선 살아야 할 긴데."

"걱정도 팔자네. 태자 전하께선 무사하니낀 걱정 말라디 않네."

석권이 자신 있게 대답하고 난 후 심드렁히 다음 말을 뱉었다.

"담을 설쳐서 기런디 피곤하구나야. 담이나 자야갔다. 자야 살궁리도 떠오르고, 자야 도망칠 심도 나디 않갔네? 기러니 눈이나 둠 붙여두라."

둘도 석권의 말에 일리가 있다고 생각했는지 석권을 따라 누웠다. 그러나 움직일 때마다 만신창이인 몸에서 신음소리가 났다. 그 소리는 입에서 나는 소리가 아니라 몸에서 나는 소리만 같았다.

## 12

구명석은 보름 만에 옥에서 풀려났다. 풀려났다기보다 쫓겨났다는 게 맞을지도 몰랐다. 이제 사람 구실 못할 것이라 판단해서 내보냈으니 쫓겨났다고 보는 게 옳았다.

매질로 초죽음이 된 그들은 몸을 제대로 움직일 수가 없었다. 거기다 그들에게 주어지는 건 하루 한 끼가 전부였다. 그것도 거칠고 희멀건 풀죽[草粥]이었다. 끼니라기보다 죽지 않게 물을 주는 정도였다.

그러나 보다 큰 문제는 매질로 난 상처였다. 매질로 망가진 몸이 덧나기 시작하더니 진물이 흐르고 썩기 시작했다. 겨울이 아니었다면 온몸이 썩어 문드러졌을지도 몰랐다. 그러나 그들은 죽지 않고 살아있었다. 구비의 발 빠른 대처가 그들을 살린 것이었다.

점점 심해지는 상처를 보다 못한 구비가 옥에 갇힌 지 사흘째 되던 날 갑자기 옥벽獄壁을 손으로 긁기 시작했다. 명이와 석권은 매를 맞은 게 잘못됐나 싶어 안쓰러운 얼굴로 보고 있기만 했다. 아까운 벗 하나를 잃는구나 싶었다.

손으로 흙을 파기 시작한 구비가 흙냄새를 맡기 시작했다.

"됐다, 됐어. 약촐 탔았어, 약촐."

구비가 흙을 파다 말고 낮게 소리를 질렀다. 나머지 둘은 구비가 드디어 미쳤구나 싶은 듯 바라보고만 있었다.

그러나 둘의 시선은 아랑곳하지 않고 구비는 흙을 긁어내면서 계속 냄새를 맡더니 그 흙들을 침으로 게워 이겼다.

"날래 엎드리라. 이게 바로 약재야, 약재. 이 정도 흙이면 약초를 찧어 바른 만큼 효과가 있을 기야. 땅 위에서 죽은 풀들이 이 흙속에 다 스며든 기야. 기러니 약재 중에 약재라 할 수 있어."

구비는 말을 마치자마자 침으로 이긴 흙을 손에 들더니 명이에게 다가갔다. 셋 중 가장 몸이 약한 명이는 그때쯤 상처가 덧나 진물이 줄줄 흐르고 있었다.

"딕금 뭐하는 거네?"

"이걸 발라야 살 수 있어."

"무슨 소리네?"

"아까 말하지 않안? 이게 바로 약재라고 약재."

"기래도 어뜧게 그걸 바르네."

"기딴 소리 말라. 이게 어떤 약잰데 기런 소릴 하네. 어떤 의원한테 간대도 이만한 약 구하디 못할 기야. 기러니 잔말 말고 내 말 들으라."

"탐말이간?"

"탐말이디 않고. 내래 할 일 없이 풀죽 먹은 힘 다 쓰며 이 일한 것 같네?"

명이가 못내 의심쩍은지 미적거리자 구비는 강제로 옷을 들추더니 조심조심 흙을 바르기 시작했다.

"생각이 기래서 기런진 모르갔지만 기래도 아까보단 나은 것 같다야."

구비가 명이의 몸에 흙을 다 바를 때쯤 명이가 씨익 웃으면서 말했다.

"생각 때문이 아니라 탐말 약재 중에 약재니긴 너도 바르라."

구비는 조금 전과 마찬가지로 침으로 흙을 개더니 석권에게 다가갔다. 거부하는 몸짓을 보이자 반강제로 석권의 옷을 들추더니 고루 발라주었다. 그리고 석권에게 말했다.

"내래 흙을 갤 테니낀 내 몸에도 발라주라. 내가 내 몸엔 못 바르디 않네."

그래서 석권이 구비가 시키는 대로 구비의 몸에도 흙을 발랐다.

"가렵더라도 긁지 말라. 기게 다 호전반응이니낀 손대디 말라. 손대믄 덧나서 안 되니낀."

구비가 이쯤 나오자 둘도 구비의 말을 따를 수밖에 없었다.

구비의 말처럼 흙이 말라오자 가렵기 시작했다. 그러나 긁을 수가 없었다. 구비가 한 말 때문이 아니라 몸이 가려울 때쯤 구비가 손바닥으로 쓱쓱 문질러 줬기 때문이었다. 셋은 서로가 서로의 온몸을 손바닥으로 문지르며 가려움을 참아냈다.

가려움을 참으며 하루쯤 지나자 정말 진물이 멎고 보슬보슬해지기 시작했다. 이에 세 사람은 매일 아침이면 침으로 갠 흙을 바르고 마를 때쯤이면 손바닥으로 서로의 상처를 문지르며 버텼다. 배가 고프다고 죽는 건 아니지만 상처가 덧나게 되면 목숨을 부지할 수 없다는 생각에 하루도 빠짐없이 그 일을 해나갔다.

그렇게 이레쯤 지나자 좀한 상처는 얼마간 아물었고, 군데군데 딱지가 앉는 곳도 있었다. 그쯤 되자 셋은 희망을 갖기 시작했다. 더 이상 매질을 당하지 않는다면 살아서 옥을 나갈 수 있을지도 모른다는.

그리고 이레째 되던 날 석권이 둘에게 당부했다.

"상처가 아물수록 앓는 소릴 내라. 기래야 송장 치우디 않으려고 우릴 풀어둘 기야. 우릴 가만히 놔두는 게 맷독으로 듁길 바라는 거 같아. 기러니낀 곧 듁을 시늉을 내라. 죽도 먹디 말고 다 버리라. 기리고 미틴 짓도 가끔 하고."

석권의 당부에 셋은 하나의 몸뚱이처럼 행동했다. 미친 것처럼 소리를 지르기도 했고, 밤새 죽는 소리를 내기도 했다. 죽을 뒤집어 엎어 버리기도 했고, 가끔은 죽 그릇에 똥오줌을 누기도 했다. 또 가끔은 그걸 들고 다니면서 먹는 시늉도 했다.

그렇게 열흘쯤 되자 몸에서 썩은 내가 진동하기 시작했다. 상처에 바른 침 냄새와 똥오줌 냄새가 범벅된 냄새였다. 그 냄새가 송장 썩는 냄새만큼이나 심하게 났다. 그러자 간수들도 얼굴을 찌푸리며 피하곤 했다.

그즈음, 사람 하나가 찾아왔다. 계비 쪽 사람이 분명해 보였다. 처음 보는 얼굴이었지만 제 세상을 만난 듯 거들먹거리는 게 영락없는 여우 새끼였다. 그 여우 새끼가 구멍석을 둘러봤다. 그리고 간수에게 물었다.

"이 무슨 냄새네?"

"냄샌 저놈들 몸에서 나는 냄샘네다."

"겨울에 무슨 냄새가 이리 난단 말이네."

"말도 마시라요. 썩은 냄새가 진동하는 건 기렇다 티디만 이젠 미쳤는지 밥을 줘도 다 쏟아버리고 그릇에 똥오줌도 쌉네다요. 미친 정도가 아니라 송장이나 진배 없시오."

"기래? 잘못하다 송장 티우는 게 아니네?"

"기거야 소인이 어찌 알갔시오? 길티만 벌써 송장이나 다름없이 된 게 오랬시오."

"기래? 알갔다. 보름도 못 버티는 놈들이 잘난 체했단 말이디?"

여우 새끼는 구명석을 바라보며 우쭐거리더니 옥을 빠져나갔다. 그리고 마침내 보름째 되던 날 드디어 기어서 옥에서 풀려나게 됐다.

"절대 걷디 말라. 기러면 우린 끝이야. 끝까지 기어가라. 내 말 알간?"

옥에서 풀려나기 전, 구비의 당부에 셋은 기어서 옥문을 나섰다. 명이는 나가기 싫다고 미친 사람처럼 소리소리 지르기까지 했다. 그럴수록 간수들은 빨리 나가라고 고래고래 소리를 질렀다.

그리고 소식을 듣고 수레를 끌고 온 가족들의 부축을 받으며 겨우 수레에 올라 집으로 향했다. 썩은 냄새가 진동하는 그들의 상태를 본 가족들은 구명석이 잘못 될까봐 수레도 함부로 끌지 못했다.

# 자발심自發心

13

굴속에서 따뜻한 하룻밤을 보내고 나자 힘이 나는 것 같았다. 궁에서의 삶과는 비교할 수 없었지만 눈보라 속을 헤매고 다닐 때와 비교하면 천국에서의 하룻밤이었다.

그러나 잠을 깨고, 자신의 현 상황을 직시하는 순간 밀려드는 처량함과 초라함은 견디기 힘든 고통이었다.

와신상담臥薪嘗膽.

영은 불현듯 네 글자를 떠올렸다. 무슨 일이 일어났는지 모르지만 현재의 고통을 결코 잊지 않았다가 언젠간 반드시 갚아 주리라 다짐했다.

"기침하셨습네까?"

아지가 부드러운 목소리로 물었다. 밤을 새워 자신을 지켜준 보호자의 목소리였다.

영은 소리 없이 엷은 미소로 화답하며 고개를 끄덕였다. 늘 소리

없이 미소로 인사를 하면 영도 같이 웃으며 고개를 끄덕이곤 했었다. 그 버릇이 남아 자신도 모르는 새에 궁에서 하던 버릇대로 문안 인사를 받았던 것이다. 그러나 아지가 벙어리가 아니란 사실에 생각이 미치자 자신도 말로 대답해야겠다는 생각이 들었다. 그게 정상적인 인사법일 것 같았다.

"기래. 아지도 잘 잔?"

그러나 아지는 그러는 태자가 아직 낯선지 평소처럼 엷게 웃기만 했다.

"사람이 물었으면 대답을 해야 할 거 아니네. 아진 버버리가 아니잖네. 그러니 웃디만 말고 말로 대답하라."

영이 투정을 부리듯 지청구를 했지만 아지는 조용히 웃기만 했다. 그러자 영이 또 한 번 골을 내며 말했다.

"내 말 못 들언? 말로 대답하라디 않네."

"예. 알갔습네. 이제 말로 대답하갔습네."

"기래, 기래야디. 이제 말할 사람은 아지뿐이잖네. 궁에선 하도 말들이 많아 귀찮았디만 이젠 말할 사람이라곤 아지뿐이니 쓸데없는 말이라도 댜주 하라. 버버리 흉내내며 웃디만 말고. 알갔네?"

영은 사람의 목소리를 그리워하는 자신이 서러워 자신도 모르게 목소리가 떨렸다. 자신이 사람과 사람의 목소리를 그리워할 줄은 몰랐었기에 그런 변화가 서러웠다. 벌써 사람을 그리워하면 안 된다는 생각이 들었지만, 사람이 그리운 것은 마음대로 통제할 수 없는 감정이었다.

"알갔습네. 이젠 말을 자주 하갔습네."

아지가 영의 마음을 파악한 듯 공손히 대답했다.

"기래. 기래야 살아있는 걸 확인하디."

영은 혼잣소리처럼 말을 했다. 그러나 더 이상 말을 할 수가 없었다. 할 말은 많은데, 할 말이 너무 많아서 무슨 말부터 해야 할지 갈피를 잡을 수 없었다.

궁에 무슨 일이 있는지, 언제까지 쫓겨 다니며 이런 생활을 해야 하는지, 당장 먹을 거나 있는지, 여기가 안전한 곳이기나 한지, 여기가 발각되면 또 어디로 가야 하는지…….

영은 그 모든 게 궁금해서 견딜 수가 없었지만 참았다. 참아야 했다. 그 모든 건 지금 알 수도 없으려니와 걱정한다고 달라질 게 없었다. 아지가 다 알아서 할 것이고, 영이 알아야 할 건 아지가 먼저 말할 것이었다. 그러니 먼저 물을 필요가 없었다. 그건 아지를 괴롭히는 일이었다. 목숨을 바쳐 자신을 모시려는 아지를 괴롭히는 일은 삼가야 했다. 그래서 속말은 삼켜버렸다. 그 대신 가벼운 말로 아지와 대화를 나누고 싶어 아지에게 말을 붙였는데 결국 마지막엔 자신도 모르는 새에 속에 담아둬야 할 말을 뱉어버린 것이었다.

궁은 말들이 넘쳐나는 곳이었다. 고요하고 조용한 모습과는 달리 말들이 쉴 새 없이 날아다녔다. 머리도 몸통도 없이 꼬리만 날아다녔다. 그렇다고 꼬리가 보이는 것도 아니었다. 꼬리가 잡혔는가 싶어 확인해보면 꼬리마저 없는 경우가 대부분이었다. 궁은 말이란 악귀로 들끓는 지옥이었다. 그러나 보이지는 않았다.

영은 그런 궁이 싫었다. 하루 한 날 조용한 날이 없고 보니 말이 싫었다. 몸을 숨긴 채 말을 생산해내는 사람들이 싫었다. 특히 부왕과 관련된 말들은 비수가 되어 영의 가슴에 꽂혀 그런 말들을 생산해내는 사람들과는 상종하기조차 싫었다.

부왕은 영이 여덟 살 되던 해에 왕위를 물려받았다. 할아버지 대무신왕이 아닌 작은할아버지 민중왕에게서. 그리고 부왕 원년 10월 초하루에 영은 태자 책봉을 받았다. 바로 그날부터 영은 말에 치이기 시작했다.

칭찬의 말, 아부의 말이 넘쳐났고 교훈의 말과 훈육의 말이 몸을 옭아매기 시작했다. 또한 비난의 말과 흉계의 말이 발 없이 당도하기도 했다. 그중에서도 가장 싫은 말은 부왕 관련 비난의 말이었다.

왕이 되어서는 안 될 왕이라는 둥, 사납고 포악하다는 둥, 부왕인 대무신왕의 이름에 먹칠을 하는 왕이라든 둥, 나라를 망칠 왕이라는 둥 이루 말로 다 할 수 없는 말들이 떠돌았다. 너무 화가 나서 말의 머리와 몸통을 찾아보면 머리와 몸통은 나타나지 않고 꼬리만 잡히거나 꼬리마저 꽁꽁 숨어버리곤 했다. 해서 어느 날 부왕한테 물었었다.

"아바마마, 궁에 무슨 말들이 그리 많은지 소자 머리가 다 어지럽습네다."

"기래? 기럼 태자 주변에 사람이 많은 거니깐 좋은 일이디. 길티만 그 말 중엔 가려들어야 할 말이 있고, 새겨들어야 할 말들이 더 많다. 그러니 그걸 가릴 능력을 기르라."

"길티만 아바마마에 관련된 말들은 탐말로 탐기 힘듭네다."

"무슨 말들인데 탐기 힘들어?"

"아바마마를 욕되게 하고 모함하는 말들이 너무 많습네다."

"기래? 기러믄 내래 왕 노릇 제대로 하고 있는 기야. 왕이 돼서리 칭찬과 아부의 말만 듣는다믄 왕 노릇 제대로 못하는 거이고, 욕먹고 모함받는다믄 왕 노릇 제대로 하는 거디. 기러니 기걸 힘들어

해서는 안 되디."

"정말이야요? 기런 겁네까?"

"기럼. 기렇고 말고."

"기럼, 소잔 왕 안 할 테야요. 왕이 되든 기런 욕과 모함을 받아야
하디 않습네까? 차라리 안 하는 펜이 낫디 않갔습네까?"

"기건 길티 않아. 어느 누가 왕이 돼도 욕을 먹고 모함을 당해야
한다믄 우리가 당하는 게 낫디 않간?"

"기런 기야요?"

"기럼. 기렇고 말고. 기러니 그 욕과 모함을 둘이는 게 왕이 할
일이디. 기러니깐 바른말하고 욕하는 사람과 친해두라. 기게 네 재
산이야. 네 제나라 맹상군이래 좋아한다고 하디 않안? 맹상군이 어
뚷게 핸? 기걸 잘 생각해보라. 기러믄 사람 보는 눈이 생길 기야."

"욕하고 바른소리 하는 사람을 가까이 하라는 말씀이디요?"

"기럼, 기럼. 우리 태자래 영리해서리 명군이 될 기야. 기러니 부
단히 배우고 생각하고 행동하라."

"예. 잘 새겨두갔습네다."

그렇게 부왕의 충고를 듣긴 했지만 부왕에 대한 모욕적인 말들을
참아 넘기기는 힘들었다. 제발 들리지 않았으면 좋을 것 같았다.
그즈음 부왕께서 벙어리 아지를 곁에 두면 좋을 것이라며 영에게
붙여주었다. 아지를 곁에 두고 보니 정말 좋았다. 말은 하지 않으면
서 자신의 말을 귀담아 들어주는 아지가 그렇게 좋을 수가 없었다.
그런데 이제 사람과 사람의 말이 그리워지니 사람의 마음처럼 간사
한 게 또 있을까 싶었다.

## 14

먹을 거라곤 어제 대로 댁에서 가져온 한 움큼 정도의 찬밥뿐이었다. 고기도 좀 얻어오긴 했지만 엊저녁에 다 먹어 버려 남아 있질 않았다.

꽁꽁 얼어붙은 밥을 나무그릇에 담긴 채로 모닥불 옆에 놓아 녹였다. 그걸 두장(豆醬. 된장의 옛 형태로 된장과 간장이 혼합된 형태로 추정한다.)에 비벼 침채(沈菜. 김치)와 함께 드렸다. 일반 백성들이 먹는 밥 그대로였다. 궁에선 생각조차 못할 거친 밥이었다.

태자는 아무 투정도 없이 달게 먹었다. 배가 고파서이기도 했겠지만 이제 그런 밥일지라도 달게 먹어야 한다는 사실을 깨달았는지 딸꾹질이 올라오게 먹었다. 그러나 아지를 생각해서 반쯤 먹고는 숟가락을 놓았다.

"더 드시라요."

"돼서. 다 먹어서. 엊저녁에 고기를 많이 먹어선지 배가 안 고파."

그러더니 오줌을 누러 간다며 자리에서 일어서 버렸다.

아무래도 밥이 아닌 곡식을 얻어다 직접 밥을 지어먹어야 할 것 같았다. 밥을 얻어와 봐도 바로 먹지 않으면 꽁꽁 얼어 먹을 수가 없었다. 또한 끼니 때마다 밥을 얻기 위해 산 밑엘 왕래하다간 꼬리를 밟힐 수가 있었다.

그러나 그것도 결코 쉬운 일이 아니었다. 밥을 짓자면 솥과 그릇이 있어야 하는데 그걸 여기까지 옮겨오는 게 만만한 일은 아니었다. 무게야 별로 안 되겠지만 남의 눈을 피해 옮겨야 하니 그게 문제였다. 아무래도 밤을 이용해 옮겨와야 할 것 같았다.

태자가 남겨준 밥으로 아침을 대충 때운 아지는 굴을 둘러봤다. 굴 밖에서 짐작했던 대로 굴 입구와 통천굴 입구 사이는 삼백 보쯤 됐다.

굴은 보기엔 평평해 보였지만 아래쪽으로 비스듬히 기울어져 있어서 아래쪽엔 물에 휩쓸린 나무들이 얽혀 있었다. 바닥엔 낙엽들과 잔가지들뿐만 아니라 풀들도 두툼하게 깔려 있었다. 아지는 지팡이 하기에 좋은 나뭇가지 하나를 집어 들어 바닥을 뒤집어보았다. 위쪽과는 달리 아래쪽은 축축하게 젖어 있었다. 썩어서 불을 땔 수 없는 것들도 많았다.

아지는 먼저 위쪽에 마른 풀들이며 가지들을 긁어 한곳에 모았다. 불쏘시개로 쓰려면 갈무리를 해둬야 했다. 그런 다음 얽혀있는 나무들을 대충 정리했다. 혼자 힘으로 꺾을 수 있는 가지를 꺾어 바람이 통하는 곳에 차곡차곡 쌓아두었다. 그러나 둥치가 큰 것들은 혼자서는 어쩔 수 없어 그냥 두었다.

땔감을 마련하노라니 온몸에서 땀이 흘렀다. 동굴은 어머니의 품처럼 따뜻하고 안온한 곳임을 새삼 느끼게 했다.

대충 땔감을 정리한 다음 그중 한 아름을 안아 동굴 가운데로 가져갔다. 땔감은 한겨울을 충분히 날 수 있을 만큼 충분해서 욕심을 부릴 필요가 없을 것 같았다.

땔감 준비를 마치자 잠자리를 정리해야 했다. 엊저녁 낙엽이며 풀들을 모아다 잠자리를 만들어 놓았지만 다시 만들었다. 만드는 김에 두 개를 만들었다. 아무리 쫓기는 몸이지만 태자와 자신은 엄연히 다른 존재라 한 자리에서 잠을 잘 수는 없었다. 해서 태자 자리는 안쪽으로 크게, 자신의 자리는 바깥쪽에 조금 작게 만들었다.

그러는 그를 보더니 태자가 물었다.

"와 두 갤 만드네?"

"하나는 태자 전하 자리고 하나는 소신 자립네다."

"여기서도 따로 자자고?"

"예?"

"따로 자믄 춥디 않간? 기러니 하나로 만들라."

"기래도 어디 기럴 수 있습네까? 태자 전하와 소신은 엄연히 다른데."

"기러디 말라. 내래 아지가 곁에 있어야 든든하니낀 하나로 만들라."

"기건 안 됩네다. 아무리 기래도……."

"딴소리 말고 내래 시키는 대로 하라."

태자가 고집을 피우는 바람에 잠자리를 넓게 하나로 만들었다. 그러나 높이를 달리 해서 태자와 자신의 자리를 구분했다.

잠자리를 만든 후에는 굴 위쪽을 답사했다. 태자도 같이 가겠다고 해서 동행했다. 위로 올라갈수록 동굴은 더 넓고 높았다. 마치 사람이 뚫어 다듬어 놓은 것처럼 미끈했다.

그러나 위쪽 입구를 지나자 갑자기 동굴이 좁아지기 시작했다. 위에서 삐죽삐죽 삐져나온 돌들이며 아래서 솟은 바위들이 동굴을 메우고 있었다. 길을 밝히기 위해 부싯돌을 그을 때마다 박쥐들이 소리를 지르며 날아오르는 게 두려움마저 느끼게 했다.

"더 가보게?"

태자가 두려운지 아지를 바라보며 물었다.

"만약을 대비해 둄 더 들어가봐야 하디 않갔습네까?"

"더 들어가 봐야 둡아디기만 하디 뭐가 있갔네?"

"기래도 더 깊숙한 은신철 미리 마련해둬야 하디요."

"기래. 기렇다면 둡만 더 가보디."

바위 사이로, 바위를 타고 넘어 사오십 보쯤 더 올라가자 더 이상 들어갈 수가 없을 정도였다. 위아래 돋은 바위들도 바위였지만 석순들이 무성하고 물까지 차있어 사람이 다니기에는 적당치 않았다.

"한 동굴인데도 모양이 각각이구나야."

태자는 부싯돌 불빛에 잠시 나타나는 동굴의 모습이 신비로운 듯 말했다. 아지도 태자와 다르지 않았다. 잠시 잠깐 나타났다 사라지는 동굴은 꿈에서나 봄직할 정도로 신비롭고 아름다운 모습을 하고 있었다.

"하늘이 태자께 내리신 동굴이 분몡합네다. 어띠 이런 동굴이 우리 앞에⋯⋯."

아지도 동굴이 너무나 마음에 들었다. 도피처로, 피난처로, 안식처로 모든 조건을 갖추고 있었다. 따뜻하고 온화한 기온은 물론 물이며 땔감에 박쥐란 식량까지.

"기래. 정말 하늘이 내리신 동굴을 아지가 찾아낸 거야. 정말 보면 볼수록 훌륭해."

"하늘이 태자 전하를 버리지 않고 재기하시라는 뜻이디요. 소신이 무슨?"

"아니야, 길티 않아. 아지가 없었으믄 이런 동굴을 어뜧게 탖갔네?"

아지는 콧날이 시큰할 정도로 감격스러웠다. 태자는 궁에서와는 달리 모든 걸 감사하고 있었다. 또한 너무나 당연한 일을 했을 뿐인데 모든 공을 아지에게 돌리고 있었다. 그런 마음씨가 아지의 마음을 적시고 있었다.

그러나 한편으론 측은한 생각이 들었다. 태자의 몸으로 이만한 일에 감사한다는 사실이 안쓰러웠다. 또한 아지에게 모든 공을 돌리는 어른스러움이 가슴을 아리게 했다.

"태자 전하, 소신 몸 둘 바를 모르겠습네다. 이 모든 것은 하늘의 뜻이 태자 전하께 있음을 증명하는 것입네다. 감축드립네다."

아지는 무릎을 꿇었다. 태자는 이제 완전한 아지의 주군이었다. 그런 사람에게 예를 갖추지 않을 수 없었다.

"이러디 말라. 아지는 내 생명의 은인이야. 하늘의 뜻이 내게 있다믄 기건 아지가 내 곁에 있기 때문에 내리는 걸 기야. 기러니 둑는 날까지 곁에서 날 디켜 달라."

"예. 목숨을 바텨 태자 전하를 모시겠습네다."

"알았어. 알았으니낀 이제 일어나라. 내려가자."

"예. 모시갔습네다. 내려가시디요."


15


밤이 들자 아지는 산을 내려갈 채비를 서둘렀다.

물품도 물품이지만 배가 고플 태자를 생각하자니 잠시도 늦출 수가 없었다.

솥, 그릇, 깔개 및 덮개, 송진, 도끼, 자귀…….

가지고 올 물품들을 생각하니 한 번에 다 가져올 수는 없을 것 같았다. 그러나 오늘 밤 안으로 가져와야 태자의 불편이 덜어질 것이었다.

"전하, 소신 다녀오갔습네다."

출발 준비를 마치고 아지가 고하자 태자가 말했다.

"내래 이제 여기 들었으니 아무 걱정 말고 최대한 됴심하라. 추격군도 추격군이디만 미끄러운 눈길도 됴심하고. 안전이 제일이니끼."

"예. 잘 알갔습네다. 기럼."

아지는 머리를 숙여 인사한 후 동굴 입구를 향했다. 아직 등이 없었기에 부싯돌을 그으며 천천히 쓰러져 있는 나무를 밟으며 동굴 입구로 나갔다.

동굴을 빠져나오자 입구 쪽에 눈들을 정리했다. 남이 눈에 띄어서는 안 되겠기에 달빛 아래 반짝이는 눈을 티나지 않게 수습했다. 눈 표면이 얼어 있어서 쉽지만은 않았다. 그러나 태자의 안전을 위해선 꼭 필요한 일이었기에 최대한 꼼꼼하게 뒤처리를 했다.

동굴에서 서너 마장까지는 발자국을 지우며 가야 했기에 더딜 수밖에 없었다. 사람들의 발길이 없는 곳이라 발자국을 남겨서는 안 됐다. 해서 뒤로 걸으며 발자국을 지우면서 산길을 내려가자니 여간 번거롭지 않았다. 그러나 태자의 말이 아니더라도 안전이 제일이니 차분히 뒷정리를 하며 내려갔다. 눈도 내리지 않고 바람도 자 있어서 그나마 다행이었다. 그러나 그런 만큼 사람과 마주칠 수 있었기에 최대한 몸을 숨기며 움직였다.

갈림길에 접어들자 발자국들이 무성했다.

눈보라가 쳐도 본업을 게을리 할 수 없는 전문 사냥꾼들의 발자국일 것이었다. 어쩌면 작은 짐승들을 잡기 위해 여기저기 코(덫의 일종으로 짐승의 발목이나 목을 옭아매서 잡는 덫)를 놓은 사람들이 다녔던 흔적일 수도 있었다. 삶은 그 무엇보다도 위대한 것이기에 단 하루도 게을리하지 않았던 흔적들이었다. 그런 발자국들을 보고 있자니 새삼스레 삶의 의욕이 솟아올랐다.

갈림길에서부터는 뛰는 듯 걸었다. 그래봤자 별 차이가 없겠지만 단 일각이라도 빨리 가고 싶었다. 미소가, 미소의 미소가 보고 싶었다. 미소와 미소의 미소를 보면 산중에서의 힘든 삶도, 밤중에 눈길을 오갈 수밖에 없는 자신의 현 상황도 은혜로 여길 수 있을 것 같았다. 이번 일이 없어 궁에만 머물러 있었다면 미소를 만날 수 없었을 테니 말이다.

가쁜 숨으로 초가 앞에 도착한 아지는 숨을 골랐다.

마음은 벌써 집에 들어가 미소를 만나고 있었지만, 미소를 만나려고 허겁지겁 달려온 자신의 모습을 보이기 싫었다. 미소의 마음이야 얼마간 알고 있었지만 확실하지 않은 상태에서 자신의 마음을 내보이는 건 창피할 것 같았다.

싸리문 앞을 서성이며 숨을 고른 아지는 문 앞에서 헛기침을 했다. 인기척 없이 들어갔다간 주인이나 미소가 놀랄지 모른다는 생각에서.

"뉘기요?"

인기척에 주인인 듯한, 텁석부리 사내가 방에서 나오며 물었다.

"소옹 낭자와 같이 왔던 사람이우다."

"아, 예. 날래 드시라요."

사내가 주변을 살피더니 앞서 가 방문을 열어주었다. 아지는 신발을 벗어 손에 들고 방안으로 들어갔다.

"소옹 낭잔?"

"기게……."

텁석부리는 잠시 머뭇거리더니 어차피 알아야 할 일이란 듯 입을
열어 말했다.

"군사들이 대로 나리 댁을 둘러싸 버리는 바람에 아기씨뿐 아니
라 대로 댁 식구들이 옴짝달싹 못 하고 있댔시오. 기래서 이걸 전해
드리랬시오."

텁석부리가 곱게 접은 비단을 내밀었다. 펼쳐보니 미소가 보낸
서찰이었다.


　　사세가 여의치 못해 글로 마음을 전합니다.

　　마음 같아선 포위망을 뚫고서라도 공자께 달려가고 싶지
만 소녀의 마음밖에 전할 수 없음이 한스럽습니다.

　　산중 생활에 필요하겠다 싶은 물품은 준비해뒀으나 옮길
수 없어 집주인에게 일러뒀습니다. 집주인에게 임시변통
하시기 바랍니다.

　　태자 전하도 중요하지만 공자가 끝까지 곁에 있어야 태
자 전하 또한 안전할 터이니 몸 잘 챙기시고 가까운 날
다시 뵐 수 있기를 바라겠습니다.

　　전전반측輾轉反側이란 말이 무엇인지를 절실히 느끼며
공자를 기다리고 있으니 몸 건강하십시오.

　　　　　　　　　　　　　　　　　　　　　소옹 올림

아지는 미소의 서찰을 곱게 접어 가슴 속에 넣었다. 미소를 만나지 못한 대신 서찰이라도 가슴 속에 품고 싶었다. 그래야 꽁꽁 얼어 버린 가슴이 녹을 것 같았다. 아니, 그래야 눈 덮인 산길을 올라갈 힘이 생길 것 같았다.

"주인장, 나중에 내가 갚든 대로 댁에서 갚든 할 테니 곡식이며 솥과 도끼, 자귀 같은 연장과 깔고 덮을 걸 좀 융통해 주구래."

"예예, 나리. 안 그래도 대로 댁에서 오신 분이 나리께서 말씀하시는 물품과 한 치도 차이 없이 준비해 두라고 해서 구입해다 났시오."

"기래요?"

아지는 미소의 선견지명과 준비성에 놀라지 않을 수 없었다. 여자의 몸으로 산중 생활을 해보지도 않았을 것이었다. 그런데도 그런 것들을 생각해내고 마련해둔 걸 보면 그녀의 성격과 혜안을 짐작하고도 남았다. 그런 그녀를 못 본다는 게 아쉬웠다. 환한 미소에 몸과 마음을 따뜻이 녹이고 싶었는데.

짐은 아지가 생각했던 것보다 훨씬 많았다.

아지가 생각했던 물품에 고기에 장조림까지 마련해놓고 있었다. 산중에서 몸을 보하라는 뜻인 것 같았다. 거기에다 사냥꾼이 마련해뒀음직한 육포와 문피(文皮. 얼룩무늬 가죽)까지 더하자 혼자 힘으로는 옮길 수 없을 만큼 많았다.

짐이 너무 많아 사냥꾼과 함께 산에 올랐다. 두 번에 옮기겠다고 한사코 거절했지만 산길에 자신이 돕지 않으면 누가 돕겠냐고 우기는 통에 어쩔 수 없었다. 갈림길까지만 동행하기로 하고 짐을 나눠 졌다. 거의 대부분을 사냥꾼이 지고 아지는 가벼운 옷가지만 졌다.

그런데도 발길은 무거웠다.

미소의 미소가 발에 밟혀 제대로 걸을 수가 없었다. 밝은 달빛 속을 걷고 있는데도 캄캄한 어둠 속을 걷는 것만 같았다. 몸도 마음도 천근만근이었다.

힘든 발걸음을 옮겨 갈림길 가까이 닿자 아지는 사냥꾼에게 말했다.

"거의 다 왔으니낀 딤을 냉겨주고 내려가구래."

"아, 예. 마음 같아선 끝까지 뎌다 드리고 싶디만 안 됐습네다."

"일 없습네다. 여기까디만도 큰 도움이 돼수다. 기러니 됴심히 내려가시구래."

"예. 기럼 쉰넨 내려가갔습네다."

짐을 나뭇잎 위에 부려놓고 사냥꾼은 뒤도 돌아보지 않고 내려갔다. 뒤를 돌아보거나 천천히 걸으면 의심을 받을지도 모른다는 생각인지 뛰듯이 내려갔다.

사냥꾼이 완전히 안 보이는 걸 확인한 아지는 그제야 몸을 움직였다. 사냥꾼이 부려놓고 간 짐 위에 자신이 지고 왔던 짐을 묶어 등에 졌다. 묵직한 무게감에 다리가 떨릴 정도였다. 그러나 두 번 왕래하는 것보다는 나을 것 같아 한 짐으로 졌다. 그리고 발자국을 지우며 뒤로 걸었다. 눈이 내리지 않으면 흔적이 남을 수 있었기에 꼼꼼하게 지우며 굴을 향했다.

"이 많은 걸 혼자 디고 어뜧게?"

동굴에 도착해서 짐을 풀어놓자 태자가 입을 딱 벌렸다.

"혼자 디고 온 게 아닙네다."

"혼자가 아니면……. 그 낭자라도 왔다 갔네?"

"아니야요. 그 낭잔 만나디도 못 했습네다. 집주인 사냥꾼의 도움을 둠 받았시오."

"그 사냥꾼이란 잔 믿을 만하고?"

"믿을 만하긴 하디만 만약을 대비해 갈림길까디만 동행했습네다."

"기럼 그 후엔 혼자 지고완?"

"예. 멀디 않아 심들디 않았습네다."

"심들디 않긴. 말[馬]이라도 진땀을 흘렸을 긴데. 나 때문에 고생이 많아."

"아닙네다, 태자 전하. 다 소신이 해야 할 일인데 어띠 기런 망극한 말씀을……."

"아니야. 내래 잊디 않고 다 기억하갔어. 공자公子 소백小白이 포숙아鮑叔牙를 기억했던 것처럼 내래 아지를 잊디 않갔어."

"그런 망극한 말씀 거둬두십시오. 내래 한 일이 뭐 있다고 기런 망극한 말씀하십네까? 소신 몸 둘 바를 모르갔습네다."

"아니야. 내래 빈말이 아니야."

태자가 아지의 손을 잡으며 빈말이 아님을 강조했다. 따뜻한 그의 손길이 미소를 만나지 못해 꽁꽁 얼었던 가슴을 녹여주었다. 남자가 자신을 알아주는 사람에게 목숨을 바치는 이유를 알 것 같았다.

16

다음날부터 굴속에 살림을 차렸다. 살림이래야 잠자리에 문피를 깔고, 등잔을 밝히고, 솥을 건 것이 전부였지만 사람 사는 곳 같았다.

아지 혼자 일을 하려니 태자가 자꾸만 나섰다.

"혼차 앉아 있으려니긴 따분해서 기래."

"기래도 태자 전하께서 어떻게 이런 일을?"

"와? 내가 바보네? 아진 내래 바보로 보여?"

태자가 역정까지 내자 더 이상 말릴 수가 없어 둘이 함께 일을 처리해나갔다. 힘든 일은 아지가 하고 간단히 할 수 있는 일은 태자에게 맡겼다. 궁에서만 살아 아무 것도 못 할 줄 알았는데 태자는 곧잘 일을 해냈다.

태자가 제일 먼저 한 일은 잠자리 정리였다. 그런데 잠자리를 정리하려던 태자가 소릴 질렀다.

"와 내래 나쁜 사람 만드는 기야?"

무슨 일이 있나 싶어 달려갔더니 태자가 화를 내며 물었다.

"와 잠자리래 달라? 와 두께가 다르냔 말이야."

"기건 태자 전하와 소신이……."

"딥어티라. 둘 다 같은 신세에 높낮이가 어디 있간? 당장 하나로 만들라."

그러더니 아지가 손을 대기도 전에 두 개의 잠자리를 하나로 만들기 시작했다.

"태자 전하, 알갔으니깐 소신이……."

"비키라. 내 손으로 직접 해야갔어."

아지는 태자가 잠자리를 새로 만드는 걸 지켜봤다. 그리고 더 이상 말릴 수 없을 것 같아 나무를 깎기 시작했다. 솥뚜껑을 만들어 덮어야 밥을 제대로 지을 수 있을 것 같아 그걸 자귀로 깎았다. 그리고 시간이 나는 대로 그릇도 몇 벌 더 만들어 둘 생각이었다. 가능할진 모르지만 구명석이 올 때를 대비해둬야 했다.

그렇게 살림을 차리느라 또 하루가 휙 지나갔다.

태자는 오랜만에 몸을 써서 피곤했는지 잠자리에 들자마자 쌔근거렸다.

아지는 잠이 오지 않았다.

생각할수록 태자는 사람을 끄는 힘을 가진 사람이었다. 밀어내고 싶을 만큼 바짝 끌어당기는 힘을 가지고 있었다. 이제 겨우 열세 살인데 생각하는 건 아지의 윗길이었다. 아지는 태자가 자는 모습을 물끄러미 바라다보다 자신도 모르는 새에 눈물을 흘리고 말았다.

'제발 이 고비를 무사히 넘겨 태자 전하의 힘을 만천하에 보여듀시라요.'

아지는 기도하는 마음으로 태자의 얼룩무늬 덮개를 여며주었다.

# 결뉴結紐

**17**

대로 을지광의 집 뒷마당.

무사 하나가 무예를 수련하고 있었다.

눈을 치우기는 했지만 눈과 얼음이 번들거리는 마당 위를 밟는 발이 까치걸음만큼이나 가볍고 경쾌했다. 뛰어 오르고 내려서는 동작이나 앞으로 내닫다 순식간에 돌아서는 동작, 치닫다 솟아오르면서 방향을 전환하는 모습에서 고수의 품격이 느껴졌다.

몸 움직임만이 아니라 창처럼 긴 칼의 움직임은 주인의 움직임에 따라 전후 상하좌우로 끊임없어 마치 벌이 춤을 추는 것 같았다. 바람도 햇빛도 예리한 칼 놀림으로 베어 흩어버릴 것처럼.

날이 밝아오자 시작된 수련은 해가 충천에 오르도록 계속되고 있었다. 마치 몸속에 남아있는 기운 하나까지 다 뽑아내려는지 잠시도 멈추질 않았다. 수련이 아니라 호적수와 긴 싸움을 하는 것 같았다.

어느 순간, 몸동작이 딱 멈추더니 조용히 합장하듯 두 손을 모은 후 이마를 묶었던 수건을 풀었다. 그리곤 머리에 맺힌 땀을 불리려는지 머리를 좌우로 턴 후 땀을 닦기 시작했다. 그러고 보니 무사의 얼굴이 눈에 익다. 소옹이었다.

소옹의 얼굴은 땀범벅이었다. 수건으로 땀을 훔쳐내자 핼쑥한 얼굴이 드러났다. 잠도 제대로 자지 못한 얼굴이었다.

그러는 소옹을 아까부터 지켜보는 이가 있었으니 지광이었다. 지광은 딸의 눈에 띄지 않게 몸을 숨긴 채 딸의 행동을 지켜보고 있었다.

"듬 시원하네?"

지광이 몸을 드러내며 딸에게 물었다. 그러자 소옹이 놀라는 표정으로 지광을 바라보았다.

"언제 오셨습네까?"

소옹이 물었지만 지광은 묻는 말엔 대답하지 않고 동문서답을 했다.

"보기 싫은 사람을 보는 것보다 보고 싶은 사람을 보디 못하는 게 더 큰 아픔이갔디? 안 돼갔든?"

"……."

소옹은 대답하지 않았다. 어떻게 자기 마음을 아버지한테 털어놓는단 말인가. 오라비 둘을 전장에서 잃은 아버지에겐 자기밖에 없지 않은가. 그런 아버지에게 속말을 할 수가 없었다.

"길티만 내겐 니 하나뿐이잖네."

지광의 목소리는 아예 애원조였다. 그러나 소옹은 역시 묵묵부답. 그 침묵의 시간은 길기만 했다.

"뜻대로 하라. 기대신 어미 몰래 하라."

지광이 말을 마치더니 돌아섰다. 그리곤 조용히 자리를 떴다.

소옹은 그런 아버지를 지켜봤다. 뒷모습이 너무나 쓸쓸해 보였다. 문무를 겸비하고 있어서 당당하기만 했던 아버지였다. 세상을 두 어깨에 걸머메도 결코 흔들림 없을 것 같던 분이었다. 그런데 오늘의 뒷모습은 그러질 못했다. 범부의 뒷모습보다도 못했다. 축 늘어진 어깨 때문만은 아니었다. 나이가 들었으니 나이에 걸맞게 어깨가 내려갈 수는 있었다. 그러나 넓기만 했던 아버지의 등이 너무나 좁아 보였다. 그런 모습은 처음이었다. 오라비 둘을 전장에서 잃었을 때도 저러지는 않았었다. 자신이 아버지를 그렇게 만들지 않았나 싶자 가슴이 저미어왔다.

소옹은 더 이상 자리에 서 있을 수가 없었다. 지금 아버지를 붙들지 않으면 쓰러져버릴 것 같았다.

소옹은 아버지를 향해 달려갔다. 그리고 등 뒤에서 아버지를 포옥 껴안았다. 기다리고 있었다는 듯 아버지는 놀람 없이 배를 감싸고 있는 소옹의 두 손을 꼭 잡았다.

"큰 오래빌 너무 닮아서리……. 내래 맘 알간?"

"예, 아바디. 됴심, 또 됴심할 테니낀 마음 놓으시라요."

"기래, 기래야디. 누 딸인데……."

소옹은 힘을 주어 아버지의 몸을 다시 껴안았다. 그러자 아버지는 아무 말 없이 하늘을 쳐다보았다. 자신의 결정이 잘못되지 않기를 비는 것 같았다.

## 18

방으로 돌아온 소용은 외출 준비를 했다. 20일만이었다. 그러나 그 시간은 20년만큼이나 길었었다.

아버지가 허락했다 해도 아지를 만나러 갈 수는 없었다. 군사들이 집을 포위하고 있어서 옴짝달싹할 수가 없었다. 다행히 아랫사람들에 대한 통제는 느슨한 편이어서 총기 있는 하인 하나를 시켜 아지에게 필요한 물품이며 아지에게 쓴 서찰을 사냥꾼 집에 가져다 놓을 수 있었다.

그러나 아지에게서는 아무런 소식도 없었다. 시간이 갈수록 궁금하고 답답해서 견딜 수가 없었다. 사냥꾼 집에 맡겨둔 물품이며 서찰을 가져간 후엔 그림자도 얼씬하지 않는다고 했다. 죽었는지 살았는지도 알 수가 없었다. 무소식이 희소식이라고 믿으며 여유를 가져보려 했지만 마음과 달리 초조해지기만 했다.

'무슨 일이 있는데 모르고 있는 건 아니갔디?'

의문이 꼬리를 물었고 의문은 하나의 확신이 되어갔다. 애가 타는 정도가 아니라 하루하루 피가 마르는 것 같았다.

"아바디, 아무래도 무신 일이 있는 거 같습네다."

"기럴 리 없어. 기랬다면 벌써 말이 돌았을 기야."

"산중에서 안 돟은 일이 생겼는디도 모르잖습네까?"

"아지가 기렇게 보이든? 돔 더 기다려 보자."

아버지와 걱정을 나누는 것도 하루 이틀이지 계속할 수는 없었다. 아버지는 태자와 아지 말고도 신경 쓸 일이 많았다. 도대체 어떻게 왕이 시해됐는지, 궁궐에서 무슨 일이 벌어지고 있는지, 국장國

葬은 어찌하고 있는지, 나라가 어떻게 될지, 이 모두가 아버지의 촉각을 자극하고 있었다. 그런 상황에서 태자와 아지에 대한 일을 더 이상 거론할 수가 없었다.

그럴수록 소옹은 바짝바짝 말라 갔다. 아버지와 의논한다고 달라질 것도 나아질 것도 없었다. 그런데도 걱정을 함께 나누다 보면 얼마간 마음이 안정되곤 했었는데 그것마저 막혀 버리자 혼자 견디기 어려웠다. 잠도 제대로 잘 수가 없었다.

그렇게 피를 말리고 있자니 포위가 풀렸다. 포위한 지 열흘만이었다. 포위할 때도 아무 소리가 없더니 풀 때도 아무 소리가 없었다. 자고 일어나니 포위가 풀려 있었다. 그렇지만 포위가 풀렸다고 소옹의 사정이 풀린 것은 아니었다.

포위가 풀린 아침, 왕명이 당도했다. 대로인 아버지를 대대로大對盧로 승차시키고 좌보(左補. 좌상과 같음)에 임명한다는 교지였다. 국새가 찍힌 것이 왕명임이 분명했다.

"내래 다른 명이 있을 때까디 아무도 움딕이디 말라. 상하 노복들까디 문밖에 나가디 말라."

아버지가 엄명을 내려놓고 입궐했다. 그리고 날이 저물어서야 돌아왔다. 침통한 표정이었다. 침통한 정도가 아니라 금방이라도 폭발할 화산 같았다.

"이제 고구려는 끝났어. 국왕을 시해하는 것도 모자라 고추가에서, 기것도 철부지 어린 왕을 세우딜 않나, 계비가 국정을 주무르딜 않나. 이제 고구려는 고씨가 아닌 중실씨의 나라가 돼버렸어."

아버지는 평정심을 잃고 있었다. 궁에서의 일은 한 마디도 하지 않던 분이었다. 그런데 소옹에게 들으라는 듯이 속말을 뱉어내고 있었다.

"무슨 일인디 소녀가 알아듣게 말씀해 듀시라요."

소옹의 요구에 아버지는 소옹도 깜짝 놀랄 만한 이야기를 전해주었다. 국왕 시해의 전말이었다. 그뿐만이 아니었다. 새로운 나라임을 강조하기 위해 관제官制도 개편하였다는 것이었다.

상가相加-대로對盧-패자沛者-고추가古鄒加-주부主簿-우태優台-승丞-사자使者-조의皂衣-선인先人으로 구분되었던 관제를 대대로大對盧-태대형太大兄-대형大兄-소형小兄-의후사意候奢-오졸烏拙-태대사자太大使者-대사자大使者-소사자小使者-욕사褥奢-예속翳屬-선인仙人-욕살褥薩로 세분화했다는 것이었다. 그리고 아버지를 회유하기 위해 대대로란 직책을 만들어 좌보로 임명했다는 것이었다.

"기래서 아바딜 좌보에 임명한 거구만요. 중실씨들이 방패막이로……."

"기런 거디. 그러니 내래 화가 안 나간? 내래 어뚷게 기런 자리에 앉갔네?"

아버지가 소옹의 동조를 기다리며 물었다.

그러나 소옹은 대답할 수 없었다. 어느 게 태자와 아지에게 이로울지 생각이 필요했다.

이제 계비와 중실씨의 허수아비에 불과한 신왕新王에게 기대할 게 없었다. 그렇다고 당장 반역의 기치를 세울 수도 없었다. 궁궐뿐아니라 이제 고구려는 중실씨의 세상이었다. 그 세상이 싫은 사람은 국경을 넘어 다른 나라로 가는 수밖에 없었다. 북으로는 부여, 숙신, 말갈로 가거나, 남으로는 백제나 삼한, 또는 왜로. 그러나 제조국을 버리고 다른 나라로 가려면 거지로 살 각오가 돼 있어야 했고, 객사해서 쑥구렁이에 버려질 각오가 돼 있어야 가능한 일이었다. 고구려인인 그들을 반겨줄 곳은 없었다. 그러니 태자가 아직건재한 만큼 힘을 기르며 때를 기다리는 것도 하나의 방법일 수있었다.

"아바디, 좌보 자리에 앉는 것도 하나의 방법이갔습네다."

"……?"

펄펄 뛸 줄 알았던 소옹이 좌보 자리에 앉으라고 권하자 대로는소옹을 쳐다보았다. 깜짝 놀라는 표정이었다.

소옹은 자신의 속마음을 낱낱이 털어놓았다.

아버지는 소옹의 말을 거부반응 없이 귀담아 들어주었다. 그리고소옹이 말을 마치자 물었다.

"기래. 그것도 방법이디. 내래 기걸 생각 안 해본 게 아니야. 기런데 니가 걸려. 너와 아지가."

"……."

"내래 관상을 볼 둘은 모르디만 전장戰場에서 잃은 아까운 이들의 얼굴은 기억하디. 아지, 아니 니 오래비 같은 이들은 전장관 어울리디 않아. 태평성대에 모든 사람들의 추앙을 받으며 살아야 돼. 기래야 천명을 누리디. 기건 너도 마찬가디고. 그런데 내가 어뜧게너들을 싸움판에 몰아놓갔니?"

"기래도 길이 없디 않아요?"

"너구 오래비 둘이믄 독하디 너까지 잃고 내가 어뜧게 살갔네? 더군다나 니가 오매불망 몽매간에 기리는 아지까디."

아버지의 깊은 속을 알게 된 소옹은 아무 말도 할 수가 없었다. 소옹의 속마음까지 다 읽고 있는데 무슨 말을 더 하겠는가.

그날부터 소옹은 갈등했다. 밥도 넘어가질 않았고 잠도 오지 않았다. 아버지냐 아지냐의 문제가 아니었다. 그런 단순한 선택이었다면 고민할 필요도 없었다. 소옹은 이미 혼기를 놓친 노처녀였고 아지는 소옹에게 과분한 신랑감이었으니 아지를 따르면 그만이었다. 그러나 생사를 걱정하는 아버지한테 자신의 뜻을 밀어붙일 수가 없었다.

이럴 수도 저럴 수도 없어 고민하다 소옹은 무예에 몰두하기로 했다. 단 한 올의 잡념도 단 한 톨의 기운까지도 다 흩어질 때까지. 그게 갈등과 번민에서 벗어나는 길이었고, 나중을 준비해 두는 일이기도 했다. 언젠가 자신이 위험에 빠졌을 때 자신을 살리는 길. 비록 죽음에서 벗어날 수 없다 해도 비굴하거나 비참하게 죽지 않을 방법은 그뿐이었다.

그렇게 무예를 몰두한 지 열흘만인 오늘 아버지로부터 허락이 떨어진 것이었다. 자세한 이유는 알 수 없었지만 소옹은 아버지의 마음을 얼마간 이해할 수 있을 것 같았다. 피할 수 없으면 부딪쳐 보자는 뜻일 것이었다.

19

소옹은 혼자 산을 올랐다.

사냥꾼이, 자신이 아는 곳까지 안내하겠다고 했지만 말렸다. 사냥꾼과 동행한다면 찾기는 쉬울 것이었다. 그러나 은신처가 알려질 염려가 있었다. 사냥꾼이 발설은 않겠지만 모든 건 예측불허였다.

세상살이만큼 오묘하면서도 가변적인 것은 없었다. 그래서 훗날을 대비해둬야 했다.

사냥꾼이 얘기한 곳까지는 쉽게 찾을 수 있었다. 산을 제 손금 보듯 훤한 사람이 알려준 길이라 갈림길까지 어렵지 않았다. 그러나 거기서부터가 문제였다.

발자국으로 보아서는 산을 타 넘은 것 같았다. 왕래를 했다면 발자국을 남기지 않을 수 없고, 발자국을 남겼다면 산을 넘은 게 분명했다. 그러나 발자국을 남기지 않았을 것이란 생각이 들었다. 태자의 은신처를 감추기 위해 어떻게든 발자국을 숨겼을 것이었다.

소옹은 산세를 살폈다. 골짜기도 눈에 덮여 잘 보이지 않았고, 울쑥불쑥 솟은 바위로 인해 어디에도 사람이 숨을 만한 곳이 없었다.

"이 겨울에 산속에서 살아남기 위해선 한 가디 방법밖엔 없갔디요. 궤(굴) 속에 들어야갔디요."

"그 주위에 궤가 많네?"

"한 대여섯 개 있긴 있디요. 긴데 눈이 덮여서리 찾기가 쉽디 않을 기야요. 우리도 이렇게 눈 덮였을 때 찾기가 쉽디 않으니깐요. 우리 같은 사냥꾼이 궤를 찾을 일이 없디 않습네까? 어쩌지 못해 찾아들긴 하디만 자세히 봐두딘 않디요."

"기렇군. 아무튼 고맙네."

더 묻고 싶었지만 그만 뒀다. 사냥꾼이 은신처를 눈치챌까 염려스러웠다. 굴속 사정까지 잘 알지는 못하겠지만 꼬치꼬치 캐묻다보면 사냥꾼이 짐작할 수도 있었다.

## 20

사냥꾼이 일러준 곳을 중심으로 하루종일 헤매다녔지만 은신처를 찾을 수가 없었다. 사냥꾼과 함께 찾아보고 싶은 마음은 굴뚝같았으나 참았다. 사냥꾼이 은신처를 아는 순간 사냥꾼을 잡아두거나 죽이는 수밖에 없었다. 은신처가 새나가지 않게 하는 방법은 그뿐이었다. 그래서 사냥꾼을 끌어들이지 않고 다시 찾아보기로 하고 산을 내려왔다.

다음 날은 발자국이 찍히지 않는 곳을 중심으로 산을 누비고 다녔다. 그리고 그다음날도. 그러나 은신처를 찾을 수는 없었다. 굴을 세 군데나 찾아 안을 살펴봤지만 사람의 흔적은 보이지 않았다.

하루 종일 산을 헤맨 끝에 저물어서야 사냥꾼 집에 들렀다.

"오늘도 못 찾으셨습네까?"

"기렇네. 오늘도 안 왔었네?"

"예. 낮에 사냥을 잠깐 다녀오긴 했디만 왔던 거 같딘 않습네다."

"기래. 내일 또 찾아봐야디."

무거운 마음으로 방을 나서려는데 사람 하나가 쑥 들어섰다. 반사적으로 칼에 손을 가져가려 하자 민첩한 손길로 소옹의 손을 잡았다. 아지였다.

소옹은 아지를 끌어안았다. 자신의 애를 태우던 이가 눈앞에 나타난 것이었다. 그래서 다른 생각은 할 수 없었다. 아지를 안지 않으면 풀쑥 주저앉을 것만 같아 다짜고짜 안아버렸다.

"날 찾아 산속을 헤맨 겁네까?"

소옹의 몸을 자기 가슴에 쓸어안더니 아지가 물었다.

"기럼 다른 이유가 있갔시오?"

며칠간 산속에서 고생했던 일이 떠올라 투정을 부리고 싶었다.

"기럼 내래……."

사냥꾼이 재빨리 방문을 열고 나갔다. 두 사람만의 시간을 주기 위해서이기도 했지만 누가 오는지 망보기 위해서이기도 했다.

사냥꾼이 나가자 두 사람은 다시 으스러지게 끌어안았다. 그리고 길고 긴 입맞춤을 했다.

"어찌 된 일입네까? 사흘씩이나 산을 헤매고 다니는 게 수상해서 밤을 타 내려왔습네다."

긴 포옹과 입맞춤을 끝낸 아지가 소옹의 얼굴을 들여다보며 물었다.

"얼굴도 많이 상한 것 같고……. 무슨 일이 있었습네까?"

소옹은 눈물을 참으며, 한숨을 삼키며 그간의 사연들을 풀어놓았다.

"내래 뭐라고 기렇게까디……."

아지는 감동을 미안함에 담아 얼버무렸다. 그래놓고 고마운 듯 소옹의 얼굴을 쓰다듬었다. 그러고도 미진한지 소옹을 끌어당기더니 격렬한 입맞춤을 다시 했다.

# 잉꼬 한 쌍

**21**

아지는 잠을 이룰 수 없었다. 모든 게 막막하기만 했다.

이제 어떻게든 미소를 책임져야 했다. 아버지의 반대를 무릅쓰고 자신을 찾아왔을 때는 그만한 각오를 한 것이 아닌가. 또한 도망자 신세인 자신을 그만큼 생각하는데 내칠 수는 없었다.

그러나……

태자 곁을 떠날 수도 없었다. 어떤 상황에서든 자신의 모든 것을 바쳐서 태자를 보호해야 했다. 지금 상황에서 연정에 빠진다는 건, 태자에게 소홀히 한다는 건, 태자에게 죽으라는 뜻이나 다름없었다. 사내로서, 신하로서 있을 수 없는 일이었다.

"허드렛일이든 뭔 일이든 다 할 테니낀 곁에만 머물게 해주시라요."

미소는 사정하다 못해 애원했다.

"아바디한테 기렇게 해놓고 나왔는데 어뜿게 돌아갑네까? 기러니 내치지만 말아 달라요."

"기럼 일단 여기 머물고 계시라요. 내래 어떻게든 방도를 마련해 볼 테니낀."

지키지도 못할 약속이었지만, 그럴 수밖에 없었다. 그러지 않으면 칼을 물어버리거나 방랑의 길로 들어서버릴 것 같았다. 그만큼 간절했고 그만큼 경건했다.

그래놓고 굴로 돌아와 생각에 생각을 거듭해도 결말이 나지 않았다.

생각다 못해 태자가 깨지 않게 잠자리를 벗어났다. 그리고 굴 밖으로 나갔다.

칠흑 같은 어둠이 깔려 있었다. 산에서 불어오는 바람에 쌓였던 눈이 날리는지 얼굴에 차가운 눈 알갱이들이 부딪쳤다. 그러나 그걸 피하고 싶지 않았다. 그 알갱이들이 자신을 어둠과 눈 속에 묻어버렸으면 싶었다.

'이럴 때 부모님이라도 살아계셨다믄…….'

아지는 돌아가신 부모님이 새삼스레 그리웠다.

아지는 마리, 협보와 함께 태모왕을 도와 고구려를 건국한 개국공신 오이의 증손자다. 아명은 벽璧이었다. 가문을 빛낼 인물이 되라는 뜻으로 할아버지가 지어주신 이름이었다.

그러나 개국공신의 후예로서 명문가를 이루었던 아지의 집안은 아버지 대에 이르러 멸문지화滅門之禍를 입게 된다.

낙랑 멸망의 일등공신인 호동왕자의 사건이 터졌을 때 아버지 적寂이 호동 왕자를 옹호하다 원비의 미움을 샀다. 그리고 호동왕자가 자살한 후 원비 일당에 의해 역적으로 몰리고, 급기야 아지의 집안이 풍비박산이 난다.

그 환난 속에서 아지가 무사한 것은 오로지 선왕 때문이었다. 선왕이 왕위에 오르기 전 태자 시절에 아버지와 가근했었다. 그러나 원비의 미움을 사 역적으로 몰린 아버지를 태자의 신분으로도 구할수 없었다. 그렇다고 손 포개고 있을 수 없어 어린 아지를 아무도 몰래 궁으로 빼돌렸다. 신분을 감춤은 물론 벙어리라 속여 자신의 궁인으로 삼았던 것. 그리고 남몰래 무술을 익히게 하였다가 태자 영의 호위무사로 세웠다. 태자 곁에는 아지가 있어야 한다는 걸 아비의 동물적인 감각으로 느꼈던 것이었다.

이제 선왕의 동물적 감각이 그 빛을 발해야 할 때였다. 그런데 뜻하지 않게 태자와 아지 사이에 미소가 끼어든 것이었다.

'한 분만 살아계셨어도 걱정 없었을 낀데…….'

아지는 한숨을 푹 쉬었다. 자신은 태자 곁을 떠날 수 없는 몸이었다. 그러나 지금의 상황이 그리 길지 않을 것이었다. 화무십일홍花無十日紅이고 권불십년權不十年이라 하지 않았던가. 그러니 머잖은 날 태자는 다시 궁으로 돌아가게 될 것이었다. 그리되면 자신도 자연스레 태자 곁을 지킬 테고 그때쯤 미소와 부부의 연을 맺을 수 있었다. 그러나 부모가 안 계시고 보니 당장 미소가 가 있을 곳이 없었다. 그러니 부모님이란 존재가 더욱 간절할 수밖에.

아지는 동굴 입구에 선 채 밤하늘을 바라보았다.

별은 오늘밤도 제자리에서 자기만큼의 크기와 빛으로 빛나고 있었다. 그런 별들을 보고 있자니 자신이 더욱 처량하고 슬펐다. 자기는 무수히 많은 별들처럼 빛나는 존재도 아니었고, 빛도 내지 못하는 존재였다. 그런데 별보다도 큰 고민을 가슴에 안고 있으니 슬프지 않을 수 없었다. 그러는 한편, 모든 별들이 빛나는 건 아니기에, 빛나지 않는 별도 별이기에, 주어진 삶에 충실할 수밖에 없다는 생각이 들기도 했다.

"무신 일 있네?"

밤하늘을 쳐다보며 서글픈 자신의 신세를 되새김질하고 있으려니 태자의 목소리가 들렸다. 아지는 황급히 고개를 돌려 태자를 바라보았다. 언제 왔는지 태자가 아지 뒤에 서 있었다.

"아, 아, 아닙네다. 무신 일이 있갔습네까?"

아지는 침착하려고 했지만 태자가 언제부터 자신을 봐왔는지 알 수 없어 말을 더듬거리고 말았다.

"말해보라. 신하가 되어 주군을 속이는 게 어떤 죄인 줄 잘 알디 않네?"

"아무 일도 없습네다. 일은 무신 일이 있갔시요?"

"기래? 기럼 내래 하나 묻자. 그 낭자래 어쩔 기야?"

태자가 정곡을 찌르며 들어왔다. 그러나 알려서는 안 되겠기에 아지는 모른 체했다.

"어떤 낭자 말입네까?"

그러자 태자가 낮게, 어르만지듯 물었다.

"나도 다 봤어야. 기래서 오늘 저녁에 산 아래 다녀온 거 아니네?"

"……."

아지는 할 말이 없었다. 어리다고, 모를 거라고 방심했다가 한 방 먹은 셈이었다.

"들어오라. 내래 할 말이 이서."

태자가 앞서 굴속으로 들어갔다.

아지는 선뜻 발을 옮길 수가 없었다. 태자가 알아버렸으니 어떻게 해야 좋을지 판단이 서지 않았다. 그러나 이미 엎질러진 물이었다.

"식마불음 주상인食馬不飮酒傷人이란 말이 있디. 기러니 기 낭자를 데려오라. 디금 아진 말고기를 먹어놓고 술을 안 마신 격이니 상할 수밖에 없디 않간? 기러고 내래 아지가 해주는 밥이 맛없어서 못 먹갔어. 메칠은 견딜 만했디만 딕금은 아니야. 기러니 기 낭자래 보고 밥 돔 해달라 하라. 기게 딕금 아지가 내게 할 수 있는 가장 큰 충이야. 기러니 내일 당장 데려오라."

아지는 아무 말도 할 수 없었다. 밥 평계를 대면서까지 미소를 데려오라 하는 데는 대답할 말이 있을 수 없었다.

"기렇디만……."

"어허, 충을 말하는데도 딴소릴 할 셈이네?"

태자는 이미 결심이 서 있는 듯했다. 그런 태자 앞에서 어떤 말을 한다 해도 그건 불충일 수밖에 없었다. 아지는 숙인 고개를 들 엄두를 낼 수 없었다.

소옹이 굴에 들어오자 굴속은 달라졌다. 굴속에서의 삶도 달라졌다.

먼저 굴속이 환해졌다. 소옹의 손길이 닿자 굴속은 지금까지와는 전혀 다른 공간이 되어갔다. 비록 방과 마루 같은 모양새를 갖추지 않았고 가구들은 없었지만 여염집의 모습을 갖춰갔다. 소옹은 손끝도 야물어서 그녀의 손이 닿기만 하면 마치 요술을 부리는 것 같이 바꿔놓았다. 거기에 아지의 손재주가 결합되니 굴속은 며칠 안 돼서 새로운 모습으로 탈바꿈하였다.

남자 둘이서 대충 떼워 나가던 식사 문제도 해결되었다. 비록 국과 반찬을 갖춘 정식적인 밥상은 아니었지만 밥다운 밥을 먹을 수 있었다. 소옹이 바느질로 이것저것을 만들어내니 잠자리뿐만 아니라 의복도 제 모양새를 갖춰갔다.

아지와 태자의 삶도 달라졌다. 살림을 소옹에게 맡겨놓고 두 남자는 굴속에서일망정 무술 연마에 더욱 박차를 가할 수 있었다. 그에 따라 몸도 한결 가벼웠고 마음도 여유로워졌다. 도망자의 어둡고 우중충한 삶에서 벗어나고 있었다.

그러나 뭐니 뭐니 해도 아지와 소옹의 삶은 상상할 수 없을 만큼 바뀌었다. 비록 태자와 한 자리에 자야 했기에 정상적인 부부 생활을 할 수는 없었지만 한 공간에서 산다는 자체만으로도 행복했다. 또한 간간히 눈길을 마주치며 미소를 나눌 수 있어 살아있음의 기쁨을 맛보게 했다.

"내래 이럴 줄 알았으믄 딘댝 낭자를 데려올 걸 기랬어."

어느 날 동굴 안쪽 물가에서 둘이 세수를 하다 아지가 말을 걸었다.

"기게 무신 말씀이야요?"

"내 말이 아니라 태자께서 하신 말씀이야요."

"태자 전하께서 말입네까?"

"기래요. 태자 전하께서, 낭자를 데려온 건 아내 하나에 종 하나를 데려온 거나 다름없으니낀 돌 하나로 새 두 마리를 잡은 격이 아니냐고 말이우다. 낭자가 고생하는 걸 미안해서 하는 소리였디만 듣고 보니 뎡말 기런 생각도 들더라우요."

"탬, 별말씀을 다 하십네다. 여자가 남자를 섬기는 건 종이 주인을 섬기는 것이나 다름없는데 와 기런 말씀하는디 모르갔습네다."

"아무튼 고맙소. 내래 무신 복이 있어 낭자 같은 여잘 만났는디 도무디 이해가 안 됩네다. 기러고 독금만 참으라우요. 이 날이 오래디 않을 테니 독금만 더 탬아듀시라요."

"참, 서방님도. 제가 한 게 뭐 있다고 기러십네까? 기런 생각 말고 큰일을 생각하시라요."

"알갔습네다. 됴금만 더 탬아듀시라요."

아지는 물방울이 묻어 있는 소옹의 얼굴을 손으로 감싼 채 깊은 입맞춤을 했다. 그 모습은 잉꼬 두 마리가 한 가지에 앉은 채 부리를 부비는 것 같이 아름다워 보였다.

# 구명석의 합류

**23**

구비의 도움으로 저승 문턱에서 살아 돌아오긴 했지만 명이는 후유증을 심하게 겪었다. 출옥 후에도 한동안 거동할 수 없을 정도였다. 겉의 상처는 아물어 갔지만 속이 잘못됐는지 좀처럼 움직일 수 없었다. 용하다는 의원을 불러 진찰도 해보고 약도 지어먹어 봤으나 별다른 차도가 없었다.

그런 와중에도 구비·석권과는 계속 연락을 취하고 있었다. 언제 또 무슨 일이 닥칠지 몰랐다. 태자가 잡히지 않은 이상 불똥이 다시 튈 수 있었고, 그래서 그 어느 때보다 정보를 공유하고 있었다.

그들이라고 자신과 크게 다를 바는 없었다. 자리보전하고 있다고 했다. 그러나 자신보다는 다소 나은 듯했다.

구비는 약재에 대해 해박한 지식을 바탕으로 직접 약을 조제해 먹어 차도가 빠른 것 같았다. 석권 또한 무예로 단련된 돌덩이 몸이라 충격도 둘보다는 심하지 않았던 것 같고 회복도 빠른 모양이었다.

약골에 고생하지? 내가 이 정도니 자넨 죽을 맛이겠지. 그러니 평소에 몸을 단련해 두지 그랬나.

누워있으니 자네들이 더 보고 싶네. 일일부독서 구중생 형극―日不讀書 口中生荊棘이 아니라 일일부상봉 신중생형극 ―日不相逢 身中生荊棘일세. 아무래도 자네들과 입씨름을 해야 병을 씻을 수 있을 듯하니 빨리 쾌차하게.

덧나지나 않았나? 약재 보내니 잘 달여 먹어보게. 내가 먹어봐서 약효가 증명된 약들이니 다른 약들보다는 나을 걸세. 빨리 나아서 만나세나. 누워있는 것보다 자네들 못 만나는 게 더 큰 고통일세. 아무래도 자네들과 입씨름을 하며 속을 털어야 나을 듯하네. 몸조리 잘 하고 하루빨리 만나세나.

이런 서찰들이 왔다. 그러나 말처럼 마음이 편한 건 아닐 것이었다. 감시의 눈초리를 피해 주고받는 서찰이라 속엣말을 숨겨놓고 있었다. 입씨름이나 속을 털어내자는 말은 얼마간 태자의 행방을 알아냈다는 뜻이었다. 그래서 명이는 답신을 다스려 은밀히 보냈다.

만나고 싶은 마음이야 어찌 셋이 다르겠나. 하지만 몸도 몸이지만 시절이 하수상해 좀 더 지켜봐야 할 듯하네. 몸이 낫더라도 당분간은 자리보전하는 편이 나을 것 같네. 낮말은 새가 듣고 밤말은 쥐가 듣는다고 했으니 행동에 새삼 주의들 하게.

나도 입씨름하며 속을 털어야 병이 나을 듯하니 거동할
수 있게 되면 만나세나.

그렇게 몸조리를 위해 누워있는데 하루는 을지광 대로 댁에서
사람이 왔다. 하인을 통해 전해도 되련만 일부러 명이가 누워있는
방으로 들어와 전하고 갔다.
　전하는 내용은 간단했다. 아지란 사람이 다녀갔고 대로가 좌보로
승차했다는 내용이었다. 그리고 명이의 몸 상태를 파악하고 오라고
했다는 것이었다.
　명이는 놀라지 않을 수 없었다. 두 내용은 서로 상충하는 내용이
었다. 아지가 다녀갔다는 말은 태자가 무사하다는 뜻이었고, 대로
가 좌보로 승차했다는 말은 권력 핵심부에 들어갔다는 말이었다.
따라서 두 내용을 함께 전할 이유가 없었다. 그리고 자신의 몸 상태
를 확인하고 오라는 내용까지 전하는 걸 보니 무슨 까닭이 있는
듯했다. 서찰이 아닌 인편으로 전한 것도 그랬다.
　생각에 생각을 거듭한 끝에 명이는 전할 말을 꾸려냈다.
　"자유롭던 못하디만 몸을 움직일 명도라고 전하라. 기러고 승차
를 경하 드린다는 말도."
　대로 댁 하인을 보내고 나서 명이는 다시 대로의 말을 곱씹어
봤다. 태자를 숨겨놓은 역적임을 스스로 밝히고 임금의 최측근인
대대로로 앉았음을 알리는 이유는 한 가지뿐이었다. 태자를 만나고
싶거든 자신에게 연락하고, 자신이 목숨을 내걸고 임금의 최측근인
좌보로 앉아있을 때 거사를 도모하라는 뜻이었다.
　명이는 즉각 구비와 석권에게 사람을 보냈다. 을 대로가 좌보로

승차하셨으니 경하 인사를 드리자는 통지였다. 을지광과 구명석은
누구보다 서로를 신뢰하고 있으니 그 정도면 알아들을 것이었다.

두 사람에게서 같은 답이 돌아왔다. 오늘 밤 대로 댁에서 대로를
만나보자는 것이었다.

24

명이는 두 겹 세 겹 껴입은 후 하인들의 옷을 빌려 입고 집을
나섰다. 그러나 대로 댁까지 갈 일이 막막했다.

대로 댁까지는 두어 마장밖에 안 됐지만 성치 않은 몸을 이끌고
가려니 천릿길이나 되는 것 같았다. 더군다나 남의 눈을 피하려고
대문이 아닌 대로 댁과는 반대쪽 뒷문으로 나섰으니 그 거리가 더
욱 멀어져 버렸다. 그래 봐야 백여 보 느는 정도였지만 성치 않은
몸이라 그 거리도 너무나 멀게 느껴졌다.

담장과 나무에 의지하며 겨우 대로 댁에 닿은 것은 한밤중이었
다. 사람들의 눈을 피해 늦게 집을 나서기도 했지만 성치 않은 몸으
로 눈길을 쓸며 가느라 평소의 열 배쯤 시간을 소비했다.

대로 댁에 닿자 대문이 스르르 열렸다. 대로의 명으로 대문을 지
키고 있다가 명이를 알아보고 하인이 열어준 것이었다.

"아이고 나리, 제가 모시갔습네다."

하인이 나와서 부축하여 대문을 넘겨주었다. 하인이 부축하지 않
았으면 대문을 넘는 일도 쉽지 않았을 것이었다.

하인의 부축을 받으며 사랑에 들자 구비와 석권이 이미 와 있었다.

"날래 오라. 무슨 놈이 행동이 그리 굼떠? 옷은 또 그게 뭐네?"

명이가 문을 넘어서기도 전에 석권이 입화살을 날렸다.

"기놈 하군. 니놈 몰골은 어떻고? 지놈은 장바닥 기는 놈 모양을 하고선 하는 말은……."

둘은 대로가 있는 데도 스스럼이 없었다.

"안으로 드시디. 성치 않은 몸으로 오시느라 고생하셨네."

대로가 일어나 부축을 하며 말했다.

"어르신 기간 무탈하셨습네까? 일 없습네다. 저놈들 꼬라질 보니 없던 심이 나는 게 원수라도 기냥 원수가 아닌 모냥입네다."

"허허, 그러갔디. 와 안 기래갔어?"

대로는 웃었다.

"오느라 고생했다. 제 몸 생각해서 일띡 나오디 와 이렇게 늦언?"

구비가 웃으며 아는 척했다.

"네놈처럼 둏은 약 못 먹어서 기렇다 와?"

"기놈 입은 멀쩡하구나야."

구비는 자리를 비켜 앉아 명이의 자릴 마련해주었다.

"구명석이래 모이니긴 우리 집이 그득하구만 기래."

명이가 자리에 앉자 명이의 잔에 차를 따르며 대로가 말했다.

그 말엔 셋 다 말이 없었다. 그 말은 대로의 작은아들 곤坤과 어울려 놀다 대로의 집에 들렀을 때 대로가 늘 하던 말이었다. 원래는 삼총사가 아니라 사총사였었다.

대로의 작은아들 곤과 구명석은 함께 전장에 나갔었다.

상장군으로 중군을 맡고 있던 대로는 아들과 구명석을 자기 곁에 두었다. 사총사가 곁에 있어야 싸움다운 싸움을 할 수 있을 것이라며. 그러나 곤은 그게 마음에 걸렸던 모양이었다. 한사코 다른 부대로 가고자 했다.

"아바디 곁에 있으믄 어뜧게 싸움다운 싸움을 해보갔네. 내래 기왕 전장에 나왔으니 싸움다운 싸움을 해보고 싶어. 기러고 아바디와 같이 있으믄 아바디가 나 때문에 곤란해딜 수도 있고 말이디."

곤은 구명석에게 아버지를 설득시켜 달라고 졸랐다. 하는 수 없이 대로께 말씀드렸더니 대로가 한숨을 쉬며 말했다.

"큰아들 건乾도 기랬었다. 기랬다가 전사했고. 길티만…… 사내 대장부로 살갔다는데 막을 수야 없디 않간?"

말리고 싶지만 더 이상 어쩔 도리가 없는 듯 대로는 곤을 다른 부대로 전출시켰다. 그리고 사흘 후 큰 전투가 있었는데 곤이 적병의 창을 맞고 전사했다.

"성이 기다리고 있을 테니긴 성 탖아 달 가라."

대로는 눈물 한 방울 보이지 않았다. 전장에서 목숨을 잃는 게 어디 내 아들뿐이냐는 듯 감지 못한 눈을 감겨놓고는 돌아서 버렸다. 그게 너무 슬퍼서 구명석은 대성통곡을 했었다. 4년 전 한나라와 요동 전투 때였다.

그 후 구명석은 대로를 자기들의 아버지로 모시고 있었다. 그래서 대로와 만날 때면 철부지 시절에 그랬던 것처럼 개구쟁이 행동을 했고, 친아버지를 대하듯 스스럼없이 대해 왔다.

오늘도 그랬다. 자신들이 옥고 겪은 걸 걱정할까봐 아무 걱정 말라고 개구쟁이 놀이를 했던 것인데 대로가 옛일을 들춰내자 구명석은 할 말을 잃을 수밖에.

"내래 괜한 말을 했구나야. 차들 들라."

대로가 구명석의 심각함을 읽었는지 말머리를 돌렸다.

"죄송합네다. 자주 찾아뵙디도 못하고……."

"아니야. 무슨 말이네. 가정을 꾸렸고, 태자를 모신다고 바쁜 거다 알아. 기러니 염려 말라. 기나저나 둠 보자고 한 건……."

대로가 입을 열려다 말고 다시 닫았다. 마음은 정했어도 입은 쉽게 열리지 않는 모양이었다.

구명석은 조용히 차를 마시며 대로의 말을 기다렸다. 대충 짐작은 하고 왔지만 생각보다 심각한 얘길 하려는 것 같은 느낌이 들었다.

한참을 뜸들인 끝에 대로가 입을 열었다. 그의 말은 정말 예상 외였다.

"내 딸 소옹이를 부탁하려고 부른 걸세."

"예? 기게?"

누구랄 것도 없이 셋 다 한 목소리로 물었다.

"지금 소옹이가 태자 곁에 가 있어. 아지라고 알지 않네. 그를 따라갔어. 기러니 태자와 함께 소옹이도 부탁하려고 부른 기야."

입을 뗀 대로는 자초지종을 구명석에게 풀어놨다. 너무나 힘들었고, 힘든지 중간중간 신음소리와도 같은 한숨을 뱉기도 했다.

"기래서 내래 좌보를 수락했던 기야. 내래 죽는 한이 있더라도 태자 전하와 소옹일 살리고 싶어서. 기런데 요즘 궐 안이 심상티 않아. 자네들도 안뎐[安全]티가 않고. 기래서, 소옹일 부탁하는 기고."

이 말을 끝으로 대로는 입을 닫아버렸다.

구명석이 답할 차례였다. 그러나 그 누구도 쉽게 입을 열지 않았다. 문풍지를 울리는 바람소리와 간헐적으로 들리는 등불 심지 타는 소리만 네 사람의 침묵을 깨고 있었다.

## 25

다음날, 구명석은 사냥꾼 집으로 향했다. 태자 곁으로 가자고 의기투합했던 것이었다.

"태자 전하는 어드매 계십네까?"

엊저녁, 대로의 말에 긴 침묵을 깨트린 사람은 명이였다. 그러자 기다렸다는 듯이 두 사람도 대로를 쳐다보는 게 같은 생각을 가졌던 것 같았다.

"나도 정확히는 모르디만 이 산속 어딘가에 은신하고 계실 기야."

"기럼 소옹이래 어드렇게 태자 전하 곁에 갔습네까?"

구비의 말에 대로가 답했다.

"기건, 산 아래 사냥꾼네 집을 접선 장소로 활용하고 있다. 오늘이나 내일쯤 내려오디 않을까 싶어."

"알갔습네다. 우리가 태자와 소옹이 곁으로 갈 테니낀 염려 놓으시라요."

대답은 석권이 했지만 셋이 같이 한 것이나 다름없었다. 명이도 대로의 이야기를 들으면서 이미 각오를 다지고 있었으니까. 그건 구비도 마찬가지일 것이었다.

언제 태자를 찾아갈 것인지에 대한 논의도 곧 끝났다. 쇠뿔도 단김에 빼랬다고 내일 당장 가자는 명이의 말에 모두 동의했기 때문이었다.

자식의 도리도 중하고 가장의 책임도 결코 가벼운 건 아니지만 태자를 모시는 게 더 급하고 중했기에 셋은 쉽게 의견 일치를 봤다.

대로는 그러는 구명석을 보며 눈을 슴뻑였다. 감동한 듯, 자기의 젊은 날을 보는 듯, 자기 아들들을 보는 듯.

## 26

구명석이 아지 부부를 따라 굴로 들어오는 순간, 굴속은 새로운 생기가 돌았다. 떠들썩하지는 않았지만 세 사람에게서 쏟아져 나오는 생기는 굴속을 채우고도 남았다.

태자는 구명석의 이야기를 들으며 눈물까지 흘렸다. 그리고 그 눈물로 새로운 힘을 얻는 듯했다.

"이게 다 붕어하신 부왕께서 내게 주신 하해와 같은 은혜다. 이런 충신[忠臣]들이 내게 남겨줬으니. ……이런 내가 어뜿게 주저앉갔어? 내래 권토중래하고 말 테니긴 두고 보라."

태자가 의지를 다지자 모두 고개를 숙여 그 말을 가슴에 새겼다. 그 의식은 궁에서 행하는 그 어떤 의식보다도 경건하고 엄숙했다.

그렇게 군신간의 만남이 끝나자 구명석이 입을 열었다. 제일 먼저 구명석의 입방아에 오른 것은 아지였다. 벙어리가 아니면서 어뜿게 그동안 태자와 자신들을 속였는지 놀라워했다.

"이렇게 말만 잘 하믄서 그동안 답답해서 어떻게 살안?"

태자에게 인사를 마치고 자리를 잡고 앉자마자 구비가 놀라워하자,

"기러니긴 저리 고운 각실 후렸지. 버버리였다믄 누가 따라 왔갔네."

석권의 말에,

"긴데 대로께선 와 기런 말도 안해준 기야?"

명이도 지지 않고 한마디 했다. 몸이 성했다면 아지를 매달아 놓고 발바닥을 때리며 동상례東床禮라도 할 것 같은 태세였다.

"소옹아, 이 오래빈 곁눈으로 쳐다보디도 않더니 아지래 어디가 마음이 들언?"

석권은 아예 소옹에게까지 시비를 걸었다. 그러자 다들 한마디씩 하며 신부다루기까지 해버렸다. 그래야 비로소 부부로 인정해줄 듯이. 너무나 어울리는 한 쌍이 부러운 듯이.

"나도 놀랐어야. 아지래 여잘 데려 왔다길래 과부 보쌈이나 해 온 듈 알았디 대로 댁 낭자인 듈 알았간? 기래서 출장입상의 대가도 딸 하날 제대로 못 키웠구나 생각했디. 기러디 않네?"

그러나 아지와 소옹은 한 마디도 대답하지 않은 채 가끔씩 둘의 얼굴을 바라보며 웃기만 했다.

"간나 웃는 거 보라. 내래 저 간나 웃는 건 처음 본다야."

석권은 아예 손짓으로 아지를 때리는 시늉까지 했다.

아지와 소옹을 다잡고 그간 밀려던 이야기들을 하느라 첫날 낮과 밤을 하얗게 새웠다. 그러나 누구 하나 피곤한 기색이 없었다. 어느 부부, 어떤 형제가 이보다 다정스러울까 싶을 정도였다.

# 합방合房

## 27

낮잠에서 깬 아지 부부는 서둘러 밥을 지었다. 여섯이 먹을 밥을 짓기는 생각보다 만만치 않았다. 무엇보다 솥이 작아서 여섯이 먹을 밥을 한 번에 지을 수가 없었다. 하는 수 없이 두 번에 나누어 지었다. 태자와 구명석이 처음 마주하는 밥상이라 반찬도 최대한 마련했다.

밥은 쌀과 보리, 조가 골고루 섞인 혼합밥이었다. 찌개가 있어야 할 것 같아 밥을 다 지은 후 말고기 육포를 불려 버섯이며 달래를 넣어 두장찌개를 했다. 거기에 말린 고사리며 다래를 물에 불려 두장무침을 하고, 도라지를 장에 발라 구워냈다. 그리고 아지가 구명석을 염두에 두고 미리 마련해놓은 목기木器들에 담아놓으니 진수성찬이라 할 만했다.

"오늘만 먹고 말 거가? 뭐 이렇게 많이 찰렸네?"

구비가 음식을 보더니 놀라 했다.

"첫날이라 많이 찰렸시오. 많이들 드시라요."

소옹이 오라비들에게 애교 있게 대답하자 석권이 입화살을 날렸다.

"이거이 두 사람 혼례밥이네? 설마 이거 멕이고 구렝이 담 넘듯 넘어가려는 건 아니갔디? 어림도 없다야. 우린 이딴 거로 넘어가디 못 하갔어."

"기럼. 우리가 누구네? 오라비들한테 이딴 거로 넘어가선 안 되지. 암, 안 되고말고."

명이가 받아넘겼다.

"알았시오. 우리 아바디한테 알려서리 오래비들 배 터지게 만들어주갔시오. 기러니 오늘은 기냥 넘어가라요."

"기 날이 언제네? 아들딸 다 놔놓고?"

석권이 짓궂게 받았다.

"오래빈 날 기렇게도 못 믿갔소? 내래 한다믄 하는 사람이야요."

"기래. 기거야 잘 알디. 그러니낀 기 날이 언제냐고 묻는 거잖네. 내일 아침에 해주갔네?"

"알았시오. 내일 아침에 해주갔시오."

소옹이 어기차게 대답했다.

"기래, 알갔어. 내일 혼례밥 멕여듀면 내일 밤부턴 서방 각시가 한방 쓰게 해듀디."

그 말엔 소옹도 얼굴을 붉히며 고개를 떨구었다.

"소옹이 얼굴 빨개진 거 보라야. 기래도 새색신 새색신가보다야. 안 기랬으믄 돌주먹한테 덤벼들텐데야. 돌주먹, 너도 그만 하라. 저 애미나이가 어떤 애미나이네? 잘못하다간 밥도 못 얻어먹을 기야. 자, 태자 전하 식사하시디요."

결국 구비가 석권과 소옹의 사이에 끼어들어 말렸다. 명이는 몸이 안 좋은지 보기만 할 뿐 입을 다물고 있었다.

밥을 먹고, 설거지를 마치고, 잠자리를 새로 마련했다. 태자 곁에는 구명석이 자리 잡기로 했고, 아지와 소옹 부부는 오십 보쯤 바깥에 따로 잠자리를 만들었다. 구명석 몸이 아직 성치 않아서 두 사람이 경계를 담당하기로 한 것이었다. 바깥출입도 당분간은 두 사람이 전담해야 했기에 동선을 줄이기 위한 배려이기도 했다.

일은 아지 부부가 거의 했지만 태자와 구비·석권도 나름대로 도왔다. 몸 성히 겨울을 나자면 일부로라도 움직여야 한다며 세 사람도 부지런을 떨었다. 명이는 몸을 가누기 힘들어 자리보전을 했다.

잠자리를 마련한 후 아지 부부는 길을 나섰다. 세 사람이 늘었으니 그에 맞게 침구며 살림살이를 더 준비해야 했다.

밖으로 나서자 어둠이 온 세상을 짓누르고 있었다. 밤하늘에 흐르며 빛나는 별들이 아니었다면 그야말로 깜깜 절벽이었다.

"어두우니깐 조심하라요."

동굴을 나서자 아지가 소옹의 손을 찾았다. 소옹이 놀라 손을 빼려 하자 손을 잡아당기며 말했다.

"이럴 때가 아니믄 언제 둘이 오붓한 시간을 갖갔소? 기러니 이리 오라요."

아지가 소옹을 껴안더니 입술을 찾았다. 머리를 감쌌던 손이 어깨로 흘러내려 뒷등에 머물더니 몸을 바싹 당겼다. 소옹의 가슴이 아지의 가슴에 눌리는 순간 소옹은 신음 소리를 내고 말았다.

흐윽!

벼락이라도 맞은 듯 소옹의 몸이 콱 조여들었다. 온몸이 짜릿해지더니 정신마저 아뜩해졌다. 다음 순간 몸은 붕 떠오르는 것 같았다. 구름 위에라도 올라앉은 듯 어디론가 흘러가고 있었다. 그러나 그 시간은 그리 길지 못했다. 어느 순간 아지가 소옹을 지상으로 끌어내렸다.

"우리 어디 갑세다."

"어디로 말입네까?"

"가보면 알 기야요. 기러니 날래 갑세다."

아지가 다급하게 소옹의 손을 잡아끌었다. 소옹은 아지에게 모든 걸 맡기고 싶어 그가 끄는 대로 따라갔다.

고개를 두 개나 넘더니 아지는 어느 바위 밑으로 소옹을 끌고 갔다. 바닥에 낙엽과 마른 풀들이 깔려있는 게 사람이 머물렀던 흔적임이 분명했다.

"여가 어딥네까?"

"굴에 들기 전에 태자를 모시고 하룻밤을 보냈던 곳이야요."

소옹이 무슨 말인가 하고 싶었으나 말할 수가 없었다. 아지가 소옹을 끌어당기더니 입을 막아 버렸기 때문이었다. 모든 걸 아지에게 맡기기로 한 만큼 소옹은 아지의 입술을 받아들였다.

소옹의 입술을 덮던 아지의 입술이 다시 소옹의 유두로 옮겨졌다. 조금 전에 느꼈던 황홀함이 되살아났다. 그와 함께 이 사이로 신음 소리가 흘러나왔다.

아지가 자신의 윗도리를 벗더니 바닥에 깔았다. 그리고 떨리는 손으로 소옹의 옷을 열기 시작했다. 아지의 손놀림에 아랫도리가 흥건해지고 있었다. 어느 순간 아지가 소옹의 몸에 오르더니 묵직한 한 걸 소옹의 몸속으로 밀어 넣었다.

머리털이 다 곤두설 정도의 고통으로 정신이 혼미했다. 그러나 그건 잠시였다. 시간이 갈수록 하늘을 둥둥 떠가는 듯한 황홀함에 몸을 떨어야 했다. 입에서는 자신도 모르는 새에 꽹이 울음소리가 터져 나오고 있었다.

용암이 들끓더니 어느 순간 아지가 움직임을 딱 멈췄다. 소옹은 정신없이 아지의 몸을 끌어당겼다. 화산이 폭발했다. 용암이 몸속으로 흘러들었다. 몸이 부르르 떨렸다. 소옹은 용암이 밖으로 흘러 내릴세라 엉덩이에 힘을 주며 막았다. 그러자 아지의 몸이 소옹의 몸 위로 풀썩 내려앉았다.

아지는 열었던 소옹의 옷을 덮어주고 나서 다시 긴 입맞춤을 했다. 소옹은 가만히 누운 채 아직 식지 않은 용암들을 조금씩 조금씩 식혀갔다.

28

생각 같아선 꼼짝 않고 자리에 누워있고 싶었다. 처음 맛본 황홀감은 끈덕지면서도 질겼다. 그러나 너무 늦으면 짐 장만이 어려울 것이기에 일으키기 싫은 몸을 억지로 일으켰다. 아지도 미진한 듯 더 있고 싶은 눈치였다.

"너무 늦으면 안 되갔디요?"

아지가 먼저 욕망을 제어하며 몸을 일으켰다. 그러더니 다시 소옹의 입술을 찾았다. 긴 입맞춤 끝에 아지가 입술을 거두더니 소옹의 얼굴을 감싼 채 나직히 말했다.

"내래 이제 둑어도 여한이 없시오. 소옹 낭자를 처음 본 순간엔 이런 날이 올 둘 상상도 못했시오. 기런데 소옹 낭자가 내 여자가 됐으니 뭘 더 바라겠시오. 고저 바람이 있다믄 하루빨리 가정을 꾸려 알콩달콩 사는 일뿐이야요. 기날이 길디 않을 테니 됴금만 참아달라요."

소옹은 눈물을 흘리며 고개를 끄덕였다. 기건 나도 마찬가지야요. 길티만 너무 됴급해하지 말라요. 이런 말을 하고 싶었지만 목이 메여 말을 할 수가 없었다. 여자의 행복이란 게 이런 것이구나 싶었다.

# 통 큰 결단

29

계비는 마음이 안 놓였다.

시해 당일, 왕 해우는 근신近臣 두로杜魯에게 시해되었고 이에 두
로를 척살하였다고 발표했다. 그리고 예를 갖춰 왕을 모본慕本 언덕
에 장사지내고 모본왕慕本王이란 시호를 부여했다. 또한 계획대로,
태자 영이 불초하여 나라를 맡을 수 없으므로 고추가 재사再思의
아들 궁宮을 새로운 왕으로 추대한다고 밝혔다. 왕이 어린 관계로
태후인 자신이 어린 왕을 섭정한다고 하여 예정된 모든 조처를 취
했다. 그리되자 궁궐뿐만 아니라 민심도 얼마간 가라앉았다. 그러
나 태자 영을 죽이지 않는 한 그 모든 것은 사상누각에 불과했다.

궁궐수비대뿐 아니라 도성의 모든 군사를 동원하여 영의 행방을
추적했으나 묘연했다. 영과 호위무사 아지가 미꾸라지처럼 태자궁
을 빠져나간 후 잠적해 버린 것이었다. 모든 성문과 길목을 틀어막
아 물샐 틈 없이 방비했었다. 그런데도 두 놈이 도망쳐 버렸다.

영과 친분이 두터웠던 을지광의 집을 포위해 을지광을 가택연금하는 한편, 구명석을 잡아다 닦달도 해보고 감금도 해봤지만 소용이 없었다. 영은 잡지도 못하고 오히려 백성들에게 영이 살아있음을 알린 꼴이었다. 범위를 넓혀, 중실씨를 제외한 선왕대에 중용되었던 사람들을 사찰해봤지만 마찬가지였다. 영은 오리무중이었다.

그럴수록 악착같이 영을 찾았다. 영의 목에 황금 한 관이란 현상금까지 걸었다. 영을 돕거나 방조하는 사람은 삼족을 멸하겠다고 으름장도 놓아 보았다. 그러나 감감무소식이었다. 오히려 백성들을 자극한 꼴이 되고 말았다. 백성들의 동태가 심상치 않았다. 누군가 나서서 불만 붙이면 화산처럼 터져오를 기세였다.

급히 계획을 변경하여 을지광의 연금을 해제하고 구명석을 석방하는 동시에 모든 관리들의 사찰을 중지했다. 그리고 군사들도 제자리에 돌려보냈다. 성 안팎을 둘러싸고 있는 군사들을 장기간 방치하는 건 위험하기 짝이 없는 일이었다. 군사들이 칼의 방향을 바꾸는 순간, 자신과 자신의 친정은 흔적도 없이 사라지고 말 것이었다.

새로운 왕의 즉위를 기점으로 대사면을 실시했고, 을지광을 방패막이 삼을 생각으로 좌보에 앉히는 등 국정 쇄신도 단행했다. 그러나 백성들은 여전히 의혹의 눈초리로 계비와 친정사람들인 중실씨를 주시하고 있었다. 이제 고구려는 고씨의 나라가 아니라 중실씨의 나라란 말이 돌 정도로 국민감정은 악화되어 있었다. 이런 상황에서 영이라도 나타나 백성들의 감정을 풀무질한다면 정권은 하루아침에 전복될 수도 있었다. 군사들을 장악하고 있었지만 그들 또한 민심을 모르지 않을 것이고 민심에서 벗어나지 않을 것이었다.

이런저런 근심과 걱정에 밥도 제대로 넘길 수 없었다. 친정아버지를 비롯하여 친정 사람들은 이제 얼마간 수습됐다고 하지만 여자의 육감으로 볼 때 결코 그렇지 않았다.

을지광을 비롯하여 선왕과 가근했던 고관들을 중용했다. 고육지책이었다. 그들을 자신 곁에 둠으로써 딴생각을 못하게 함과 동시에 그들을 방심하게 만들기 위해서였다. 그래놓고 은밀하게 뒤를 밟다 보면 뭔가가 잡힐 것이었다.

구명석의 방면도 같은 선상에서 이루어진 조처였다. 그들을 옥에 가둬두기보다 풀어놓음으로써 영이 접근할 수 있게 했다. 영은 그들과 접촉할 가능성이 높았다. 그들의 도움 없이는 결코 성을 벗어날 수 없을 것이었다.

그러나 한 달이 지나도 꿈쩍하지 않았다. 영이 살아있다면, 영이 성을 빠져나가지 않았다면, 지금쯤 어떤 형태로든 모습을 드러내야 했다. 노상에서 혹독한 북방의 겨울을 날 수는 없었다. 혹시나 하는 마음에 노상에서 동사한 시체까지 일일이 점검하게 했다. 그런데도 감감무소식이었다.

계비는 이제 그만 정리하고 싶었다. 태자 영이 살아있다 해도, 그 모습을 드러낸다 해도, 큰 반향을 불러일으키진 못할 것 같았다. 자신과 친정 사람들이 모든 권력을 장악하고 있고, 신왕新王의 세력들마저 합류해 있지 않은가. 그야말로 고구려는 이제 자신과 중실 씨의 나라였다. 그러나 방심은 금물이었다. 작은 불씨 하나가 큰 불이 될 수 있었다.

계비는 시간이 날 때마다 신왕新王에게 도망자 영을 거론했다. 신왕을 자극해야 했다.

"이 나라 고구려가 모두 무릎을 꿇었는데 아직도 무릎을 꿇지 않은 이가 있으니 이 에미는 그게 마음에 걸려 잠을 못 이루겠습네다."

"도망자 영 말씀입네까?"

계비는 신왕의 말에 한숨을 푹 쉬었으나 속으로는 함박웃음을 지었다. '형'이니 '전 태자'니 하던 지칭어가 '도망자 영'으로 바뀐 것이었다. 계비의 세뇌가 먹혀들고 있다는 징표였다. 이에 힘을 얻은 계비가 말을 이었다.

"와 아니갔습네까? 도망잘 닽지 못하고선 이 나라 고구려를 반석 위에 올려놓을 수 없는 일 아닙네까? 이 에미는 그것이 걱정되어 잠을 못 이루갔습네다."

"태후께선 걱뎡을 놓으십시오. 소자 닏디 않고 있습네다."

"기래야디요, 기렇고 말고요. 부디 도망자를 하루속히 처단하여 이 나라 고구려를 반석 위에 올려 놓아야디요."

"예. 소자 가슴에 새겨 닏디 않고 있으니 태후께선 걱뎡을 놓으시고 안면安眠하십시오."

"기래요. 이 어미 꿈속에서라도 도망자를 보게 되면 붙잡을 테니 상께서 이 어미 소원을 이뤄주시구래."

"예. 소자 반드시 그리하갔습네다."

계비는 눈물이 날 만큼 기뻤다. 일곱 살밖에 안 된 왕이 자신을 걱정하여 영을 잡으려 하고 있으니 기쁘지 않을 수 없었다. 그러나 계비를 보다 기쁘게 한 것은 왕을 이제 완전히 자신의 꼭두각시로 만들었다는 사실 때문이었다. 일곱 살밖에 안 돼서 자기 마음대로 휘두를 수 있다고 생각했다가 몇 차례 부딪친 적이 있었는데 이젠, 특히 영에 대해서만큼은 왕을 자기 혀처럼 움직일 수 있으니 기쁘지 않을 수 없었다.

왕의 의중을 확인한 계비는 영을 잡기 위해 모든 방안을 강구했다. 모든 인력을 가동하여 은밀하게 지광과 고관들을 밀착 감시하게 했고, 구명석에 대해서도 감시의 끈을 바짝 조이라고 했다. 그런 계비의 노력은 헛되지 않았는지 드디어 영의 꼬리를 밟게 됐다.

### 30

다시 사람을 풀어 구명석을 감시한 지 사흘 만이었다.

구명석이 대대로 을지광의 전갈을 받고 모이더니 다음날 어디론가 사라졌단다. 뒤를 밟으려 했지만 을지광의 수하들이 막는 바람에 놓쳐버렸다고.

계비는 손을 부르르 떨었다.

을지광과 구명석이 한통속이 되어 무언가를 꾸미고 있는 게 분명했다. 그건 바로 태자와 관련된 일일 것이었다. 그러니 그놈들을 잡았다면 태자의 행방을 찾는 건 손바닥에 털어놓은 이를 죽이는 것보다도 쉬울 일이었다. 그 절호의 기회를 놓쳐버렸으니 생각할수록 화가 났다.

"오라빈 그거 하나를 제대로 처리하디 못하면서 어띠 제 얼굴을 보래 합네까?"

일 하나를 매끄럽게 처리하지 못하는 오라비 휘輝가 미덥지 않아 쏘아붙였다. 휘는 머리를 방바닥에 대며 사죄했다.

"내래 죽을죄를 졌습네다. 길티만 을지광 그 늙은일 겔코 만만히 봐선 안 됩네다. 그 늙은이 휘하에 군사가 멧인 줄 아십네까? 거기다 이 나라 최고 무사들을 거느리고 있습네다. 기래서 놓친 거디 내래 무능해서 기런 건 아니야요."

"듣기 싫습네다. 무슨 핑계가 그리 많단 말입네까."

"아, 아닙네다. 내래 입이 백 개라도 무슨 말을 하갔시오. 길티만 그 늙은이래 대적할라믄 사람이 더 필요합네다."

"기래, 삼백이 넘는 무사들을 거느리고도 못 하는 일을 사람을 늘린다고 할 수 있갔습네까?"

"내래 감시하고 뒤를 밟는 사람만도 멧입네까? 스물이 넘디 않습네까? 기러니 기껏 해봐야 한 사람한테 열 멩인데 어띠 감당할 수 있갔시오. 기러니 한 오백 멩만 더 붙여두시믄 내래 지광의 똥구멍까지 들여다보다 반드시 영과 지광, 그리고 그 일당들을 한 꿰미에 꿰어 갔다들이갔습네다. 기렇디 않으면 그 늙은이래 없앨 방법이 없디 않습네까? 그 늙은이래 잡으려면 우리 집 군사들을 다 동원해도 어림없을 기야요. 길티만 영과 엮을 수만 있다믄 손 안 들이고 코 푸는 격이 아니갔습네까. 지광이 그 늙은이래 없애려면 그 방법밖에 없디 않습네까?"

계비는 오라비 휘를 내려다 봤다. 휘의 말이 그른 게 없었다. 을지광을 없애기 위해선 무사 몇 명으로는 어림도 없었다. 정말 중실씨의 군사를 다 동원한다 해도 장담할 수 없을 것이었다. 을지광 밑에는 최정예 무사들이 늘 대기해 있었고, 을지광 한 마디면 목숨을 바칠 장수만도 수십은 넘을 것이었다. 그러니 을지광을 없애기 위해서는 영과 엮어 역모죄를 뒤집어씌울 수밖에 없었다. 을지광을 집중 감시하다 극적인 순간에 덮쳐야 했다.

"내 앞에서 허언虛言을 했을 시는 어떻게 되는지 알고 있갔디
요?"

"알다마다요. 기러니 내래 둄 좀 들어주시라요. 나만 잘 되자고
이러는 게 아니잖습네까?"

휘는 아예 애걸했다. 모든 권력을 한 손에 쥐고 있는 누이의 눈
밖에 날까봐 안절부절못하고 있었다. 이에 계비가 나직이 말했다.

"오랍이 그렇게만 해준다믄 무관의 최고 자리인 대모달인들 아
깝갔네까? 무사 오백과 황금 오십 근을 내릴 테니 봄이 오기 전에
처리하라요. 을지광, 영과 아지, 그리고 구명석 여섯만 처리하믄 내
래 오라비가 원하는 걸 다 들어주디요."

"정, 정말입네까?"

"내래 오랍 앞에서 일구이언하는 사람으로 보이넵까?"

"아, 아닙네다. 성은이 하해 같습네다."

휘는 머리가 바닥에 닿도록 큰절을 했다. 누이도 태후도 아닌 왕
에게 하는 예를 올리고 나갔다.

'이제 을지광도 얼마 남지 않았구만 기래.'

계비는 그런 오라비를 바라보며 웃었다.

계비는 오라비 휘를 누구보다 잘 알고 있었다. 지고는 못 사는
성미였다. 어렸을 때 아버지와 팔씨름을 해서 지자 그날부터 통나
무를 들어올리기 시작했다. 팔 힘을 기르기 위해서였다. 그리고 아
버지한테 팔씨름을 이기던 날 엉뚱한 말을 해서 아버지를 당황케
했었다.

"아바디한테 팔씨름을 이겼으니 이젠 무술로 도전하갔습네다. 기
렇게 알고 아바디도 준비하라요."

그렇게 다시 무예를 익혀 아버지를 이기고서도 성이 차지 않는지 아예 무인의 길로 들어서 버렸다. 그런 그가 이기지 못하는 사람이 딱 하나 있었으니 바로 을지광이었다. 그는 무예로나 전술로나 사람을 부리는 것으로나 경륜으로나 을지광의 상대가 되지 못했다. 그런 그였기에 을지광을 이기기 위해 절치부심했다. 그러다 이번 일이 터지자 그가 자원했다.

"을지광을 이겨 보고싶습네다."

이유는 단 하나였다. 을지광을 이기겠다는 집념이었다. 그러나 계비의 최종 목표는 을지광이 아니었다. 바로 도망간 태자 영이었다.

"을지광을 이기고 싶으믄 도망간 태자도 잡아오라요. 기러면 내 래 오라빌 믿갔시오."

이 한 마디면 족했다. 휘는 그 날로 을지광과 영을 찾아 나섰다. 자비로 사람들과 무사들까지 사서. 을지광에게 이기기 위해 사재까지 헐었던 것이었다.

그리고 그간 많은 첩보들을 계비에게 제공했다. 을지광을 대대에 앉힌 다음 제거하자는 의견도 사실은 그가 낸 것이었다. 그는 을지광을 전면에 내세우지 않고서는 민심을 수습할 수 없다고 조언했었다. 또한 국정이 안정되면 제일 먼저 을지광을 없애야 한다는 말도 잊지 않고. 계비와 가장 손발이 잘 맞는 혈육이었고, 다른 형제들과 다르게 정도 갔다.

그래서 계비는 오라비를 도울 방안을 생각하고 있었다. 그런데 감시하던 구명석을 놓치는 어처구니없는 실수를 범한 것이었다. 믿는 도끼에 발등을 찍힌 격이었다. 해서 오라비를 심하게 다그쳤던 것이었다. 그러나 오라비 말을 들어보니 그른 말이 아니었고, 누이

한테 쩔쩔매는 꼴을 보고 있자니 안쓰러운 생각이 들었다. 하여 오라비에게 힘을 실어주기 위해, 오라비의 요구보다 훨씬 더 크게 지원해주기로 통 큰 결단을 내렸던 것이었다. 그러니 이제 영과 을지광, 그리고 구명석은 잡은 거나 다름없었다.

# 첫 충돌

### 31

휘는 태후가 보낸 무사들을 일일이 점검했다. 을지광을 맡을 무사를 뽑아야 했다. 을지광의 수하들을 상대하려면 강호의 고수 정도론 어림없었다. 고구려 제일의 무사가 아니고선 서너 합을 견디기 어려울 것이었다. 따라서 무술도 월등해야지만 상황 파악이 빠르면서도 임기응변에 능한, 머리 있는 자라야 했다.

후원에서 하루종일 무사들을 살폈다. 겨울바람이 살을 에었으나 화톳불을 쬐어가며 잠시도 한눈을 팔지 않았다. 태후가 곁에서 지켜보는 것만 같았고, 태후의 질책이 들리는 듯했다.

'이게 마지막 기회우다.'

휘는 혼자 다짐했다.

태후의 질책은 크게 신경 쓸 일이 아니었다. 친오라비인 자기를 버릴 수는 없을 것이었다. 태후의 물리적 힘의 근원은 바로 자신이라 해도 과언이 아니었다. 아버지가 계시긴 했지만 이미 70의 노구였다. 해우 시해의 계획은 아버지의 주도하에 이루어졌지만 군대 장악이나 군사 동원은 전적으로 자신의 힘이었다. 그러니 해우가 사라진 지금 시점에서는 이제 자신이 태후의 장자방이었다.

휘가 자리를 뜨지 못한 또 다른 이유는 을지광의 웃음소리가 들리는 듯했기 때문이었다. 너털웃음소리였다. 요하 동서 벌판을 뒤엎을 만한 호인다운 웃음소리였다. 그러나 휘는 그 웃음소리가 자신을 비웃는 소리인 것 같아 이가 갈렸다.

'기다리라우. 내래 어떤 놈인지 보여듀갔어.'

휘는 을지광의 웃음소리를 떠올리며 저녁이 다 돼서야 세 명의 무사를 선발했다.

"너희들은 이제 아주 중요한 임무를 맡게 될 거니낀 잠시도 긴장을 늦튜지 말라. 너희들의 어깨에 이 고구려의 운명이 걸렸다 해도 과언이 아니니낀 내 말 명심하라."

"예."

휘는 세 명을 자기 방으로 데리고 갔다. 그리고 미리 대기하고 있던 세 명과 인사를 시켰다.

"인사들 하라. 이 셋은 내가 일찍부터 데리고 있던 일당백의 무사들이야. 그리고 이쪽은 오늘 새로 뽑은 일등 무사들이니낀 앞으로 형제처럼 지내라."

수인사를 시키고 나서 휘는 상을 들이라 했다.

상다리가 휘어지다 못해 부러질 것처럼 산해진미와 금잔옥주가 들어왔다. 궁에서도 흔히 보기 힘든 상차림이었다. 궁에서 온 세 사람의 신입도 입을 딱 벌릴 정도였다.

"내래 자네들을 위해 준비했으니낀 오늘은 아무 생각 말고 먹고 마시라."

"장군, 신명을 다하겠습네다."

하나가 일어서서 군례를 표하자 옆에 앉았던 둘도 일어서서 군례를 바쳤다.

"자자, 그만 됐으니끼 앉으라. 기러려고 마련한 자리가 아니야. 기러니 먼저 술잔부터 받으라."

휘는 기분 좋게 술잔을 채워주었다. 그리고 말했다.

"자, 마시자. 우리들의 앞날을 위하여!"

그렇게 시작된 술자리가 몇 순배 돌자 휘가 화색을 띠며 말했다.

"내 아까 자기 소개할 때 이름을 들으니 이름이 영 마음에 들디 않아. 기래서 내가 이름을 지어줄까 하는데 어띠 생각하네?"

"소인이야 영광으로 생각하갔습네다."

"기래? 나머지 둘은? 여기 셋도 기렇게 이름을 내가 지워뒀디."

"소인 또한 영광으로 생각하갔습네다."

"소인도 마찬가집네다."

셋이 다 좋다고 하니 휘는 셋에게 이름을 붙였다.

"자넨 아까부터 보니 몸이 사람 몸이 아니라 망치였네. 기렇다고 망치라 할 순 없고……. 머리도 있어 뵈니 두치頭治가 어떻네? 머리로 일을 처리하는 망치란 뜻으로 말이네. 어떻네?"

"예. 감사합네다. 지금부턴 두치라 하갔습네다."

이를 시작으로 두 사람의 이름도 지었다. 호랑이보다도 몸놀림이 빠르고 정확하다 하여 제호制虎. 눈매가 매섭고 키가 클 뿐 아니라 솟아오르고 내려닿는 동작이 매끄러우니 장연長鳶으로 지었다. 그래놓고 서로 쓰는 무기武技가 다른 고참과 신참을 한 조로 짝을 지어주었다. 그런 후 두 사람 중 나이가 많은 사람을 조장으로 삼았다.

"자, 내래 잠깐 다른 무사들을 돌아보고 올 테니낀 맘껏 마시고 있으라. 형제간에 우애를 다져야 하디 않갔나."

휘는 밖으로 나와 뒷마당으로 갔다. 거기에서도 무사들이 술과 고기로 흥청거리고 있었다.

"장군께서 나오셨다. 담시 주목하라."

부장이 소리치자 주위는 물을 끼얹은 듯 조용해졌다.

"내래 무슨 말을 하간? 맘껏 마시고 맘껏 취하라. 기리고 태후와 대왕을 위해 목숨을 바치라."

휘가 소리치며 잔을 높이 들자 무사들은 집이 떠나갈 듯 소리를 질러대며 잔을 치켜들었다. 그리고 마셨다. 여기저기 모여앉아 먹고 마시는 모습은 개선한 장수들이나 다름없었다.

'기래, 이래야 을지광과 영을 잡디.'

휘는 을지광과 영을 잡을 생각에 술이 다 깨는 것 같았다.

32

다음날, 깨어보니 한낮이었다. 낭자한 방을 보니 어젯밤 상황을 짐작하고도 남았다.

모두 취해 혀가 꼬부라졌었다. 그러나 취중 진담이라고 사나이들의 속마음이 여과 없이 흘러나왔다. 역시 남자들은 술자리에서 가까워지는지 처음 만난 사람들인데도 술자리를 마칠 때는 십년지

기나 되는 듯 흉허물이 없었었다.

'다들 어디로 갔디?'

휘는 주위를 둘러보았다. 한 사람도 없었다. 분명 한 방에서 자자고 해서 이불 위에 나란히 누웠었다. 그새 모두 깨어 나간 모양이었다.

'이 자들이 벌써 깬 기야? 나보다 더 취했을 낀데…….'

휘는 무거운 몸을 일으켜 밖으로 나섰다.

햇빛이 따갑게 눈을 찔렀다.

휘는 햇빛을 피해 잠시 눈을 감았다. 미세하게 현기증이 일었다. 그러나 거북하거나 기분 나쁜 어지러움은 아니었다. 술을 마신 다음 날이면 나타나는 현상이었다. 그래서 익숙해져 있었다. 그런데 오늘은 오히려 그런 느낌이 좋았다. 어젯밤 술자리는 돈을 주고도 살 수 없는, 생각보다 많은 걸 남겼기 때문이었다.

어젯밤 술자리는 자신의 호기를 보여줄 생각으로 마련한 자리였다. 쫀쫀하지 않을뿐더러 배포가 크다는 걸 보여주고 싶었다. 그래야 자기를 위해 최선을 다해줄 것 같았다. 그런데 시간이 흐를수록 자신의 생각과는 달리 흘러갔다.

여섯이 손가락을 잘라 혈맹까지 했다. 그리고 한날한시에 태어나진 않았지만 한날한시에 죽자고 형제의 의도 맺었다. 의도치 않게 이루어진 일이고 취중이긴 했지만 그 의미만은 만만치 않았다. 그러자 휘가 한 마디 했다.

"나도 껴달라. 난 와 안 끼워주네?"

휘는 누구랄 것도 없이 여섯을 향해 소릴 질렀다. 그러자 큰형으로 지명된 두치가 갑자기 무릎까지 꿇으며 정색을 했다.

"기게 무슨 말씀입네까? 소인들이 어뜿게 장군과 감히……. 장군,

그 말씀 거둬주십시오. 기러지 않으면 장군 앞에서 방자한 짓한 걸 사죄하기 위해 소인들을 대표해서 이놈이 자결하겠습네다."

"기, 기 무슨 소리네?"

너무 기가 막혀 말도 제대로 나오지 않았다. 그러나 거기서 끝이 아니었다. 나머지 다섯도 같은 생각인지 무릎을 꿇고 죽여 달라고 소리를 높였다.

휘는 술이 확 깨는 것 같았다. 잘못 했다간 일도 해보기 전에 파국을 맞을 수도 있었다. 빨리 상황을 전환시켜야 했다. 그러나 뾰족한 수가 없었다. 술이 취해서 생각도 잘 나지 않았다. 그래서 되치기를 하기로 했다. 그게 안 통하면 다른 방법을 찾는 한이 있더라도 일단 시도해봐야 했다.

"네 이놈들, 누구 앞에서 둑음 운운 하네? 지금 네들 목숨이 네들 목숨이네? 좀 전에 혈맹까디 하디 않았네? 나를 위해 목숨을 바티갔다고. 기래 놓고 내가 취중에 말실수를 했다기로 둑여 달라고? 내래 너들을 그 정도밖에 안 보든? 너 놈들은 날 그 정도로밖에 안 봤네?"

대차게 소리치자 모두들 움찔하는 것 같았다. 자기들도 취중이라 감정이 격해 있었음을 깨닫는 듯했다. 그러나 이미 엎질러진 물이라 주워 담지도 못하는 것 같았다. 그걸 읽은 휘는 금방이라도 발로 걷어찰 듯이 소리쳤다.

"기러니 당장 일나라. 날래!"

여섯이 모두 일어나자 휘는 한 마디를 덧붙였다.

"앞으로 어떤 경우에도 둑여 달라는 말은 절대 하디 말라. 우리가 둑을 곳은 던당[戰場]뿐이야. 알갔네?"

"예. 잘 알갔습네다, 장군!"

두치가 다시 무릎을 꿇자 나머지 다섯이 다시 무릎을 꿇어 고개를 숙였다.

"좋다. 오늘은 첫날이니 나랑 같이 자자. 기러면 내래 오늘 있었던 일 다 용서해 듀갔어."

그렇게 해서 다 같이 잤는데 눈을 떠보니 한 사람도 없었다. 어젯밤 휘만 빼고 자기들끼리 형제의 의를 맺은 것처럼. 그러나 기분 나쁘지는 않았다. 자기와 그들은 엄연히 다르고, 달라야 했다. 그래서 현기증마저도 달콤한 유혹처럼 느껴졌던 것이고.

휘는 감았던 눈을 떴다. 그리고 눈에 초점을 맞추며 마당을 내려다 봤다. 뭔가 보이는 듯했다.

"장군! 기침하셨습네까?"

두치가 팔을 구부리며 군례를 올리자 나머지 다섯도 따라 기침하셨습네까를 복창하며 군례를 올렸다.

"기래. 잘 잤네? 긴데 무슨 일이네, 아침부터?"

"장군! 명을 내려듀십시오. 당장부터 일을 시작하고 싶습네다."

"아니, 벌써 말이네?"

"기렇습네다. 우린 벌써 듄비를 마쳤습네다. 기러니 명만 내려듀십시오."

이번엔 진작부터 밑에 있었던 형양形良이 소리쳤다.

휘는 당황스러웠다. 조금 더 지켜본 뒤에 일을 맡길 생각이었다. 일의 중요성에 비추어 볼 때 신중해야 했다. 잘못되는 날엔 자신과 태후마저 위태로울 수 있었다. 그래서 태후도 을지광을 자극하지 않기 위해 좌보로 앉혔던 것이었다. 을지광이 행동을 개시하는 날엔 선왕 시해 때보다 더 큰 피바람이 일 것이고, 나라 전체가 흔들릴 수도 있었다.

휘는 잠시 생각을 가다듬었다. 여섯이 서두르는 이유는 어젯밤 자신이 한 말 때문인 것 같았다.

"내래 도망친 태자와 을지광이 아니믄 무슨 걱뎡이 있갔네? 그 둘을 없애디 않고선 내래 단 하루도 발 뻗고 자디 못할 기야. 기렇고 말고."

여섯이 의형제를 맺으며, 자기에게 목숨을 바치겠다고 굳은 맹세를 하는 바람에 긴장이 다소 풀렸던 모양이었다. 자신도 모르게 해서는 안 될 속말을 해버렸다. 그 말이 여섯을 긴장시킨 모양이었다.

"장군! 기게 무슨 말씀입네까?"

역시 맏형 두치가 물었다.

"아, 아니야. 괜한 말을 했어."

"말씀해 듀십시오. 우리래 이미 장군께 목숨을 걸기로 맹세하디 않았습네까? 기러니 감튜디 말고 허심탄회하게 말씀해 듀십시오."

두치의 말에 나머지도 말씀해 듀십시오란 말을 한목소리로 복창했다.

"거 참, 괜한 소릴 해가디고서리……."

난감했다. 그러나 이미 엎질러진 물이었다. 여기서 입을 닫아 버리면 오히려 오해를 살 수 있었다. 자신들을 못 미더워한다는. 속을 감춘 채 계략을 꾸미고 있다는. 해서 현 상황과 자신의 심정을 가감 없이 털어놓았다. 그게 전부였다. 그런데 휘가 자는 사이에 무슨 일이 있었는지 여섯이 명령을 내려 달라고 조르고 있는 것이었다.

"기럼 댬시만 기다리라. 내래 세수라도 해서 정신을 탸려야 하디 않간?"

휘는 조금이라도 시간을 벌고 싶었다. 생각을 정리한 후에 제대로 된 명을 내리고 싶었다.

세수를 하고 옷을 갈아입고 나왔으나 여섯은 장승처럼 그 자리에 서 있었다. 명을 받기 전에는 움직이지 않을 심산인 것 같았다.

"됴용히 해야 할 일이니 안으로 들어오라."

휘는 여섯을 사랑으로 데리고 갔다. 그리고 자리잡고 앉아 입을 열었다.

"다들 준비가 됐다니 내래 명을 내리갔어."

휘는 드디어 마음속에서만 그리던 계획을 꺼내놓았다. 여섯은 고요하고 착 가라앉은 속에서 이야기를 듣고 있었지만 눈빛과 의지만은 불타고 있었다. 소나무 장작을 태울 때처럼 어느 순간 탁탁 소리를 내며, 쉬이익 소리와 함께 파란 불꽃을 뿜으며 타오를 것처럼 힘차게 타오르고 있었다.

## 33

두치는 대대로 을지광의 집 앞에 몸을 감추고 있었다.

대궐처럼 큰 집을 감시하기 위해선 많은 인원이 필요했다. 을지광과 그 가족들을 감시하는 것뿐만 아니라 을지광 집에서 일어나는 모든 일과 을지광의 집을 드나드는 모든 사람들을 감시하려면 최소 20명 이상이 필요해 보였다. 해서 중실휘 장군께 고하여 20명을 차출해 요소요소에 배치했다. 그리고 자신의 짝지인 형양과 함께 대문 앞을 지키고 있었다.

밤이 깊어지자 살을 에는 듯한 바람이 불어왔다. 흙담벼락에 몸을 웅크리고 있었으나 바람을 피할 수는 없었다. 한낮부터 한 자리에 박힌 채 감시를 하자니 추위가 뼈 속까지 파고들어 온몸이 욱신욱신 거렸다.

교대시간이 되려면 아직도 두어 점은 더 버텨야 했다. 그래서 이를 악물고 참았다. 첫날부터 게으름을 피울 순 없었다. 어젯밤에 중실휘 장군을 위해 목숨을 바치기로 맹세하지 않았던가. 겨우 하루를 못 버텨 게으름을 피운다면 중실휘 장군께 낯을 들 수 없을 것이었다.

사위는 고요하기만 했다. 바람소리만 죽지 않고 살아있음을 증명이라도 하듯 가끔씩 달려오고 달려갔다. 그때마다 기와집 처마에 달린 풍경이 깨어 울었다. 그야말로 깊고 적막한 밤이었다.

이제야 별일 있겠어 싶어 잠시 긴장을 풀려는 순간이었다. 어둠 속에서 사내 둘이 나타났다. 좌우를 살피며 조심스레 을지광네 대문으로 접근하는 게 수상쩍었다.

"뎌기 누구네?"

두치는 옆에 있는 형양을 손으로 밀며 낮게 물었다.

"어드매?"

"저기 을지광 대문 앞에."

형양이 자세히 살피더니 자신 없게 대답했다.

"길세, 텀 보는 자들인데……."

"잘 보라. 분명 을지광과 관련이 있을 기야. 길티 않으믄 와 둘 다 칼을 든 채 이 시간에 도둑처럼 접근하갔네?"

"허긴, 기렇긴 한데……."

그러는 사이에 둘은 을지광의 대문 앞에 당도해 있었다. 키가 작은 사내가 문고리를 세 번 두드리자 기다렸다는 듯이 문이 열렸다. 그리고 한 사내가 나와 재빨리 두 사내를 들이더니 주위를 살펴봤다. 그런 후에 나는 듯이 안으로 사라졌다.

"을지광과 관련 있는 인물이 틀림없어. 가서 모두들 긴장해서 대기하라고 전하라."

"알갔시오."

대답 소리와 함께 형양이 어둠 속으로 사라졌다.

두치는 맹수의 눈으로 을지광의 집을 쏘아보았다. 낚시를 드리우자마자 입질을 하는 게 미덥지는 않았지만, 오늘 대어를 낚을지도 모른다는 예감이 들었다.

<br>

34

<br>

집에 들어선 소용은 안채를 향했다. 밤이 늦었지만 부모님께 인사를 드려야 했다. 남편을 부모님께 보여야 했다. 얼굴이야 진즉에 알고 있었지만 이제 정식적으로 그녀의 남편으로 소개해야 했다. 아직도 남아 있는 아래쪽의 통증이 사라지기 전에.

"아바디, 내래 왔시오. 소용이야요."

낮게 얘기했는데도 곧 방에 불이 켜지고 부모님이 뛰어나왔다. 아무래도 깊은 잠을 자지 않고 있었던 모양이었다.

"기래. 올라오라. 날래 들어오라."

아버지가 마당에 서 있는 소옹 부부를 내려다보며 말해놓고 어머니 손을 끌고 방으로 들어갔다. 어머니는 아직 상황을 모르고 있어 어리둥절한 표정으로 바라보다 아버지 손에 이끌려 방으로 끌려 들어가는 것 같았다.

"아바디, 오마니, 우리 부부 절 받으시라요."

"뭐?"

어머니가 놀라 입을 벌렸으나 아버지가 손으로 말리며 흡족한 목소리로 대답했다.

"기래. 날래 하라. 기래야디."

소옹 부부는 큰절을 올렸다. 그런 후에 어리둥절 앉아 있는 어머니를 향해 소옹이 입을 열었다.

"오마니, 많이 놀라셨디요?"

"……?"

소옹이 물었지만 어머니는 아직도 꿈속인 듯했다.

"죄송합네다. 오마니 몰래 이 사람과 백년가약을 맺었시오. 기래서 인사드리러 들렀시오."

"이, 무, 무슨 소립네까?"

어머니가 아버지를 쳐다보며 물었다.

"기렇게 됐시오. 기리 알고 사우 맞으라우."

"기, 기럼?"

"기래요. 아지 뎌 사람 따라간기야요. 기러고 지들끼리 혼례도 치렀고……."

"기, 기 무슨 소립네까? 혼례라니요?"

"기렇게 됐데도……. 나도 마음이 편했갔소?"

아버지가 차분히 그간 사정을 풀어놓았다. 아버지 이야기에 어머니는 몇 번이나 소용과 아지를 번갈아 쳐다보았다. 도저히 믿기지 않는다는 표정이었고, 이게 다 사실이냐고 묻고 있는 것 같았다.

또 가끔은 아지도 놀라는 눈치였다. 그만큼 아지를 향한 소용의 연정은 남다름이 있었다. 아버지마저 두 손 두 발 다 들 정도로.

아버지의 이야기를 듣다 보니 소용마저도 정확히 인식하지 못했던 속마음을 아버지는 다 읽고 계셨던 것이 밝혀졌다.

"아무리 기렇디만 하나 남은 딸을 어뜿게……?"

"오마니, 내래 관티않아요. 기러니 오마니도 마음 놓으라요."

"내래 널 어뜿게 키왔는데……."

어머니는 목이 메는지 말을 맺지 못했다.

"일이 얼마간 정리되믄 혼례를 다시 하기로 합세. 기렇디만 우선 사우 왔는데 씨암탉이라도 잡아야 하디 않간?"

아버지가 나무라는 어투로 어머니를 조르자 그제서야 정신이 나는지 어머니가 대답했다.

"기, 기래, 알갔시오."

어머니는 아직도 실감 나지 않은지 잠시 숨을 고른 후 방을 나섰다.

어머니가 방을 나가자 아버지가 물었다.

"구명석이래 무사히 도착했네?"

"예."

"기러면 필요한 게 많갔구나."

"예. 기래서 위험한 둘 알면서도 이렇게 왔시오."

"기래. 구명석이래 없어진 걸 알믄 가만히 있디 않을 기야. 기러니 당분간 틀입하디 말고, 사냥꾼네 집에도 나타나디 말라."

"예. 알갔시오. 기런데 아바딘? 아바딘 관찮시오?"

"기래. 내래 뭘 바라갔네. 고저 태자와 너들, 기러고 구명석이래 무사하믄 되는 기야. 기러니 내래 걱정 말고 너들이나 됴심하라."

"예. 알갔시오. 길티만 아바디도 됴심하시라요."

"기래. 너그 오마니 밥 챙길 동안 너들도 날래 갖고 갈 물품들 챙기라. 다시 오기 어려울디도 모르니낀 꼼꼼이 챙기라."

"예, 장인어른. 장인어른을 위해서라도 소옹 낭잘 잘 보살피갔습네다."

일어서기에 앞서 아지가 말했다. 그러자 대로가 받았다.

"소옹이보다 태잘 먼뎌 챙기라. 소옹이 따문에 태자께 소홀하면 기건 불충이야. 기러니 자넨 늘 태잘 먼저 생각하라. 기래야 내 뜻을 바로 받드는 거니낀……."

"예. 명심하갔습네다."

아지는 고개를 깊이 숙이며 대답했다.

**35**

필요한 곡식이며 음식, 의복이며 살림살이를 챙겨놓자 두 사람으로는 어림도 없을 정도로 많았다. 하는 수 없이 긴요 긴급한 것만 챙겨 두 짐으로 만들었다. 나머지는 사냥꾼네 집으로 옮겨놓았다가 나중에 가져가기로 했다.

어머니의 눈물 전송을 받으며 집을 나선 건 묘시卯時가 막 지나서였다. 올 때는 비밀통로로 들어왔지만 갈 때는 성문을 통해 나가야 했다. 짐도 많아 비밀통로를 통과하기 어렵기도 했지만 비밀통로를 다른 사람들이 알게 해서는 안 됐다. 비밀통로는 그야말로 비밀이 지켜질 때만 비밀통로일 수 있었다.

먼저 소옹 부부가 짐을 지고 나섰다. 아버지의 권유에 따라 무사 다섯까지 대동했다.

집을 나선 후 일부러 마을 한 바퀴를 돌았다. 아무리 새벽녘이라지만 꼬리를 밟힐 수 있으니 대비하라는 아버지의 당부 때문이었다. 마을을 돌며 계속 뒤를 살폈으나 뒤를 밟는 것 같지 않았다. 그래서 다시 집 앞으로 와서 다섯 명의 짐꾼을 데리고 길을 나섰다.

앞에 무사 셋, 뒤에 무사 둘을 배치한 채 걸었다. 그리고 성문 앞에 이르자 무사들 먼저 성문을 빠져나간 후 뒤에 소옹 부부와 짐꾼 일곱이 검문을 받았다. 문지기들이 새로 바뀌었는지 장사꾼들 틈에 끼어 검문을 받는 일행을 별달리 의심하지 않고 선선히 통과시켜 주었다.

성문을 나서자 다시 무사들을 앞뒤에 배치한 채 잰걸음으로 마을을 가로질러 갔다. 눈길이 얼어붙어 미끄러웠지만 속도를 늦추지 않기 위해 걸음을 재촉했다. 도주로가 없는 외길이어서 매복했다가 앞뒤를 막는다면 꼼짝없이 당할 수 있었다. 바짝 긴장한 채 빠져나가는 동안 아무 일도 없었다. 아버지가 필요 이상으로 긴장했던 모양이었다.

"아무래도 요즘 심상티 않아. 딱히 무슨 일이 있는 건 아니디만, 중실휘가 뻔딜나게 궁을 드나들고 궁에 있던 군사들을 이동시키는 게 무슨 일을 꾸미는 것 같아. 기러니 너들도 됴심하라. 중실휘래 움직인다믄 태자와 관련 있을 기고, 기러면 우리도 거기에 포함되지 않간? 눈에 띄지 않게 우릴 감시하고 있을 디도 몰라."

그래서 평소보다 훨씬 많은 다섯 명의 무사까지 배치해줬으나 아무 일도 일어나지 않았다.

마을길을 벗어나 들길로 접어들었다. 짐을 잔뜩 지고 있어 이제 한 줄로 늘어서야 했다. 앞뒤에 무사들은 그냥 두고 짐을 진 사람들만 한 줄로 길게 늘어섰다. 집들이 없어 사방이 다 트여 있는 곳이었다. 그곳에서 한 참을 가야 사냥꾼네 집이었다.

뒤따르는 사람이 없으니 바람과 싸우며 길을 가야 했다. 방향 없이 불어오는 바람이 짐을 진 사람들을 괴롭히고 있었다. 어떤 때는 몸을 가누기 힘들 정도로 뒤흔들었다.

먼 길을 돌아와서 모두들 지쳤지만 쉴 수는 없었다. 쉬더라도 몸을 숨길 수 있는 숲에서 쉬어야 했다. 그러기 위해 더 빨리 움직일 수밖에 없었다.

들길을 지나자 숲이 나타났다. 주변을 살펴 쉴 만한 곳을 찾아 짐을 부렸다. 그리고 잠시 쉬고 난 후 다시 짐을 지고 나서려는데 뒤쪽에 있던 호위무사가 앞으로 오더니 나직이 말했다.

"아무래도 꼬리를 밟는 자가 있는 것 같습네다."

"기래? 멧 명이나?"

"거기까딘 모르갔디만 많딘 않은 것 같습네다. 기러니 모른 체하고 기냥 가시라요. 우리 둘이 알아보갔습네다."

"알갔네."

소옹은 대답하고 곧장 발을 옮겼다. 이 시각에 뒤를 밟고 있다면 예삿일이 아니었다. 더군다나 꼬리를 밟는 자가 있을까 하여 마을을 한 바퀴 돌았고, 사람들이 잘 다니지 않는 길로 왔지 않는가.

그런데도 뒤를 밟고 있다면 보통내기는 아닐 터였다.

산으로 오르는 길은 많았다. 숲에서는 어디로든 산으로 오를 수 있었다. 그러나 눈이 많이 쌓여서 길들은 대부분 막혀 있었고 사냥꾼네 집이 있는 길만 트여 있었다. 다른 길이 없는 거나 마찬가지였다. 그러니 뒤돌아가지 않는 한 앞으로 계속 가는 수밖에 없었다.

그러나 더 이상 가는 건 곤란했다. 잘못 했다간 사냥꾼네 집이 발각될 수 있었고, 사냥꾼이 잡히기라도 한다면 태자와 자신들도 결코 안전할 수 없었다.

소옹은 고민스러웠다. 뒤를 밟는 자들이 많지 않다면 선제공격으로 내쫓는 게 상책이었다. 그러나 상대가 많다면 위험해질 수 있었다. 아버지 염려대로 중실휘가 보낸 자들이라면 결코 만만치 않을 것이었다. 군부 최고 실세인 그가 보냈다면, 아버지와 태자를 겨냥해서 보낸 자들이라면, 최고 무사들일 가능성이 높았다.

"어뜩했으믄 좋갔습네까?"

결정을 내리지 못한 소옹이 곁에서 걸어가는 아지에게 물었다. 이런 일에 대한 대처는 자신보다 아지가 나을 것이고 둘이 결정한 후 행동하는 게 좋을 듯싶었다. 그러나 아지도 별다른 방법을 찾을 수 없는지 선뜻 말하지 않았다.

"더 이상 가믄 곤란하디 않갔시오?"

아지가 주위를 돌아보며 말했다. 살펴보니 벌써 사냥꾼네 집 가까이 접근하고 있었다.

"기러믄 여기서 처리해야갔디요?"

"기럽시다."

결정을 내리자 발을 멈췄다. 뒤따라오던 짐꾼들도 멈췄다.

"짐꾼들은 우릴 중심으로 모이라."

소옹이 말하자 짐꾼들이 모여들었고, 그와 동시에 앞에 있던 무사들이 뒤쪽으로 뛰어갔다.

잠시 후 어지러운 발자국 소리가 들리더니 칼 부딪치는 소리가 들려왔다.

"인원이 많습네다. 날래 피하시라요."

뒤쪽에서 소리가 들려오자 소옹과 아지는 재빨리 몸을 돌렸다. 달아나야 했다. 짐꾼들과 자신들은 달랐다. 자신들의 정체가 탄로나면 아버지가 위험에 빠질 수 있었다. 태자를 위해 원치도 않는 좌보에 앉아 있는데 잘못하면 평생 쌓아온 공적이 하루아침에 무너질 수 있었고, 목숨을 잃을 수도 있었다. 계비와 중실씨들이 역적으로 규정하고 수단과 방법을 가리지 않고 잡으려는 태자를 돕고 있다는 사실이 밝혀진다면 집안이 풍비박산 날 수도 있었다. 그뿐인가. 태자가 위험해질 수도 있었다.

소옹과 아지는 사냥꾼네 집 반대쪽 길을 택해 산속으로 뛰었다. 사냥꾼네 집이 발각돼서도 안 됐기에 그쪽을 버리고 바로 산속으로 길을 잡았던 것이었다. 뒤에선 싸움이 치열한 지 칼 부딪치는 소리가 계속 들려왔다.

그러나 그 발길은 오래 지속되지 못했다. 마침내 소옹과 아지의 발길을 멈추게 하는 소리가 들렸다.

"산으로 도망치는 놈들이 역적 영과 관계된 놈들이다. 저놈들을 날래 쫓으라."

우두머리인 듯싶은 사내의 목소리가 터지자 몇 명이 뛰어오는 소리가 들렸다.

"안 되갔시오. 우리도 힘을 보태야 할 것 같시오."

아지가 짐을 부리며 말했다. 아지의 말이 아니더라도 소옹은 벌써 같은 생각을 하고 있었다. 자신들의 정체를 아는 이상 살려둬서는 안 됐다.

거의 동시에 짐을 부린 두 사람은 산 아래로 뛰어갔다. 그리고 몇 십 보 가지 않아 산으로 올라오는 자들과 만났다.

먼저 소옹 쪽으로 날카롭게 칼이 파고들었다. 정확히 심장을 겨누고 있었다. 얼마나 예리한지 찌이잉 칼 울음소리가 들리는 것 같았다. 칼 울음소리를 통해 전해지는 상대의 검술은 고수 중의 고수였다. 소옹은 몸을 젖혀 칼을 피한 후 자신의 칼로 상대의 배 쪽을 노렸다.

상대도 이미 예상하고 있었던 듯 칼로 재빨리 받아냈다. 그와 동시에 다른 놈이 펄쩍 뛰어오르더니 소옹의 머리를 가르려 했다. 소옹은 몸을 피하며 칼을 들어 막았다. 손목과 팔 정도가 아니라 온몸이 부서질 것 같은 무게감이 덮쳤다. 소옹은 다리에 모든 힘을 모으고 버티려 했으나 다리가 조금 꺾였다. 그 순간 몸을 바로 잡으며 상대의 다리를 향해 칼을 그었다. 팔목에 무게감이 전달되는 듯싶더니 스윽 소리가 났다. 상대의 다리를 베었던 것이었다.

그러나 바로 다른 칼이 몸을 파고들었다. 소옹은 몸을 뒤로 돌려 피한 후 까치발로 섰다. 예상했던 대로 상대의 칼이 다시 배를 향해 날아들었다. 팔짝 뛰어올라 피하긴 했으나 조금만 늦었어도 배가 갈라졌을 것이었다.

소옹은 내려서며 상대의 목을 노렸다. 그러나 상대도 예상했는지 칼은 쌩 소리만 내며 좌에서 우로 비껴갔다.

둘이라 했지만 하나는 다리를 베인 상태라 하나와 주로 상대했다. 하나가 위험한 상황에서만 또 하나가 끼어드는 격이었다. 그렇게 둘과 상대하며 수십 합을 겨누고 있자니 쉭 하는 짧은 칼 소리가 났다. 위에서 아래로 사선으로 내리치는 소리였다. 헉 하는 소리가 났고, 소리와 동시에 아래서 위로 사선으로 올리는 소리가 났다. 다시 헉 소리와 함께 응수하는 소리가 들리지 않았다.

"나야요. 괜찮아요?"

아지의 목소리였다. 언제 두 사람을 해치우고 다가왔는지 아지가 동시에 두 사람을 베어버린 것이었다. 정말 눈 깜짝할 사이에 싸움은 끝나버린 것이었다. 고수 둘을 단 한 번의 칼 놀림으로 베어버린 것이었다.

"예. 괜찮습네다."

왼쪽 어깨에 가벼운 상처가 있긴 했지만 큰 부상이 없었기에 소옹이 대답했다.

"살려듀고 싶었지만 우리 정체를 알고 있어서 어쩔 수 없었시오."

아지는 상대를 죽인 게 마음에 걸리는지 소옹에게 말했다. 아래쪽에선 아직도 싸움이 계속되고 있는지 발소리와 칼 부딪치는 소리가 어지럽게 들려왔다. 더 이상은 소옹과 아지를 쫓아오지 않는 게 다섯이서 철저히 틀어막고 있는 것 같았다.

"자, 날래 갑세다."

아지가 숨을 몰아쉬며 말했다.

둘은 짐을 부려둔 곳으로 뛰어갔다. 그리고 짐을 지고 산길을 오르기 시작했다.

급히 산길을 오르느라 몇 번 미끄러지기도 했으나 무사히 갈림길에 닿았다. 소옹이 바로 굴을 향해 가려 하자 아지가 막았다.

"잠시만. 오늘은 멀디만 돌아갑세다."

"여 말고 딴 길이 있시오?"

"예. 가보딘 않았디만 굴 위로 돌아가는 길이 있을 겁네다."

"기래요? 기럼 그 길로 날래 가시디오."

둘은 멀고 험한 길을 돌아, 굴 위에서 내려오는 길로 굴에 도착했다. 밍기적거리기만 하던 겨울 해가 산 위로 완전히 솟아오른 후였다.

굴에 도착하니 태자와 구명석이 잠도 자지 않고 밤새 기다리고 있었다.

# 살인자 고발

36

휘는 분했다.

무사들을 잃은 것도 분했지만 천재일우千載一遇의 기회를 놓쳐버린 것이 더 분했다. 생각 같아선 살아 돌아온 두치를 당장 베어버리고 싶었다. 상대를 과소평가했던 것이 문제였다. 스무 명이란 수적 우위만 생각하고, 일곱 명을 우습게 봤던 것이었다. 만약 상대를 얕보지 않고 지원군을 요청했다면 일망타진할 수 있었던 절호의 기회였다.

그러나 수확이 없진 않았다. 도망친 자들은 좌보 을지광의 딸과 태자의 호위무사 아지가 분명했다.

을지광의 딸 소용은 짐꾼들이 다 알고 있었으나 다른 사내는 모른다고 했다. 그래서 인상착의를 말해보라 했더니 아지 같았다. 그런데 말을 하더란 소리에 다시 난항에 부딪쳤다. 아지는 벙어리였다. 그런데 말을 하더라니 아귀가 안 맞았다.

인상착의나 앞뒤 정황으로 봐선 아지가 분명해 보였다. 선왕이 시해된 다음 날 거지 차림으로 을지광네 집에 왔다는 사실이나 옷과 가재도구를 챙겨갔다는 증언이나 을지광과 아주 가근한 사이인 것 같았다는 종복들의 얘기는 모두 아지를 가리키고 있었다.

'아지가 틀림없어. 기렇다믄 태자가 그 산에 숨어 있다는 말인데……'

휘는 생각을 정리해 보았다. 명확하진 않지만 태자의 행방을 찾은 셈이었다.

궁궐을 열 시간이 되자 입궐해서 태후를 알현했다.

"을지광을 소장에게 넘겨주시라요."

휘는 태후를 만나자 단도직입적으로 말했다.

"밑도 끝도 없이 기게 무슨 소립네까?"

"을지광을 가둬 문초할 수 있게 해달라는 말입네."

"기러니긴 기게 무슨 소리냐고 묻잖습네까. 을지광 그 늙은이가 고와서 내래 좌보에 앉혔시오?"

"그 늙은이가 도망간 영을 감추고 있는 것 같습네다."

"뭐, 뭐라? 기게 탐말입네까?"

"기건 그 늙은일 독티면 알 수 있갔디요."

"기게 무슨 소리넵까? 누군 독티고 싶디 않아 독티디 않습네까? 잘못했다간 우리가 당할 수 있습네다. 기러니 꿈 깨시라요."

"얼마간 증좔 답았습네다. 기런데 그 늙은일 답아들일 명분이 부독합네. 기러니 태후께서 둄 나서 주시라요."

"증좔 답았다?"

"기렇습네다."

"무슨 증좐데요? 기걸 말해보라요."

"오늘 새벽에 을지광 그 늙은이 집에 낯선 사내들이 접근했시오."

휘는 오늘 새벽에 있었던 일과 자기 수하 두치에게서 들은 말과 을지광의 종복에게서 들은 말, 그리고 자신의 판단 등을 종합하여 차곡차곡 전했다. 그리고 자신의 의지를 밝히는 것으로 말을 정리했다.

"을지광의 딸과 아지란 놈이 함께 왔다가 함께 도망쳤다믄 을지광 그 늙은이가 다 알고 있고, 그들을 숨겨놓고 도와듀고 있다는 말이디요. 또한 그들을 숨겨놓고 도와둔다는 건 역모죄를 범한 것이나 다름없디요. 기러니 댭아 독티면 지가 불디 않곤 못 버티갔디요."

"기렇게 댭아들일 거믄 딘닥에 댭아 들였디요."

"길티만 증좌래 있디 않습네까?"

"기 정도론 안 됍네다. 함부로 다뤘다간 반란이 일어날 수도 있시요. 기러니 ……태자와 아지, 기리고 구명석과 기 계집을 먼저 은밀히 댭아들이라요. 기러믄 을지광이도 어쩔 수 없디 않갔네까?"

"기게 기렇게 쉽디가 않습네다. 이 겨울에 산속을 뒤진다는 게 보통 어렵디 않습네다. 기러고 기리 되믄 을지광 그 늙은이도 가만히 있디 않을 기야요."

"기러니낀 머릴 써야디요. 을지광이래 족쇄를 채운 후 그들을 댭아들일 방법을 생각해보자우요. 그 딸이래 태자와 같이 있다믄 이제 을지광도 함께 제거해야디요."

휘는 태후전을 물러나는 수밖에 없었다.

을지광을 제거하는 일이 결코 간단치가 않았다. 그를 없애려면 수족들을 전부 잘라내야 했다. 그렇지 않으면 분명 군사들이 움직일 것이고, 그리되면 승리를 장담할 수 없었다. 수적으로는 이쪽이 훨씬 우세했지만 전투력 면에서 보면 정반대였다. 그러니 정면 돌파는 어려웠다. 안 그래도 선왕 시해 이후 민심이 흉흉해져 있었다. 그런 상황에서 을지광의 한 마디는 태후나 왕의 말보다 더 큰 힘을 가질 수 있었다. 결국 을지광을 꼼짝 달싹 못하게 할 방도를 찾아야 했다.

'태자와 그 딸년을 닮기만 하면 되는데…….'

궁을 나와 집으로 향하면서도 휘는 고민에 고민을 거듭했다.

37

지광도 고민스럽기는 마찬가지였다. 예민하고 치밀한 중실휘가 안 이상 이제 전면전을 준비하는 수밖에 없었다.

싸움이 벌어졌다는 사실을 안 것은 소옹과 아지를 보내고 두 점쯤 지난 후였다. 아무래도 마음이 안 놓여 발 빠른 하인 하나를 뒤따라 보냈는데 그가 헐레벌떡 뛰어 왔다.

"싸움이 벌어졌습네다."

"기게 어디냐?"

"산으로 오르는 숲속입네다. 이삼십 명의 무사들과 싸우고 있습네다."

"군사들이더냐?"

"아닙네다. 평복 차림의 무사들이었습네다."

"알았다. 여봐라!"

대기하고 있던 말객 하나가 뛰어왔다.

"산 못 미쳐 숲속에서 싸움이 벌어졌다니 날래게 다녀오라. 시간을 끌거나 흔적을 남겨서는 안 됨매."

무사들이 급히 대문을 나서는 모습을 지켜보며 지광은 고개를 끄덕였다. 역시 자신의 판단이 맞았다는 생각이 들었다. 이 시각에 소옹과 아지의 뒤를 밟다가 싸움이 붙었다면 그건 중실휘 수하들이 분명할 터였다.

초조하고 답답한 시간이 지나갔다. 그리고 두 식경쯤 지나자 무사들이 돌아왔다.

소옹과 아지는 몸을 피했는지 없었다고 했다. 지광은 가슴을 쓸어내렸다. 호위를 맡겼던 무사 다섯 명 모두 사망했고, 짐꾼들은 모두 잡혀갔는지 보이지 않더라고 했다.

"알았으니 시신들을 잘 거두어 후하게 장사지내주라. 기러고 딕금 당장 사냥꾼을 데려오라. 그 집은 불태워 없애버리고."

그렇게 보이는 것은 수습은 했으나 보이지 않는 짐꾼들이 문제였다. 싸움 현장에서 살아 돌아간 자가 있었으니 짐꾼들을 잡아갔을 것이고, 그들이 잡혀갔으니 자신의 정체가 드러난 것이나 다름없었다.

당장은 뚜렷한 증좌가 없으니 자신을 어쩌지는 못할 것이었다. 함부로 움직였다간 섶을 지고 불구덩이에 뛰어드는 격이란 걸 계비나 중실휘도 잘 알고 있을 터였다. 문제는 산속에 있는 태자와 소옹, 그리고 나머지 사람들이었다. 그들이 산속에 숨어있다는 사실을 안 이상 가만있지 않을 것이었다. 소옹과 아지가 도망쳤다니 그에 대한 방비는 하겠지만 빨리 도주하지 않으면 위험했다.

‘어느 굴인지라도 알아둘 걸. 그랬다면 이럴 때 연락이라도 취할 수 있었을 게 아닌가?’

지광은 후회스러웠다. 그러나 믿고 싶었다. 구명석까지 함께 있으니 어떻게든 방도를 강구할 것이었다.

지광은 즉각 집을 엄중히 경계하라는 명을 내렸다. 자신의 명 없이는 단 한 사람도 출입하지 못하게 했다.

사람을 풀어 중실휘 집과 궁문宮門을 살피게 하는 한편, 뜻을 같이 하는 사람들에게 사람을 보냈다. 일이 급박하니 집 주위를 철저히 경계하고 오늘 좀 만나자는 전갈을 했다. 이제 태자의 상황을 알리고 멀리 피신시킬 방도를 의논해야 했다.

한 시각쯤 지나자 유시酉時쯤 오겠다는 답장이 당도하기 시작했다.

그럴 즈음 중실휘의 수하들이 무사들의 시신을 수습해갔다고 했다.

사시巳時가 가까워지자 중실휘가 입궐했다는 소식이 날아들었다.

오시午時가 지나자 궐에서 사람이 와서 입궐하라 했다. 예상했던 일이기에 고뿔을 핑계로 하여 당분간 입궐을 못 할 것 같다고 했다. 궁으로 들어가는 순간 바로 척살되거나 체포될 수 있었다. 그러면 끝이었다. 현재 상황을 동지들에게 전파하지 않고서는 전권을 틀어쥐고 있는 계비와 중실씨를 대적하기는 힘들었다.

긴 하루해를 보내고 유시酉時가 가까워지자 사람들이 모여들기 시작했다. 삼엄한 경비에 놀라는 듯했다.

유시가 되기 전에 사람들이 다 모이자 어제 있었던 일과 현 상황을 알렸다. 모두가 깜짝 놀라했다.

“기래서 만약의 사태를 대비했으면 합네다. 허심탄회하게 말씀해 듀시기 바랍네다.”

최대한 압축해서 지광이 이야기를 마무리하자 모두들 침통한 분위기 속에서 입을 다물었다.

　　"우리의 의중보다 먼저 좌보의 의중을 듣고 싶습네다."

　　선왕 때 대형大兄을 지낸 손혜담孫慧澹이 먼저 입을 열었다. 이름 그대로 지혜로우면서도 담백해 지광과 가장 가근하게 지내는 사이였다.

　　"기렇습네다. 이 일은 우리의 일이기도 하디만 영애 문제도 걸려 있으니 대대로의 뜻이 가장 중할 거 같습네다."

　　역시 대형을 지낸 사치근沙馳勤이 손혜담의 뜻에 동의했다. 그러자 좌중이 모두 두 사람의 뜻을 재청했다.

　　그러나 지광은 선뜻 입을 열지 않았다. 자신의 딸 소용을 언급한다는 건 이번 일을 너무 작게 보고 있다는 느낌이었다. 또한 모든 걸 자신이 주도하는 인상을 주면 결속력이 약화될 수 있었다. 마지못해 지광의 뜻에 따르는 게 아니라 스스로가 적극적으로 나서게 해야 했다. 그래야 태자를 비롯하여 모두가 무사할 수 있었다. 한 사람이라도 다른 마음을 가지게 된다면 일은 시작하지 않는 게 나았다. 그러니 어떻게든 그들의 입에서 대책이 나와야 했다. 지광은 끈기 있게 기다렸다. 그러자 혜담이 입을 열었다.

　　"태자 전하는 우리 모두가 나서서 보호해야 할 분인데 그간 을 좌보께서 우리를 대신해 주셨으니 이젠 우리 모두가 힘을 합쳐 보호합세. 뿐만 아니라 태자를 중심으로 정경대원正經大原을 확립해 나갑세."

　　혜담이 지광의 마음을 읽기라도 한 듯 말했다. 모든 초점을 태자에게 맞추고 있었다. 작은 가지는 잘라내고 대의를 먼저 생각하자는 말이었다. 그러자 모두들 자신들의 생각이 짧았다고 생각하는지 고개를 끄덕이고 있었다.

"기러기 위해선 무엇보다 태자 전하의 보호가 시급한데 그 방안 부터 논의하기로 합세다."

이제 혜담이 회의를 주도하고 있었다. 이심전심이었다.

지광은 자신의 의견을 내놓기보다 다수의 의견을 따르는 형식으로 회합에 참여했다. 소옹이 걸려있었기에 자신이 모든 걸 주도한다는 느낌을 주지 않기 위해서였다. 어디까지나 대의를 우선한다는 느낌을 주기 위해 노력했다. 그런데도 모든 대책은 지광의 뜻에 벗어나지 않게 정리되었다.

태자의 안전을 위해 당분간 모든 사병私兵들과 가용 인원을 지광의 지휘 아래 둔다. 혜담이 좌장이 되어 모든 모임을 주관한다. 태자의 탈출로는 지광과 치근이 확보하여 최대한 빨리 태자를 안전한 곳으로 모신다. 경비는 공동부담을 원칙으로 하되, 치근이 선집행한 후 공히 나누어 갹출한다. 이런 내용들이 혜담의 주재 아래 정리되었다.

지광은 기뻤다. 직접 나서지 않고도 자신의 뜻대로 이루어진 것도 기뻤지만 모두가 한마음 한뜻으로 태자에게 충성하려는 마음을 확인할 수 있어서 더 기뻤다.

지광은 저녁까지 대접했다. 상황이 상황인 만큼 술은 반주 정도로 끝내고 사흘 후에 다시 모이기로 하고 자리를 정리했다. 그리고 안전한 귀가를 위해 각자 데리고 온 인원 외에 자신의 사병들을 배치하여 경호하게 했다.

## 38

"이 자들이 대놓고……."

휘는 화가 났다. 어제 일이 터지기를 기다렸다는 듯이 을지광 쪽 사람들이 움직이고 있다는 보고에 머리마저 욱신거렸다. 자신들의 세를 과시하여 이쪽의 반응을 보겠다는 뜻이었다.

휘는 방에 박힌 채 생각을 거듭했다. 저쪽이 몸을 사린다면 뒤를 쳐볼 수도 있었다. 이간계離間計를 써서 분열시키든지 각개 격파를 통해 약화시켜 놓으면 그리 어려운 상대는 아니었다. 하지만 대놓고 해보자고 나오자 두려움이 앞섰다. 그들이 힘을 합해서 하나로 움직인다면 손을 쓰기가 어려웠다. 그렇다고 전면전으로 나설 수는 없었다. 그들 등 뒤에는 중실씨의 고구려를 막아야 한다는 이반된 민심이 버티고 있었기 때문이었다.

그렇다면 방법은 하나뿐이었다. 태자를 찾아 제거하는 방법밖에 없었다. 그리되면 태자를 정점으로 한 세력이 약화될 것이고, 태자와 함께 있는 지광의 딸을 없애버린다면 지광도 주저앉을 것이었다. 자식이라곤 딸 하나밖에 남아 있지 않은 지광이 딸마저 잃는다면 지광의 의지도 꺾일 것이었다. 태후도 그런 사정을 잘 알기에 을지광의 다리를 묶을 수 있는 방안을 찾아보라고 하지 않았던가.

그렇게 고심에 고심을 거듭하다 휘는 무릎을 탁 쳤다. 그러면 될 것이었다. 왜 진작 그런 생각을 못했는지 자신이 한스럽기 그지없었다.

휘는 곧바로 의관을 챙겨 입궐을 서둘렀다. 시각이 너무 늦었지만 잠시도 지체할 수가 없었다. 한 시라도 빨리 태후께 알려 일을 진행시켜야 했다. 늦으면 늦을수록 일은 어려워질 것이었다.

밤늦게 태후전을 찾자 태후도 깜짝 놀라했다.

"이 밤에 무슨 일입네까? 여긴 대궐이야요."

태후가 남의 눈도 의식하며 살라는 듯이 눈살을 찌푸렸다. 그러나 그만큼 긴급한 일일 것이라 판단했는지 은근한 목소리로 물었다.

"방법을 찾았습네까?"

"그러합네다."

"기게 뭡니까? 날래 말해 보라요."

"날이 밝으면 살인자를 고발할 생각입네다."

"살인자라니요?"

"엊저녁에 우리 무사들을 죽이고 산으로 도망친 살인자들 말입네다. 그들을 고발하면 왕명으로 군사들을 움직일 수 있디 않갔습네까? 그 군사들 속에 우리 수하들을 배치해서리 태자 영과 을지광의 딸을 잡아들이갔시오. 기러믄 제 아무리 을지광이라 해도 막을 수 없을 거이고, 기렇게만 된다믄 앓던 이를 한꺼번에 다 뽑을 수 있디 않갔습네까?"

"살인자 고발이라?"

태후는 망설여지는 모양이었다. 그러자 휘가 몰아붙였다.

"살인자를 추적한다는데 누가 말리겠습네까? 기 방법 말곤 다른 방법이 없습네다."

"토끼몰이로 호랑이를 잡갔다?"

"기렇습네다. 기러니 태후께서 좀 나서주시라요."

"기건 알았고. 기럼 산을 다 뒤질 생각입네까?"

"아, 아닙네다. 이 겨울을 나기 위해 분명 굴속에 숨어 있을 겁네다. 기러니 굴을 잘 아는 산사람들을 동원해서 찾으면 곧 찾을 수 있을 겁네다. 굴이야 멧 안 되지 않갔습네까?"

"기렇다믄 다행이고요."

"기럼 저는 물러가갔습네다. 오늘 밤 다리 뻗고 주무시라고 늦었디만 찾아왔으니낀 오늘 밤은 편히 주무시라요."

"기래. 오라비도 잘 자고, 원하는 일 꼭 이루시라요."

태후가 작게 웃었다. 휘도 따라 웃으며 예를 올리려 하자 태후가 됐다고, 어서 가라고 손사래를 쳤다. 그러나 휘는 다른 때보다 더 공손하게 예를 올리고 발을 돌렸다.

# 은신처 이동

**39**

"살인자를 그냥 둘 순 없는 일. 살인자를 추포하라."

살인자를 추포하라는 왕명을 받았으나 휘는 그냥 꿇어 있었다.

"폐하, 살인자를 추포하는 일을 소장이 할 수 없습네다."

휘는 머리를 더욱 조아리며 아뢨다.

"장군이 추포할 수 없다니 기게 무슨 말입네까?"

"소장의 수하들을 살해한 살인자를 소장이 추포하면 개인적인 감정을 앞세운다는 오해의 소지가 있습네다. 기러니 다른 사람을 움직여 듀십시오."

"누가 기런 소릴 한단 말입네까?"

태후가 끼어들며 물었다.

"누가 그런 소리를 해서가 아니라, 오해의 소지를 사전에 봉쇄하기 위해 드리는 말씀입네다. 기러니 다른 사람에게 명을 내려듀시기 바라는 것입네다."

"그 말도 들어보니 맞는 것 같은데…… 이런 일은 대모달에게 맡기는 게 좋을 듯한데 대왕의 생각은 어떻습네까?"

태후가 넌지시 말하자 왕이 곧바로 대답했다.

"기럼 대모달에게 시키갔으니 장군은 물러가 있으시오."

"성은이 망극하옵네다, 폐하."

휘는 고개를 들었다. 태후가 왕 곁에 앉은 채 엷게 웃으며 고개를 끄덕이고 있었다. 마음 놓으라는 뜻이었다.

휘가 정전에서 물러나려는데 정전 앞에는 이미 대모달이 입궁해 대기 중이었다. 태후가 미리 대기시켜 놓은 것 같았다. 휘는 태후의 치밀함에 놀라지 않을 수 없었다.

그리고 퇴궐해서 늦은 아침을 먹고 마악 군사들을 점검하려는데 대모달이 직접 찾아와 말했다.

"장군 댁 수하들이 살해당했다니 장군 댁 군사들을 좀 디원해듀시구래."

직책으로는 휘가 감히 쳐다볼 수도 없는 대모달이었지만 함부로 하대하지 못하고 존댓말을 했다.

"군사들이라면 얼마믄 되갔습네까?"

"내래 거기까지 알 수는 없고, 장군이 판단해서 지원해주면 고맙겠소. 태후께서도 장군의 협조를 받으라 기랬시오."

"알갔습네다. 기렇다면 날랜 자들을 모을 테니 장군께서 뽑아가십시오."

"기래도 되갔소?"

"이를 말입네까? 소장이 협조하디 않으믄 누가 협조하갔습네까?"

"고맙소."

대모달은 태후의 신임을 얻을 수 있는 절호의 기회를 제공한 휘가 고마운지 고맙다는 말까지 했다. 그 말에 휘가 엷게 웃자 대모달도 따라 웃었다.

휘는 뒷마당으로 갔다. 입궐하기 전에 미리 데려오라고 했으니 산사람들까지 와 있을 것이었다. 이제 그들을 대모달에게 넘겨주기만 하면 되었다. 그 다음은 대모달과 자기 수하들이 알아서 처리할 것이었다. 바야흐로 토끼몰이를 시작할 때가 다가오고 있었다.

## 40

대모달이 중실휘네 집에 들어갔다는 보고를 받은 지광은 경악했다. 최고의 무관이 그곳에 나타났다는 건 태자 일행이 위험하다는 신호였다. 태자 일이 아니라면 그가 거기에 나타날 일이 없었다. 더군다나 중실휘 수하 여럿이 목숨을 잃은 직후가 아닌가.

지광은 몸을 부르르 떨었다. 계비와 중실휘의 칼이 자신을 향하고 있음이 느껴졌다. 중실휘 수하들을 죽인 사람이 바로 아지와 소옹, 그리고 자신의 수하들임을 그들이 모를 리 없었다. 너무나 잘 알고 있기에 그걸 핑계로 태자 일행을 쫓으려는 것이었다. 태자와 그 일행을 체포함은 물론, 살인을 사주한 자신까지도 제거하려는 수작이었다. 자신들의 속셈을 감추고 합법적인 방법으로 차도살인借刀殺人의 전법을 구사하고 있었다. 그걸 뻔히 알면서도 대응 방안이 없으니 답답하면서도 화가 치밀어 홧병이 날 지경이었다.

그러나 지광은 선왕과의 약속을 지켜야 했다.

'대로래 우리 태잘 디켜듀갔어? 기렇게 해듀갔다믄 내래 계빌 맞아들이갔어.'

방법을 찾지 못해 안달할수록 선왕의 목소리가 귀에 쟁쟁거리는 듯했다.

'이럴 둘 알았다믄 중실들을 끌어들이는 게 아니었는데…….'

지광은 후회스러웠다. 너무 근시안적인 사고로 나라를 망친 것 같았다. 그 결과 선왕은 시해당했고, 태자는 역모죄를 뒤집어쓴 채 쫓기는 몸이 되었다. 그런 태자를 중실씨들은 이제 그물로 포획하려 하고 있었다.

지광은 대청으로 나섰다. 손 포갠 채 당할 수도, 손 놓고 있을 수도 없었다. 어떻게든 손을 써야 했다. 소용이 아니더라도 태자 보호는 지광의 일생일대의 과제가 아니던가.

"여봐라! 그 사냥꾼을 데려오라."

다른 사람은 몰라도 그라면 태자 일행의 은거지를 알 것 같았다. 또한 산을 제집 드나들 듯 누비고 다니는 자니 좀 더 은밀한 곳을 알고 있을 가능성이 높았다. 그를 태자 일행에게 보내면 안전한 피신을 도와줄 수 있을지도 몰랐다.

대청을 왔다 갔다 하며 생각을 정리하노라니 집사가 직접 사냥꾼을 데리고 왔다.

"올라오라. 기러고 집산 지금부터 내 명이 있을 때까디 사람 출입을 금지시키라."

집사가 인사하고 물러나자 지광은 사냥꾼을 데리고 방으로 들어갔다.

"마음 편히 앉으라."

지광은 사냥꾼의 마음을 열기 위해 부드러운 목소리로 자릴 권했다.

"일 없습네다. 쇤넨 기냥 서 있갔습네다."

사냥꾼이 긴장한 목소리로 고갤 숙였다.

"내래 할 말이 많으니낀 가까이 앉으라. 기러고 마음 놓으라."

그러나 사냥꾼은 움직일 생각도 하지 않았다.

"어허, 내 말이 안 들리네?"

"아, 예."

대답을 해놓고도 사냥꾼은 선뜻 움직이질 않았다. 감히 어느 안전이라고 앉겠냐는 몸짓이었다.

"시간 없으니낀 날래 앉으라."

"예."

그제서야 사냥꾼이 머뭇머뭇 움직이기 시작했다. 지광은 사냥꾼을 자신 바로 앞에 앉힌 후 나직이 물었다.

"산속 은신철 아네?"

"예?"

사냥꾼이 소스라치게 놀라며 되물었다.

"놀랄 것 없어. 내 궁금해서 묻는 거니낀 아는 대로 말해보라."

"쇤네가 어떻게 알갔습니까요. 밥버러지로 근근이 살아가는데 웃전들의 일을 알지 못합네다."

"기런 말이 아니야. 내래 그곳을 알고 싶어서 묻는 기야."

지광은 자신의 속마음을 열어놓았다. 사냥꾼에게 감출 이유가 없었다. 그의 도움을 받자면 그래야 했다. 전적인 신뢰가 없다면 그가 지광의 말을 들을 리 없었다.

사냥꾼은 지광의 말뜻을 알아듣는 것 같았다. 고개를 들지 않아 그의 표정을 자세히 읽을 수는 없었지만 긴장이 차츰 풀어지는 듯했다.

"난 자넬 내 사람으로 여기고 있는데 내래 잘못 본 거네?"

"예?"

이번에도 사냥꾼은 깜짝 놀라며 되물었다.

"기러디 않았으믄 기 동안 자네 집을 접선처로 사용하디도 않았고, 그날 자넬 여기로 데려오지도 않았갔디. 자넬 믿을 만하다고 생각했으니낀 기런 거야. 내 말 알간?"

"예. 잘 알고 있습네다. 기러고 노모까지 모실 수 있게 해주신 걸 늘 감사하게 생각하고 있습네다."

"기래. 기런데 기건 인사나 받자고 한 일이 아니야. 자넬 곁에 두고 싶어서 한 일이야."

"쇤네 같은 게 무슨 소용이 있다고……?"

"기게 아니디. 사람이 듕하디 신분이 무슨 소용이네."

"당치도 않습네다. 쇤넨 여기 대대로 어른 앞에 앉아 있는 것만도 꿈만 같습네다."

사냥꾼은 정말 꿈이 아닌지를 확인하려는 듯 방안을 휘 둘러보았다.

"기게 아니래도 기러네."

"아닙니다요. 쇤넨 공자님을 따라 산중턱까딘 가 보았디만 그 이상은 모릅네다. 공자님께서 꺼리시는 것 같아 뒤도 돌아보디 않고 산을 내려왔더랬시오. 기러니 시키실 일이 있으시면 날래 시켜듀시라요. 쇤네 목숨이라도 내놓갔습네다."

생각보다 촉이 빠른 놈이었다. 몇 마디 하지 않았는데 지광의 뜻을 읽고 먼저 선수를 쳤다.

"기래. 기렇다믄 내래 얘기하갔어."

지광은 사냥꾼이 꼭 알아야 할 것들을 추려 이야기해줬다. 그리고 사냥꾼이 해야 할 일도. 어쩌면 목숨을 잃을지도 모른다는 말도 빠트리지 않고.

"해뎔 수 있갔나?"

"하다마다요. 내래 기런 일을 할 수 있다믄 세상에 태어난 걸 후회하디 않을 겁네다."

"기래, 고맙네."

지광은 준비해뒀던 서찰과 금덩이 하나를 꺼내 놓으며 말을 이었다.

"이 서찰은 태자께 전해주게. 기러고 이건 내 마음의 표시네."

"아, 아닙네다. 쇤네 같은 밥버러질 사람대접해준 것만도 고맙기 그지없는데 이런 것까딘 필요 없습네다."

"아닐세. 내 마음이니 받아두게. 자네 노모는 내가 편히 돌볼 테니 걱정 말고……. 기러고 이번 일이 성공하든 실패하든 내 응분의 보상을 하갔네."

"대대로 어르신, 고맙습네다. 이 은혜 잊디 않갔습네다."

사냥꾼은 바닥에 머리를 찧을 듯이 고개를 숙여 고마움을 표시했다. 그런 사냥꾼을 바라보는 지광의 눈은 그 어느 때보다 빛나고 있었다.

**41**

가까스로 몸을 피하긴 했지만 아지와 소옹은 고민에 빠져 있었다.

"그 시각에 우릴 쫓았다믄 계비 쪽 사람들이 틀림없을 기야요."

"맞습네다. 중실휘 수하들일 겝네다."

"기렇다면 여길 피하는 게 상책 아니갔소?"

"아닙네다. 섣불리 움직였다간 오히려 저들이 파놓은 함정에 빠질 수 있습네다. 아바디가 어떻게든 연락을 취할 테니 기다려보자우요. 기러나 태자껜…… 비밀로 해야 하갔디요?"

"길쎄요. 내래 세 분과 먼저 의견을 나눠보갔시오."

"알갔습네다. 기럼 서방님이 둠 수고해주시라요."

아지와 소옹은 그렇게 의견을 나눈 후 구명석에게 알렸다.

구명석은 깜짝 놀라는 눈치였다. 그러나 감정을 드러내진 않았다. 이미 예상하고 있었던 듯했다. 하기야 한낮이 다 돼서 돌아왔으니 무슨 일이 있었구나 짐작은 하고 있었을 것이었다. 그런데 계비나 중실휘가 보낸 사람 같다는 말엔 다시 놀라는 눈치였다.

"태자께 알려 장소를 옮겨야 하디 않갔습네까?"

아지가 묻자 셋은 선뜻 대답하지 않았다. 그들도 바로 대답하기 힘든 일일 것이었다. 또한 섣부른 판단은 상황을 악화시킬 수도 있기에 차분히 대처하고 싶었는지도 몰랐다. 셋은 침묵 속에 무언가를 생각하는 듯했다.

"내 생각엔……."

무거운 침묵을 깨트린 건 구비였다.

"내 생각엔 말일세, 태자께 알리지 않는 기 좋을 거이고 자리도 기냥 있는 기 좋을 거 같네."

그 말을 기다렸다는 듯이 석권이 뒤를 이었다.

"나도 같은 생각인데……."

석권이 명이를 돌아보며 말꼬리를 잘랐다.

"참, 어쩌면 생각이 이리 같을 수 있갔나? 나도 전적으로 동감이네. 대로께서 어뚱게든 연락을 취할 테니 기냥 여기서 기다려보자우."

셋은 머리를 끄덕이며 아지를 바라봤다.

아지는 할 말이 없었다. 소옹에게서 이미 같은 말을 들었기 때문이었다. 네 사람이 꼭 같은 생각을 한다는 게 신기하기까지 했다. 대로가 어떤 사람이기에 이들이 이렇게 대로를 믿고 있는지 의문스러웠다. 자신은 대로를 안 지 얼마 안 돼서 대로를 정확히 모르지만 대로를 오래 지켜본 사람들은 하나같이 대로를 믿고 있었다. 아무리 어려운 상황이라도 어떻게든 연락을 취할 것이란 믿음은 하나의 신앙처럼 견고한 것이었다. 아지는 그걸 선뜻 이해할 수 없었다.

"이런 상황에서도 대대로께서 연락을 취할 것이라 보는 이유래 알고 싶습네다."

아지는 궁금해서 묻지 않을 수 없었다.

"기건……"

명이가 대답을 하려다 말고 씽긋 웃으며 석권에게 턱짓을 하자 석권이 기다렸다는 듯이 말했다.

"살아보믄 알게 되지. 암, 기렇고 말고."

그러더니 너털웃음을 지었다. 이에 나머지 둘도 따라 웃었다.

그리고 그들의 예견을 뒷받침이라도 하듯 사흘 만에, 그것도 한밤중에 사냥꾼이 굴을 찾아왔다.

"대대로 어르신께서 보내서 왔습네다. 기러고 이건 태자 전하께 드리라고 했습네다."

사냥꾼은 품속에서 곱게 접은 비단을 꺼냈다.

태자에게 전해드리자 태자가 읽고 나서 구명석에게 읽어보라고 내려주었다.


> 계비와 중실휘가 대모달을 앞세워 토끼몰이를 시작한 듯하니 좀 더 안전한 곳으로 옮기는 게 좋을 듯합니다.
> 사냥꾼이 산속 지리에 밝으니 그의 도움을 받도록 하십시오.
> 겨울이 깊으면 봄이 멀지 않는 법입니다. 조금만 참고 기다려 주십시오. 소신이 빠른 시일 내에 태자 전하를 뫼시겠습니다.
>
> 대로 을지광 배상


대대로가 아닌 대로 을지광이라고 씀으로써 아직도 자신은 태자의 신하임을 강조한 서찰이었다. 그리고 힘들더라도 조금만 더 참고 기다려 달라는 당부를 하고 있었다.

태자를 비롯한 일행 모두가 먹먹할 정도로 충정 어린 서찰이었다.

"구명석의 몸이 아직 완면티 않은데 어디로 간단 말이네?"

태자가 비감한 어조로 말하자 명이가 대답했다.

"태자 전하, 소신들은 아무 걱정 없습네다. 소신들은 다만 태자 전하께서 힘드시디 않을까 염려스러울 뿐입네다."

"기게 무슨 소리네? 나야 충신들에 둘러싸여 아무 어려움 없디만 구명석이래 나 때문에 둑을 고비를 넘기디 않았네. 기러고 메칠 년 엔 아지와 소옹 낭자까디 위험한 고비를 맞았고……."

"기 어띠 황송한 말씀을 하십네까? 소신들은 태자 전하의 신하가 아닙네까?"

"누군 신하가 아니래서 토끼몰이까디 하는 거네? 기거이 다 선왕과 내 업보인데 기걸 너그들이 당하는 기 아니네. 내래 면목이 없어야."

"태자 전하, 어띠 기런 당티도 않은 말씀 입에 담습네까? 소신들이 태자 전하를 제대로 모시디 못해 이런 일이 일어난 것인데 어띠 기런 말씀을 하십네까? 기러고 소신들은 태자 전하로 인해 힘을 얻고 있습네다. 기러니 기런 말씀 마십시오."

태자와 신하간의 의리는 깊고도 융숭했다. 곁에서 지켜보는 아지의 콧날이 시릴 정도였다.

"기래, 여길 나서믄 어디로 가야 하네?"

태자가 결심이 선 듯 사냥꾼에게 물었다.

"소신, 이 산에 있는 굴이란 굴은 다 알고 있습네다. 기러고 여길 찾느라고 여기저기 굴이란 굴은 다 돌아보았습네다. 그러나 여기보다 나은 곳은 없었습네다. 기렇디만 군사들이 여길 찾아왔을 때 담시 몸을 숨길 곳이 있어야 할 것 같습네다. 이 산 뒤쪽에 아주 작아서리 사람들에게 알려지지 않은 굴이 하나 있습네다. 굴 입구를 큰 돌이 막고 있어서리 자세히 보디 않으면 기냥 바위로 보입네다. 비 둡아서 살기는 어렵디만 잠시 몸을 피하기는 적당한 곳입네다. 그러니 기리로 담시 옮겼다가 군사들이 디나가고 나믄 다시 여기로 오는 게 어떨까 싶습네다."

사냥꾼이 더듬으며 띄엄띄엄 말했다. 태자 앞이라 긴장했는지 혀가 몇 번이나 꼬여 말을 정정하기도 여러 번 했다. 그러나 그 뜻만은 정확히 전달되었다.

"알갔어. 기럼 기렇게 하자."

태자가 결정을 내리자 이사 준비가 일사천리로 진행되었다. 식량과 의복을 먼저 챙겼다. 그 외 당장 필요한 것들만 챙겨 짐 두 개를 만들었다. 그리고 나머지 물품들은 사냥꾼이 굴속 깊숙한 곳, 물건너에 있는 사람들이 좀처럼 다니지 못할 곳에 숨겼다.

그리고 흔적을 지우기 위해서 잠자리도 다 헐어 아래쪽 낙엽들이며 풀들이 있는 곳으로 가져다 놓았다. 불 땐 흔적은 전부 지울 수 없어서 마른 흙을 파다 덮었다. 그 위에 자갈들을 가져다 덮으니 자세히 보지 않으면 모를 정도였다.

준비를 마치자 사냥꾼을 길잡이로 삼아 이동을 시작했다.

짐을 진 사냥꾼이 앞을 열었다. 달도 없는 한밤중에, 눈길을 걸어 산을 넘자니 여간 힘든 게 아니었다. 그러나 모두 말없이 걸었다. 몸이 온전치 않은 명이는 걷기가 쉽지 않을 텐데도 구비와 석권의 부축을 받으며 조용히 밤길을 걸어갔다. 특히 아지와 소옹은 짐까지 진 채 맨 뒤에서 발자국을 지우느라 진땀을 흘렸다.

산을 넘어 새로운 보금자리라고 찾아가 보니 사정이 말이 아니었다.

굴은 일곱 명이 겨우 들어갈 정도로 좁았다. 일곱 명이 다리를 뻗고 잘 수도 없을 정도였다. 동굴이라기보다는 토끼굴이나 여우굴 같았다.

그러나 사냥꾼의 말처럼 안전하게 몸을 숨기기에는 더없이 좋은 곳이었다. 특히 입구가 큰 바위로 막혀 있어 자세히 보지 않으면 굴인지 알 수 없을 정도였고, 굴 입구는 눈으로 뒤덮여 있어서 굴을 완전히 감추고 있었다.

"이 정도면 됐디 뭐."

태자는 굴이 비좁은 걸 보더니 자위하듯 말했다. 그 말에 아무도 입을 열지 않았다. 이 비좁은 굴에서 벗어나 하루빨리 궁으로 돌아갈 수 있기를 바라고 있는 듯했다.

# 토끼몰이

42

추격대의 규모는 실로 어마어마했다.

추격대를 총괄하는 대모달도 혀를 내두를 정도였다. 살인자 추격을 위한 추격대가 아니라 대규모 전투부대였다. 살인자 추격을 빙자한 무력시위였고, 이 기회에 도성을 완전 장악하려는 중실휘의 속셈이 그대로 드러나 있었다.

애초 왕명을 받는 순간, 대모달은 짜증이 났다.

아무리 하는 일 없는, 이름뿐인 대모달이긴 하지만 자신은 국방을 담당하는 최고 권력자였다. 그런 자신에게 소수의 추격대를 지휘해서 살인자를 색출하라는데 불만이 없을 수 없었다. 그런 추격대 지휘는 말객末客이나 당주堂主 정도면 충분했다. 국가적인 사건이라 해도 좌장군이나 우장군이면 충분했다. 그런데 대모달인 자신에게 직접 지휘하라고 하자 짜증이 안 날 수 없었다. 그러나 싫은 내색을 할 수 없었다. 왕명, 아니, 왕을 떡 주무르듯 하는 태후의 명이었기 때문이었다.

대모달은 산악 지형에 익숙한 정예병 100명을 추렸다. 아무리 신출귀몰하는 자라 하더라도 정예병 100명이면 족할 것 같았다. 국내성 주변에 있는 산들을 이 잡듯 뒤진다 해도 그 정도면 충분할 것 같았다. 거기에 중실휘가 지원하는 지형지물에 익숙한 10여 명으로 추격대를 편성할 계획이었다. 군사 열에 길잡이 하나면 충분할 것 같았다.

그런 생각으로 군사들을 이끌고 중실휘 집에 당도해보니 상황이 전혀 딴판이었다. 중실휘와 인사를 나눈 후 중실휘가 안내하는 대로 후원으로 간 대모달은 입이 딱 벌어지고 말았다.

후원이라 했지만 그곳은 후원이 아니라 연병장이었다. 궁보다도 더 클 것 같았다. 거기에 군사들이 도열해 있었는데 성내 보병은 다 모아놓은 듯했다. 살수에 창수, 검사, 도부수까지 정규전을 방불케 하는 인원들이 도열해 있었다.

"이, 이 무슨 일임매?"

대모달이 도열해 있는 병사들을 보고 놀라 물었다.

"무슨 말씀이신디요?"

중실휘가 능청스럽게 물었다.

"이 병력을 다 동원하겠다는 게요? 겨우 살인자 몇 명 잡으려고?"

"대모달께서 뭔가 착각하시는 거 같습네다. 태후께서 말씀 안 하시던가요? 단순한 살인자가 아니라 우리 중실 가문과 태후를 노리는 불온한 살인자들이라고. ……기러고 지금은 겨울이라 군사를 오래 부릴 수 없습네다. 기러니 단시일 내에 추포하려면 많은 군사들이 필요하디 않갔습네까?"

대모달은 비아냥거리는 듯 대답하는 중실휘의 턱주가리를 후려 갈기고 싶었으나 참았다. 군대건 어디건 직책보다 실권이 우선이었고, 고구려의 모든 실권은 태후와 중실씨가 가지고 있었다. 그러니 중실휘의 눈에 대모달인들 위로 보일 리 없었다. 안면 몰수 꿋발 유지. 그것이 그의 신조라면 신조일 것이었다.

"길티만 이렇게 많은 인원을 동원하믄 또 무슨 변란이 일어났나 하고 민초들이 놀라디 않갔소?"

"대모달께선 너무 생각이 깊으신 것 같습네. 민초들 눈치를 볼게 무에 있습네까? 그들이야 밥버러지일 뿐인데. 기러고 지금은 비상시국 아닙네까? 비상시국에 군사들을 동원하여 도성과 도성 주변을 든든히 방비한다믄 민초들도 오히려 마음을 놓갔디요."

대모달은 어이가 없었다. 아전인수도 정도가 있는 것이거늘 도저히 말이 통하지 않을 것 같아 숨이 탁 막혔다.

"좋소. 기렇다 칩시다. 아무리 기렇더라도 이 군사를 전부 동원한단 말이요? 개를 잡는데 어찌 소 잡는 칼을 쓰겠소? 잘못했다간, 빈대 몇 마리 잡으려다 초가를 통째로 다 태우갔소."

"칼을 쓰는 것도 대왕이 판단할 일이고, 초가를 태우건 말건 기것도 대왕이 판단할 일이디 대모달께서 걱뎡할 일은 아닌 듯 싶습네다만……."

중실휘는 명령불복종을 들고 나왔다. 자기 뜻에 따르지 않는 것은 태후의 뜻을 따르지 않는 것이고, 태후의 뜻을 따르지 않는다는 것은 왕의 명령에 불복종하는 일임을 넌지시 흘리고 있었다.

"좋소. 내래 왕명을 받은 사람으로 왕명을 따르겠소. 대신, 모든 지휘권은 내가 가지고 있는 만큼 부대의 배치나 작전 전반은 내가 통괄할 것이오.”

“기거야 더 말할 필요가 있갔습네까? 이 나라 최고인 대모달께 기거이 없다믄 어띠 대모달이라 할 수 있갔습네까?”

중실휘는 웃으며 말했다.

그러나 중실휘의 그 말은 대모달을 가지고 놀겠다는 말이나 다름없었다. 그건 작전 수행 과정을 보면 분명히 알 수 있었다.

대모달은 하는 수 없이 1,000명이 넘는 인원을 동원하여 산을 포위했다.

군사들이 분주히 움직이자 백성들이 동요하는 빛을 보였고, 이에 대모달은 작전 내용을 알렸다. 요인을 살해하고 도망친 자를 추포하기 위해 작전을 수행하는 것이니 안심하고 생업에 종사하라고. 산을 포위해서 도주자를 색출할 것이니 입산을 금지하라고.

산을 포위해 모든 길을 통제한 후, 산에 밝은 길잡이를 앞세워 군사들을 산으로 올려보내 수색하게 했다. 굴을 집중적으로 수색하고 수상한 자는 모두 지휘부로 압송하라고 했다.

그러나 온 산을 다 덮을 듯이 군사들을 풀어 수색작전을 벌인 지 사흘이 지나도록 어떤 흔적도 발견할 수 없었다. 발자국을 따라가 봐도, 굴이란 굴은 다 수색해 봐도 도망자들은 보이지 않는다고. 흔적을 찾을 수도 없다고.

“하늘로 솟은 것도 아니고, 땅으로 꺼딘 것도 아닌데 어디 숨은 기야? 기러고 산엔 아무도 없었네?”

수색 나갔던 말객들을 불러 모은 자리에서 대모달이 물었다. 그러자 우물쭈물만 할 뿐 아무 말이 없었다.

"뭐네? 나안테 숨기는 기 있네?"

"아, 아닙네다. 기게 아니고……."

말객 중 하나가 입을 열려다 다른 말객들을 돌아보더니 입을 다물어 버렸다.

"네 이놈! 누구 안전이라고 숨기려는 기야? 기러고도 살아남길 바라네?"

대모달이 호통을 쳐도 머뭇거리기만 할 뿐 대답하지 않았다.

"네 이놈! 정녕 칼 맛을 봐야 알갔네?"

대모달은 칼을 뽑아 목에다 대며 소리를 질렀다.

"사, 사, 살려듀십시오, 건위장군!"

"기래. 살려듈 테니 바른대로 말하라."

"사, 사실 산속에서 잡은 사람들을 중실휘 장군께 다 보냈습네다. 중실휘 장군이 명이라면서 그 휘하 장수들이 다 끌고 가버렸습네다."

"뭐, 뭐라? 중실휘가?"

온몸이 부르르 떨렸다. 결국 자신과 자신이 데리고 온 사람들을 들러리 세우고 있었다. 코빼기도 한 번 안 보이면서 중실휘가 뒤에서 모든 걸 조정하고 있었다.

"멧이나 데려갔네?"

"기거까디는 잘 모르갔디만 열은 독히 넘을 것입네다."

"알갔다. 돌아가서 내일 수색 준비하라."

생각 같아선 그 말객의 목을 베어버리고 싶었으나 참았다. 그러면 자신의 무능만 부각될 뿐이었다.

대모달은 중실휘의 장단에 놀아나는 자신의 비참함을 부하들에게 더 이상 보이고 싶지 않아 모두 돌려보냈다.

43

부장을 데리고 중실휘의 집을 찾아가니 뒷마당에서 비명이 흘러
나오고 있었다.

대모달은 중실휘의 집에 들어서자마자 비명을 따라 바로 뒷마당
으로 갔다.

세 사람을 형틀에 걸어놓고 모진 고문을 하고 있었다. 몇은 고문
을 못 이겨 이미 숨을 거뒀는지 가마니를 덮은 자들도 있었다. 입성
이나 몰골로 봐서 모두 산을 근거로 해서 사는 사람들인 것 같았다.
나무꾼에 심마니, 그리고 사냥꾼들인 듯했다.

"멈추라! 무슨 이유, 무슨 권한으로 죄 없는 백성들을 고문하네?"

대모달의 호령에 놀란 듯 고문을 하던 자들이 잠시 쳐다보더니
곧 고문을 재개했다.

"네 이놈들! 내 말이 말 같디 않네?"

다시 고함을 치며 달려들려 하는데 등 뒤에서 익숙한 목소리가
들렸다.

"그들을 나무랠 거 없습네다."

돌아보니 중실휘가 서 있었다.

대모달은 그제서야 고문자들이 왜 멈췄다가 고문을 다시 시작했는
지 알 것 같았다. 그들은 중실휘의 뒷배를 믿고 대모달 정도는 우습게
생각하는 게 분명했다. 대모달은 중실휘를 돌아보며 소리쳤다.

"뭐여?"

"그들이 도망자들을 돕고 있는디도 모르디오. 기렇디 않다면 지엄한 명을 어기고 산에 오를 일이 뭐 있갔습네까? 그래서 확인차 기러는 거이니 소리칠 일이 아니디오."

"뭐야? 저 사람들이 간자란 말이네? 저 사람들은 굶어 죽디 않기 위해서 산에 오른 죄밖에 없는 사람들이야. 기걸 명말 몰라서 고문 하는 거네?"

"허허허, 간자 얼굴엔 간자라고 써 있답네까? 기건 확인해 봐야 아는 거 아닙네까? 기래서 확인해 보는 거인데 무에 잘못됐습네 까?"

"기걸 지금 말이라고 하네? 저 죄 없는 사람들을 고문해 둑이는 게 확인하는 거네? 저들은 나뭇꾼, 산사람, 사냥꾼이라고. 기걸 명 말 모르갔네?"

대모달의 말투가 어느새 변해 있었다. 중실휘가 제 아무리 태후 의 오라비라 해도 자신의 휘하에 있는 장군일 뿐이었다. 그런데도 자신 위에, 법 위에 군림하려는 태도를 보이자 묵과할 수가 없었다. 무장으로 배알이 꼴려서 견딜 수가 없었다. 더 이상 무장으로서 자 존심을 꺾을 수가 없었다. 그건 죽음보다도 못한 수치였다. 그래서 반말로 중실휘에게 소리쳤던 것이었다.

"건위장군, 애민愛民과 애민戞民을 정녕 모르십네까? 대역무도한 무리와 내통하는 자들을 그냥 두고서야 어띠 나라가 온전할 수 있 고, 나라가 온전하디 않고서야 어띠 백성이 있을 수 있갔습네까? 기래서 지나친 애민愛民은 애민戞民이 될 수 있음을 아셔야디요."

"뭐, 뭐야? 네 이놈, 말 다했네. 네 놈이 날 가르치려 드네?"

대모달이 소리치며 칼을 뽑으려하자 수십의 무사와 군사들이 순식간에 대모달을 향해 무기를 겨누었다.

"좋다, 중실휘. 어디 두고 보자. 네 놈의 그 안하무인이 얼마나 가는디 내래 듁기 전엔 볼 수 있갔디. 기러니 당장 저 사람들 풀어 주디 않았다간 내가 가만 있디 않갔어."

대모달은 이를 갈며 중실휘 집을 빠져나올 수밖에 없었다.


막사로 돌아온 대모달은 자리에 앉아 있을 수가 없었다. 중실휘에게 당한 수모를 생각하자니 치가 떨렸다.

'이럴 듈 알았으면 군사라도 더 끌고 올 걸.'

후회해 봐도 소용없는 일이었다. 그들은 애초부터 추격대를 지휘하라고 보낸 게 아니었다는 생각이 들었다. 핑계를 잡아 자신을 제거하려 하고 있었다. 그렇지 않다면 중실휘가 직접 나서지 않을 이유가 없었다. 정규군의 열 배 이상을 추격대에 배치할 필요도 없었다. 자신을 허수아비로 만들어 제거하려고 술수를 쓴 것이었다. 그리고 그 자리를 중실휘가 차지하려는 것이 분명해졌다.

'이제 어떻게 한다?'

빨리 조치하지 않으면 중실휘에게 당할 것이 뻔했다. 그러나 머리를 짜 봐도 답이 없었다.

그러다 대모달은 한 가지 묘수를 떠올렸다. 그렇게만 된다면 길이 열릴 것도 같았다. 그건 바로 대대로 을지광에게 연락을 취해 도움을 받는 것이었다. 그라면, 그의 힘이라면 이 일을 풀 수 있을 것 같았다.

"부장, 부장 어딨네?"

부장을 찾았다. 그러나 대답이 없었다. 늘 지척에 있다가 부르면 바로 달려오곤 했던 부장이 없었다.

막사 밖으로 나가 초병에게 부장의 행방을 물으니 머뭇거리다 대답하는 말이 가관이었다.

"됴금 전에 포박당해 끌려갔시오."

초병이 심드렁히 대답했다. 하도 기가 차 대모달은 말을 더듬으며 물었다.

"넌, 넌 대체 누구네?"

"내래 중실휘 장군의 명을 받고 역적과 내통한 대모달을 감시하고 있는 감시병이야요. 와 무슨 일이라도 있습네까?"

"뭐, 뭐, 뭐라?"

대모달이 막사 안으로 뛰어들려 하자 병장기들이 그를 막아섰다.

"움직이면 베갔소. 기러니 허튼 수작 말라."

감시병이라고 대답했던 자가 으르렁거리며 낮게 지껄였다.

그 사이 다른 몇 명의 군사들이 막사 안으로 뛰어들더니 대모달의 검을 가지고 밖으로 나왔다.

"왕명이 곧 도착할 테니깐 꼼짝 말고 있으라."

대모달은 풀썩 주저앉았다. 끝장이었다. 부장이 잡혀갔을 정도면 자신이 데리고 온 군사들에 대해서도 모종의 조치가 취해졌을 것이었다. 그러니 그는 혼자였다. 지금까지 혼자 막사에 감금된 채 있었던 것이었다.

"좋다. 마지막 소원이니깐 무장으로 듁게 도와달라."

"기건 내 마음대로 할 수 있는 일이 아니디."

그 말이 다 끝나기도 전에 악귀의 목소리가 들렸다.

"아니, 들어주라. 마지막 소원이라디 않네."

언제부터인지 모르지만 중실휘가 지켜보다 다가왔다. 그러더니 병사 하나가 들고 있던 장군검을 대모달 앞에 던졌다.

"기러게 성깔 둠 둑이시디 기랬습네까? 대모달이란 사람이 산사람 멧 명 살릴래다가 둑는 게 아깝디도 않습네까? 이런 거이 득도 없는 개죽음 아닙네까?"

"네 이놈! 내 비록 둑디만 영혼이 돼서라도 널 쫓아다닐 것이다. 두고 봐라, 이놈!"

"기건 둑고 나서 보면 알갔디요."

그러더니 등을 돌려 어깨를 한껏 추스르며 걸어갔다.

대모달이 땅바닥에 떨어진 칼을 주워 중실휘에게 달려들려는 순간, 병장기들이 일제히 그의 목을 겨누었다.

"티워라. 뎌런 망종은 내 칼로 벨 가치도 없다."

대모달은 칼을 빼든 채 어둠 속으로 사라지는 중실휘를 한동안 노려보더니 조용히 눈물을 흘렸다. 그리고 자신의 배를 찔렀다.

흰 눈 위로 검붉은 피가 불빛을 받으며 쓸쓸히 흘러내렸다.

44

대모달이 죽은 다음날부터 하얀 산이 누런색으로 변했다. 살인자를 추격하는 군사들이 겨울 산을 뒤덮은 것이었다. 토끼몰이를 하듯 온 산을 포위한 채 산을 뒤지기 시작했다.

그들이 지나간 산은 갈갈이 찢어져 있었다. 하얀 눈 위에 어지러운 발자국들, 눈을 다 털린 채 떨고 있는 회색 가지들은 집단강간당한 여자의 옷과 몸을 연상시켰다.

그렇게 온 산을 뒤엎고 다녀도 태자 일행을 찾을 수 없었다. 굴이란 굴은 다 뒤져봤는데도 태자 일행은 보이지 않았다. 그들이 기거했음직한 굴을 찾아내 샅샅이 수색해봤지만 그 어떤 흔적도 발견할 수 없었다.

그리고 닷새만에 그들이 숨어있었던 것 같은 굴을 발견했다.

중실휘 지휘 아래 대규모 인원을 투입하여 샅샅이 뒤져봤지만 소용없었다. 산사람들을 앞세워 사람이 들어갈 수 있는 데까지 다 뒤져봤으나 양식이며 물품 약간을 발견했을 뿐 태자 일당을 찾을 수는 없었다. 낌새를 채고 다른 데로 도망을 간 게 분명했다.

"이 산 어딘가에 숨어 있는 게 분명하다. 경계를 털더히 하면서 산을 이 잡듯 뒤지라."

중실휘는 처음부터 자신이 직접 추격하지 못한 게 후회스러웠다. 처음부터 자신이 직접 추격했다면, 토끼몰이 전법을 구사하여 도망치기 전에 잡을 수 있었을 것이란 생각이 들었다. 그랬다면 이렇게 많은 인원을 동원하지 않아도 될 일이었다. 괜히 소란만 피워 놈들이 도주할 시간을 줘버린 게 아닌가 싶었다. 그러나 지금도 늦지 않았으니 어떻게든 잡아야 했다. 그래야 자신과 가문을 반석 위에 올려놓을 수 있었다.

그러나 열흘이 지나도 도망자들의 모습은 보이지 않았다. 산을 다 파헤쳤을 정도로 뒤져 봤지만 성과는 없었다.

중실휘는 초조했다. 벌써 태후와 약속한 보름이 다가오고 있었다.

"모든 굴에다 일제히 불을 놓으라. 기러면 기어나오겄디."

중실휘는 드디어 최후의 방책을 쓰기로 했다. 굴에다 일제히 불을 놓는 것. 그러면 안 기어 나올 수 없었다.

사흘 낮 사흘 밤 동안 온 산을 불과 연기로 뒤덮어 봤으나 태자 일행은 나오지 않았다. 박쥐, 오소리, 너구리, 뱀까지 불과 연기를 피해 굴 밖으로 뛰쳐나왔다. 그러나 태자 일행은 끝내 나오지 않았다. 굴들은 불과 열기에 검게 아가리를 벌리면서도 태자 일행을 끝내 뱉어내지 않았다.

중실휘는 결국 대모달 감투를 쓰지 못한 채 철군할 수밖에 없었다. 을지꽝을 비롯한 4부의 움직임이 심상치 않았기 때문이었다. 도성의 군사란 군사는 모두 살인자 수색에 투입한 상태라 자칫 잘못하다간 반란이 일어날 수도 있었다. 그리되면 태후뿐 아니라 중실씨의 씨가 마를 것이었다.

그러나 중실휘는 그냥 물러설 순 없었다.

"우리가 철수하믄 반드시 탓아올 기야. 기러니 굴마다 군사들을 배치해 감시케 하라."

중실휘는 굴마다 군사 다섯 명과 그들이 먹을 군량을 남기고 철수했다.

국조왕 원년(53년) 세모의 일이었다.

# 새 보금자리

45

일곱 명이 겨우 들어갈 정도로 비좁은 굴은 토굴이나 다름없었다. 잠자리도 없이 앉은 채 잠을 자려니 불편이 이만저만 아니었다. 명이를 비롯하여 구비와 석권의 몸이 완전치 않은 상태라 불편은 더 컸다. 그러나 당장은 어쩔 수가 없었다. 목숨을 보전하는 게 우선이었다.

웅크린 채 밤을 보낸 일행은 날이 밝자 굴속에 불을 켰다. 밤중엔 불빛이 새어나갈까 싶어 불을 켤 수 없었지만 낮엔 불빛이 새어나갈 염려가 없었기에 굴 안쪽 구석에 불을 켤 수 있었다.

불을 켜자 얼마간 살 것 같았다. 불을 켠다 해서 크게 할 일은 없었지만 답답함이 다소 풀렸다. 무언가를 볼 수 있다는 게 얼마나 큰 위안이던가. 뭔가를 볼 수 있어야 머리가 돌아가는 게 아닌가.

그러나 불빛은 그들의 추레한 모습을 드러내어 도망자의 비애를 밝혀주었다.

"나 때문에 모두 말이 아니구나."

혼잣소리처럼 뱉은 태자의 이 말은 불빛만큼이나 밝은 지적이었다. 그래서 아무도 그 말에 대답하는 사람이 없었다. 그렇지 않다고, 그런 마음 갖지 말라고 누군가는 얘기해야 할 것 같은데 아무도 입을 열지 않았다. 굴속에서의 삶이 결코 만만치 않을 것 같은 느낌에 누구도 그 말에 토를 달 수 없는 것 같았다.

불을 켜선지 배가 고팠다. 지고 온 짐을 풀어 육포를 꺼내 조금씩 씹어 먹으며 허기를 달랬다. 목이 메자 동굴 입구에 쌓인 눈을 떠다 녹여 마셨다.

그러나 정작 큰 문제는 먹는 게 아니었다. 싸는 문제가 더 컸다. 소변이야 동굴 안쪽에 들어가서 보면 됐지만 대변이 문제였다. 쌀 장소도 문제였지만 냄새가 문제였다. 비좁은, 입구까지 거의 막혀 있는 동굴 안에 대변을 보자 냄새가 진동해서 견디기 어려웠다. 바닥도 흙이 아닌 돌바닥이어서 대변을 덮을 수도 없었다. 그렇다고 굴 밖으로 나갈 수도 없었다.

"여기선 오래 기거하기가 쉽디 않아서 아무래도 다른 동굴을 찾아봐야 할 거 같습네다."

아지가 입을 연 것은 아내 소옹 때문이었다. 남자들은 굴 안쪽에서 대소변을 봤지만 소옹은 계속 참는 듯했다. 그러나 참는 것도 어디까지지 계속 참을 수는 없을 것이었다. 그래서 겸사겸사 다른 동굴을 찾아보겠다는 핑계로 굴 밖으로 나가볼 생각이었다.

"쇤네와 같이 가시디요. 쇤네도 딕금 기런 생각에 나가볼까 하고 있었습네다."

"기래. 됴심해서 다녀오라."

태자도 같은 생각을 하고 있었는지 둘 사이에 끼어들어 말했다.

세 사람은 흔적을 남기지 않으려고 조심조심 동굴 밖으로 빠져나갔다. 그러나 한 식경도 채 되지 않아 돌아왔다.

"산에 군사들이 쫙 깔려 있어 움직일 수가 없습네다."

아지가 담담한, 그러나 걱정이 배인 목소리로 말했다. 그 말에 태자를 비롯한 구명석은 실망의 빛을 감추지 못했다.

비좁은 동굴에서 일곱 사람이 산다는 건 사람의 삶이 아니었다. 환기가 전혀 되지 않는 굴속이라 무엇보다 악취가 견디기 힘들었다.

똥과 오줌이 부패되면서 뿜어내는 악취는 숨쉬기조차 힘들게 했다. 먹지도 말고 싸지도 말았으면 좋겠다는 생각을 갖게 할 정도였다. 그러나 목숨이 붙어있는 한 그건 불가능했다. 숨 쉬고, 먹고, 싸고, 자고, 움직이는 게 인간이었다.

그렇기는 하지만 대소변을 최대한 참았다가 싸는 것도 생각할 능력을 가진 인간이 할 수 있는 일이었다. 차츰 최대한 참았다 싸는 것을 익혀갔다. 다행히 밥이 아닌 육포를 먹어선지 변 횟수도 줄었고 양도 많지 않았다. 전쟁 경험이 많은 대로가 육포를 많이 챙겨준 이유를 알 것 같았다.

잠도 문제였는데, 암반 위에서 웅크려 자는 잠이라 한뎃잠이나 다름없었다. 몸이 성치 않은 명이가 고뿔을 시작하더니 모두 고뿔을 심하게 앓았다. 나중에는 무술로 단련된 아지에 한뎃잠에는 이골이 난 사냥꾼까지 고뿔을 앓았다.

콧물이나 오한은 큰 문제가 없었지만 기침은 굴 밖으로 새나갈 수 있는 만큼 최대한 주의해야 했다. 아무리 손으로 입을 막고 기침을 해도 동굴이 울림통 역할을 하고 있어서 소리가 클 수밖에 없었다. 약재가 없는 건 아니었지만 불을 피울 수 없었기에 무용지물이었다. 설혹 불을 피울 수 있다 해도 냄새 때문에 약재를 달일 수는 없었다. 그러니 기침을 막지 못하는 한 추격자에게 발각되는 건 시간문제였다.

그런데……

하늘은 이들을 버리지 않았다.

날마다 굴 밖으로 나가 상황을 살폈으나 상황은 점점 어려워지고 있었다. 정찰을 나갔던 아지와 사냥꾼의 보고는 암울하기 그지없었다. 투입 인원이 더 많아졌고, 산을 다 뒤집어놓고 있을 뿐 아니라 굴이란 굴은 다 뒤지고 다닌다는 것이었다. 잘못 하다간 발각될 수 있는 만큼 당분간 정찰도 중단해야 함은 물론 굴속에 켜놓은 불도 꺼야 할 것 같다고 했다.

정찰조의 말을 받아들여 불을 껐다. 그야말로 감옥이 따로 없었다. 불을 켰을 때와 반대로 눈에 보이지 않자 생각마저 마비되는 것 같았다. 무슨 생각을 해도 이어지질 않았다. 어둠은 생각마저 빨아 마셔 버리는 것 같았다.

그렇게 감옥 아닌 감옥살이는 엿새나 계속됐다. 그러던 이레째 되던 날 낮이었다.

코가 막히는지 구비가 코를 킁킁거렸다. 한두 번도 아니고 여러 번 같은 행동을 반복했다. 구비도 고뿔을 앓고 있었기에 대수롭지 않게 생각하고 있자니 구비가 명이에게 낮게 물었다.

"무슨 냄새래 안 나네?"

"냄샌 무슨 냄새?"

명이는 안 그래도 힘들어 죽겠으니 건들지 말라는 듯 귀찮은 목소리로 대꾸했다.

"분멩 무슨 냄새가 나는데……."

"냄샌 무슨 냄새? 똥오줌 냄새만 풀풀 난다야."

"아니야. 달 맡아 보라야. 연기 냄새 같은 냄새 안 나네?"

"굴속에 며칠 갇히더니 개코래 다 썩었구나야. 괜한 힘 빼디 말고 가만히 누워 있으라. 몸도 성티 않은 놈이 힘 빼디 말고."

석권까지 나서서 퉁을 놓자 구비는 물러섰다. 그래 놓고도 몇 번이나 코를 킁킁거렸다. 그러기를 몇 번. 구비가 드디어 소리를 질렀다.

"연기야. 연기 냄새래 분멩해."

그 말엔 모두가 코를 킁킁거리는 듯했다. 구비가 누군가. 냄새를 잘 맡는다고 개코라고 하지 않는가. 그런 구비가 확신에 차서 말을 하는데 그 말을 안 믿을 수는 없었다. 어두워서 잘 보이지는 않았지만 모두들 코를 벌름거리는 게 분명해 보였다. 그러기를 잠시. 사냥꾼이 구비의 말에 화답을 했다.

"아닌 게 아니라 연기 냄샌디는 멍확하디 않디만 뭔 냄새래 나는 것 같습네다."

그 말에 힘을 얻었는지 구비가 사냥꾼에게 말했다.

"불을 켜보라. 기러믄 알 수 있을 기야. 아무래도 연기래 나는 것 같아."

구비의 말에 사냥꾼이 불을 켰다. 바로 그때였다.

"쉿!"

이번엔 명이가 낮고 짧게 소리를 냈다. 명이가 무슨 소리를 들은 모양이었다. 순간, 모든 사람이 숨을 죽인 채 귀를 기울였다.

굴 안쪽에서 무슨 소리가 나는 것 같았다. 자세히 들으니 끙끙거

리는 소리였다. 강아지인지 다른 짐승인지는 정확하지 않았지만 짐
승 새끼가 내는 소리인 것만은 분명해 보였다.

모두들 숨을 죽인 채 앉아 있자니 마침내 그들이 모습을 드러냈
다. 너구리 어미와 새끼 세 마리였다.

겨울잠을 자다 나왔는지 아직 어리둥절한 모습으로 주위를 살폈
다. 그러더니 어느 순간, 어미가 갑자기 굴 안쪽으로 도망치기 시작
했다. 굴속에 사람이 있는 걸 본 모양이었다.

그러나 너구리 어미는 나왔던 구멍으로 들어갈 수 없었다. 아지
가 칼집으로 어미 몸뚱이를 내리쳤던 것. 컥! 소리와 함께 어미가
쓰러지자 새끼들은 모두 어미를 향해 달려갔다. 그러나 그 뜀박질
도 잠시. 다시 칼집이 움직이는가 싶더니 세 마리도 컥! 컥! 컥!
소리를 내며 쓰러졌다.

"어뜧게 기렇게 빨리……?"

사냥에는 이골이 난 사냥꾼도 아지의 손놀림에 놀랐는지 말을
잇지 못했다. 그것도 잠시. 사냥꾼은 정신을 차렸는지 짐 속을 더듬
어 줄을 찾아내며 말했다.

"너구리를 닮은 것도 닮은 거디만 우리 살길이 있을 것 같습네
다."

사냥꾼이 흥분된 목소리로 말했다.

"기게 무슨 소리네?"

사냥꾼의 말을 이해하지 못한 사람들을 대표해서 석권이 물었다.

"가만 계시라요. 내래 너구리 먼저 건사해놓고 알려드리갔시오."

사냥꾼은 익숙한 손놀림으로 너구리의 입과 발을 줄로 묶었다.
어미는 따로 묶고, 세 마리 새끼는 입만 각각 묶고 다리를 한데 묶

었다.

"고맙다. 너그들은 우릴 살릴래고 하늘이 보낸 모냥이다."

사냥꾼은 너구리 새끼들을 손에 든 채 덩게덩게, 귀염둥이를 어르듯 기뻐했다.

"살길이 생겼다는 게 무슨 소리네? 알아듣게 말해보라."

사냥꾼이 너구리 새끼들을 어미 곁에 내려놓더니 말하기 시작했다.

"너구리란 놈은 굴을 파디 않디요. 기러고 이런 바위틈에선 겨울잠을 자디 않습네다. 따뜻한 굴속에서 자디요."

"기게 우리가 살길과 무슨 관련이네?"

"기게, 기러니낀, 이 안쪽에 너구리가 겨울잠을 잘 만한 곳이 있다는 얘기디요. 우리 눈엔 보이디 않디만 이 안엔 분멩 굴이 있을 기야요. 기러니낀 이 놈들이 거기 있디 않았갔습네까?"

"기래?"

모두 깜짝 놀라했다. 사냥꾼은 그런 그들의 눈을 잠시 살피더니 서두르기 시작했다.

"도치래 어딨디?"

사냥꾼이 짐 속에서 도끼를 찾아 들더니 도끼머리로 굴 안쪽 돌을 두들겼다.

탱! 탱!

바위에서 나는 소리가 아니었다. 속이 비었거나 얇은 돌에서 나는 맑은 음이 울려 퍼졌다.

"들어보시라요. 속이 비어 있디 않습네까?"

사냥꾼의 들뜬 목소리를 명이가 받았다.

"맞아. 뒤가 비어 있으니낀 구멍만 탖는다면 뒤로 넘어갈 수 있을 기야. 뭐가 있는딘 모르디만 저놈들이래 겨울잠을 달 정도라면 우리가 사는 데도 문제가 없을 기야."

"기럼 구멍을 찾아봐야디. 저 놈들이 하늘에서 떨어디딘 않았을 테니낀 구멍이 있을 기 아니네."

사냥꾼과 명이의 말을 듣던 석권이 몸을 일으키며 소리쳤다.

사냥꾼이 구멍을 찾기 시작하자 아지와 소옹, 석권에 구비까지 가세했다. 태자도 궁금한지 그들 뒤에 바짝 붙어 서서 초조하게 바라보았다.

"여깁네다. 여기 있습네다."

소리를 친 건 역시 사냥꾼이었다. 너구리 속성을 잘 아는 그가 벽 틈새를 찾아낸 것이었다.

앞에서는 하나의 돌 같았지만 돌과 돌 사이에 틈이 있었다. 앞쪽은 천장과 붙어있는 살아있는 돌이었지만 뒤쪽은 서너 자 정도의 죽은 돌이었다. 돌 틈은 한 자 정도로 사람이 드나들 수 없었지만 뒷쪽 돌을 조금만 밀어내면 사람이 다닐 수 있을 것 같았다.

사냥꾼과 아지가 붙어 돌을 밀어보았지만 꿈쩍도 하지 않았다.

"여기 둠 도와주시라요."

아지의 말에 소옹과 석권이 합세하자 돌이 조금 들썩했다. 이에 힘을 얻는 석권이 말했다.

"명이 너도 힘 좀 보태라. 기러면 움직일 것 같다."

그 말에 태자가 나섰다.

"내가 낫디 않갔네?"

결국 태자와 명이까지 힘을 보태자 돌이 조금씩 흔들렸다.

"자, 하나 둘 셋!"

크게 소리를 내진 못했지만 사냥꾼이 신호에 맞춰 힘을 모으자 바위틈이 조금씩 벌어졌다. 그러나 제대로 먹지 못해선지 곧 기진맥진이었다.

"잠시 쉬었다 하는 기 좋갔습네다."

사냥꾼의 말에 모두 바위에서 물러나 깊은숨을 몰아쉬며 잠시 쉬었다. 그러다 얼마간 진정이 되면 다시 바위에 붙어 힘을 썼다.

그렇게 다섯 번을 반복하고 나자 팔다리가 후들거리고 진이 빠져 더 이상 힘을 쓸 수가 없었다.

모두 바위에서 떨어져 나와 바닥에 다리를 펴고 앉아 있자니 사냥꾼이 일어서며 말했다.

"내래 고봉밥에 너구리 고길 뜯어야 잠을 자디 안 되갔습네다."

그러더니 다시 바위 쪽으로 갔다. 사냥꾼의 말에 모두 눈이 번쩍 하는 것 같았다. 벌써 며칠 동안 밥은 꼴도 못 봤으니 그럴 수밖에. 생쌀을 씹어 삼키기는 했지만 밥을 먹어본 지 오랜 그들에게 밥이란 말보다 더 생기를 돌게 하는 말은 없는 듯했다.

다들 바위에 붙어 젖 먹던 힘까지 다 뽑아냈다. 그 바위를 밀어내지 못하면 죽을 사람들처럼 힘을 썼다. 그러나 바위는 좀처럼 움직이질 않았다.

"자, 이데 마지막입네다. 마지막으로 한 번만 더 해봅세다."

사냥꾼은 한 번만에 힘을 주며 말했다. 그 말에 도저히 떨어지지 않는 발을 옮겨 다시 바위에 붙었다.

"자, 단 한 번뿐입네다. 이번 안 되믄 어쩔 수 없디 않갔습네까? 자, 하나! 둘! 셋!"

구령에 맞춰 온몸에 힘을 모아 바위를 밀었다. 등으로 미는 사람,

앉아서 발로 미는 사람, 위에서 팔로 미는 사람 모두가 힘을 모았다. 얼굴의 핏줄마저 터질 것 같은 바로 그 순간.

들크렁.

바위가 움직이는가 싶더니 한 자쯤 뒤로 밀렸다.

"됐시오. 됐습네다."

맨 안쪽에서 밀던 사냥꾼이 소리를 지르며 돌 틈새로 재빨리 빠져나갔다. 그러나 곧 발걸음을 멈췄다.

"어두워서 아무 것도 안 보입네다. 부싯돌 둠 주시라요."

아지가 재빨리 몸을 더듬더니 부싯돌을 넘겨주었다. 사냥꾼은 부싯돌을 부딪치며 앞으로 나갔다. 그리곤 아무 소리도 들리지 않았다. 그리고 한 식경쯤 지났을까 사냥꾼의 목소리가 들렸다.

"우와! 이덴 살았다."

사냥꾼의 목소리를 듣는 순간 모두는 울컥 눈물이 날 것 같았다.

사냥꾼을 따라 내려간 굴은 처음 몸을 숨겼던 곳보다 더 좋은 조건을 갖추고 있었다.

바위틈을 지나자 돌무더기가 앞을 막았다. 집채만 한 돌무더기가 천장에 닿아 있어 사람이 도저히 출입할 수 없을 정도였다. 사냥꾼이 안내하는 대로 가자 돌무더기 사이로 사람 하나가 지나갈 정도의 틈이 보였다. 그곳을 지나 돌 틈 사이를 구불구불 돌아나가자 드디어 굴의 모습이 눈에 들어왔다.

돌무더기에서 대여섯 척 아래 둥그런 바닥이 눈에 보였다. 마치 바위로 기둥을 세워놓은 원형의 궁궐 같았다.

바위와 바위를 건너고 바위틈을 한참 돌아 아래로 내려가니 드디어 흙바닥이 나타났다.

흙바닥은 한 300여 평 정도 펼쳐져 있었는데, 돌무더기 아래쪽으로 들어가자 지붕을 덮어놓은 것처럼 아늑하고 포근했다. 누군가가 태자 일행을 위해 미리 집을 지어놓은 것 같은 느낌이 들었다. 높이도 사람이 키보다 높아서 드나드는데 아무런 문제가 없었다.

원형 중앙을 중심으로 좌측에 두 개 우측에 하나, 총 세 개의 동굴이 더 뻗어 있었는데 어디로 이어지는지 알 수 없을 정도로 깊어 보였다.

흙바닥을 지나 아래로 50여 보를 내려가자 바윗돌들이 솟아 있었는데 그 틈을 비집고 다시 50여 보쯤 내려가자 하얀 암반 위에 물이 가득 고여 있었다. 종류석이며 석순들도 무성해 용궁을 연상시킬 정도였다.

"하늘이 무심하던 않구만."

태자가 감격스러운지 나직이 혼잣말을 했다.

"기렇습네다. 이게 다 태자 전하를 보살피려는 하늘의 뜻인가 봅네다."

구비가 감격스러운지 태자의 혼잣소리에 또 혼잣말처럼 받았다.

대충 굴을 살펴본 다음 짐을 옮겨왔다. 짐은 사냥꾼과 아지가 옮겨왔고 소옹이 짐을 정리했다. 그리고 석권과 구비는 짐을 정리하는 소옹을 도왔다.

"그 너구리들 둑었네?"

짐을 다 옮긴 후 짐 정리를 도우려는 사냥꾼에게 태자가 조용히 물었다.

"아닙네다. 듁디는 않았습네다. 그놈들이 기렇게 쉽게 듁딘 않습네다."

"기래? 기럼 새끼만이라도 풀어주는 게 어떻갔네?"

"……?"

"겨울잠을 자야 할 놈들이 우리한테 이런 궁궐을 알려쥬디 않았네. 기래서 새끼들만이라도 살래듀었으면 좋디 않을까 해서."

"예. 알갔습네다. 태자 전하의 명에 따르갔습네다."

"기럼 어미도 풀어주라. 새끼들만 풀어준다고 어미 없이 제대로 살간?"

명이가 태자의 뜻에 덧보태 말했다.

"기럼, 기러디요. 너구리 잡아봐야 기름만 많디 먹을 것도 별로 없습네다. 차라리 굴속에 사는 박쥐들이 낫디요."

사냥꾼은 조심조심 어미부터 풀어줬다. 다리를 먼저 풀어 왼손으로 잡은 후 버둥거리는 녀석의 입을 풀어준 후 바닥에 던졌다. 땅바닥에 떨어지자 킥! 소리와 함께 몸을 한 바퀴 굴리더니 어미는 재빨리 오른쪽 동굴 쪽으로 달아났다. 그러나 멀리 가지 않고 동굴 입구에 몸을 숨긴 채 낑낑거렸다. 새끼들을 기다리는 모양이었다. 사냥꾼이 새끼들 발을 풀어 한 마리씩 땅바닥에 던지자 새끼들도 킥! 소리와 함께 한 바퀴 구르더니 재빨리 어미 곁으로 뛰어갔다. 그리고 마지막 새끼까지 다 풀어주자 어미는 새끼들을 이끌고 재빨리 동굴 속으로 몸을 숨겼다.

"긴데 정말 이상한 일이야. 겨울잠 잘 땐데 저놈들이 왜 거기 왔는디 알 수가 없어."

사냥꾼은 너구리들이 도망친 굴을 바라보며 중얼거렸다.

"기건 내가 아까 말하디 않았네. 하늘이 우릴 도울라고 보낸 사자들이라고. 금방 말해놓고도 그새 까먹었네?"

석권이 사냥꾼에게 웃으며 말하자 사냥꾼이 받았다.

"맞아요, 맞아. 하늘이 뜻이었디요."

사냥꾼이 기분 좋은 미소를 띠우자 모두들 같은 미소를 지었다. 정말 너구리들은 하늘이 보낸 사자들인지도 몰랐다.

굴을 옮기자 비로소 잠다운 잠을 잘 수 있었다.

차가운 암반 위에 앉아 옹크려 자는 잠이 아니라 푹신한 흙 위에 사지를 뻗고 자는 잠이라 달기만 했다. 사냥꾼과 아지가 추격자들의 눈을 피해 준비해온 땔감으로 모닥불을 피울 수 있었고, 거기에 따뜻한 밥까지 지어먹었으니 잠이 달지 않을 수 없었다. 배부르고 등 따뜻한 게 최고란 말을 실감할 정도였다. 그러나 무엇보다도 좀 더 안전한 곳으로 피신했다는 안도감이 그간 미뤄뒀던 잠을 불러들인 것이었다. 모두는 그간 미뤄두었던 잠을 양껏 잤다.

다음날, 사냥꾼을 시작으로 주섬주섬 일어나 양치 세수를 하고 볼일도 봤다. 화색이 도는 듯했다.

아지와 사냥꾼은 중단했던 정찰 활동을 다시 시작했다.

토끼몰이하듯 온 산을 둘러싸고 야단법석을 떨고 있다고 했다.

그리고 며칠이 지나자 산을 다 뒤집어엎고 있다고 했다. 창이나 칼로 눈 쌓인 곳을 찌르는 것도 모자라 계곡같이 눈이 많이 쌓여 있는 곳까지 다 헤치고 있다고 했다. 심지어는 동굴 위와 입구까지 발자국이 무성하다고 했다. 그러나 걱정하거나 두려워하는 표정은 아니었다. 오히려 안전지대에 있음을 확인하고 안심하는 듯한 표정이었다. 심지어는 군사들이 발자국을 하도 많이 내놔서 이제 발자국을 지우지 않고서도 움직일 수 있게 됐다고 기뻐하기까지 했다.

그렇게 새로 굴을 옮긴 지 하루만에 연기가 굴을 메우기 시작했다.

"이데 본격덕으로 굴속에 연길 피우는 거 같습네다. 우릴 잡으려고 말입네다."

"기래. 우리래 굴속에 숨은 걸 눈치채고 연길 피우는 기야. 기나오라고 말이야."

구비가 혼잣말처럼 중얼거리더니 아지와 사냥꾼에게 말했다.

"일단, 두 사람이 나가보라. 굴에 연길 피울 정도면 경계 또한 삼엄할 테니 몸들 됴심하고."

구비가 말하자 둘이 곧 출발했다. 그러나 얼마 지나지 않아 다시 돌아왔다.

"굴이란 굴엔 모두 연길 피우고 있습네다. 나머지 군사들은 산에 흩어져 산을 뒤지고 있고. 연기에 못 견뎌 뛰쳐나가면 잡으려는 속셈인 것 같습네다."

아지가 하는 말에 모두 고개를 끄덕이며 들었다.

"하다 안 되니 마지막 발악을 하는 것 같습네다. 기러니 이번만 잘 넘기면 될 거 같기도 합네다."

"기래. 기러면 연기가 잦아들 때까진 나가디 말라."

태자가 걱정스러운지 한 마디를 하고 돌아섰다.

그때쯤 박쥐들이 하나둘 날아다니기 시작했다. 연기를 피해 거기까지 박쥐들이 날아온 모양이었다. 그걸 시작으로 해서 길짐승들도 하나씩 나타났다. 오소리, 너구리, 뱀, 심지어는 곰까지.

사냥꾼과 아지는 그걸 잡느라 진땀을 흘릴 정도였다. 추격군들이 피운 연기가 고기 맛을 보지 못한 그들에게 고기를 넉넉하게 공급해준 셈이었다. 그러나 얼마 전에 잡았던 너구리와 새끼들은 모습을 드러내지 않았다. 호되게 당한 후여서 다른 길로 빠져나갔는지, 아니면 굴속 깊숙이 숨었는지 알 수 없었다.

연기는 사흘 밤낮을 가리지 않고 퍼져나갔다. 마지막엔 태자 일행이 머물고 있는 곳까지 연기가 가득 찼으나 못 견딜 정도는 아니었다. 소리로 봐서는 이백 보쯤 떨어진 곳에서 연기를 피우고 있는 것 같다고 구비가 말했다.

# 탈출 준비

48

군사들을 철수시켰지만 산으로 가는 모든 길목을 막아놨단다. 굴마다 군사들을 배치해 감시하고 있더라는 보고도 있었다.

태자 일행이 잡혔다는 말도 없었고, 굴마다 군사들까지 남겨놓은 것으로 보아 아직까진 무사한 것 같았다.

그러나 식량이 부족할 것이었다. 집에서 가져가던 물품들도 도중에 버리고 갔으니 모든 게 궁할 것이었다. 그런데도 아직까지 아무 연락이 없었다. 다른 사람은 몰라도 사냥꾼이라면 우회로를 이용하여 다녀갈 수 있을 텐데 아무 연락이 없다는 건 둘 중 하나였다. 움직일 수 없는 상황이거나 움직일 필요가 없는 상황이거나. 지광은 후자이기를 바랐다. 그래야 다음 일을 진행시킬 수 있었다.

새해를 맞아 회합을 몇 번 했다. 그리고 태자를 탈출시키기로 의견을 모았다. 태자를 산속에 계속 머물게 할 수는 없고, 그리되면 뒤가 불안해서 중실씨에게 끌려다니게 된다고. 차라리 도성에서 멀리 떨어진 곳으로, 중실씨의 손이 미치지 않는 곳에 머무르게 하느니만 못하다고.

그러나 지광은 그 의견에 선뜻 동조할 수가 없었다. 소옹 때문이었다. 이제 자기에게 남은 건 소옹뿐이었다. 손자가 없는 건 아니지만 두 아들을 전장에서 다 잃은 그에게 자식이라고는 소옹밖에 남아 있지 않았다. 그런 딸을 멀리 떨어놓고는 살 수가 없을 것 같았다. 더군다나 소옹은 정식적인 혼례도 못 치른 채 아지와 위태로운 산속 삶을 영위하고 있지 않은가. 그런 딸을 멀리, 그것도 기약도 없이 떨어놓을 수는 없었다. 그래서 좀 더 상황을 지켜보자고 미뤄두고 있었다.

그러나 이제 더 이상 미룰 수는 없었다. 조정은 이미 중실씨와 그들의 사람으로 넘쳐나고 있었다. 이대로 됐다간 중실씨의 천하가 될 수 있었다. 그 전에 모종의 조치를 취해야 했다.

벌써 이러저런 일들로 5부의 연합은 와해되고 있었고, 그 세력도 점점 약화되고 있었다.

살인자 추적 작전을 핑계로, 역적과 내통하여 반란을 획책했다는 구실로 대모달을 제거한 후 관노부에 분 피바람은 상상 이상이었다고 했다. 삼족을 멸한 정도가 아니라 거리가 텅 빌 정도로 대모달과 조금이라도 관련 있는 인물을 모두 도륙했다고. 구족이니 십족이니 하는 말은 들어만 봤지 실제 당하는 모습을 보자 소름이 끼치는 정도가 아니라 목불인견이었다고 했다. 물론 본보기를 보이기 위해 그랬겠지만 그 모습은 처참하기 이를 데 없었다고. 누구든 중실씨 눈 밖에 나는 순간 당할 수 있는 일이었다.

만약 대모달이 당하지 않았다면 지광이 당할 뻔한 일이어서 지광은 더 좌불안석이었다. 그럴 바엔 차라리 소용을 멀리 떠나보내는 것도 하나의 방법이겠다는 생각이 들 때도 있었다. 그러나 그럴수록 애틋한 정이 치솟아 올라 감정을 통제하기 어려웠다. 어떤 결정도 내릴 수가 없었다.

'기래, 챠라리 떨어놓자.'

지광은 결단을 내렸다. 결단을 내린 만큼 하루라도 빨리 일을 진행시키고 싶었다. 그러면서 산 속에서 연락이 오기만을 기다렸다. 그런데 아무 연락도 없었다. 접선할 길도 없었다. 답답하고 초조하기만 했다.

밤이 깊었으나 잠도 오지 않았다. 밤새 불을 켜놓을 수는 없어 불을 끄고 누웠으나 바깥에 귀를 기울이노라 신경만 더 예민해져 갔다. 누가 온다면, 포위망을 뚫고 소식이라도 온다면 한밤중일 가능성이 높았기에 밤새 깨어 있은 지가 벌써 보름 가까이 되고 있었다. 신경이 극도로 예민해지다 못해 머리마저 지끈지끈거렸다. 이러다 정말 무슨 일이 터지면 손도 써보지 못한 채 당하는 게 아닐까 하는 생각에 어떻게든 잠을 붙여보려고 애를 써 봤지만 소용없었다. 오히려 그 생각에 꼬리를 물고 이어지는 상념과 근심 때문에 괴로웠다.

'차라리 책을 뒤지는 게 낫갔다.'

지광은 일어나서 불을 켰다. 뭔가에 집중하면 잡념과 근심이 다소 잦아들 거 같아 책을 펼쳤다. 그러나 책이 눈에 들어올 리가 없었다. 눈으론 글을 읽고 있었지만 머리론 딴 생각을 하고 있어서 둘이 따로 놀았다.

지광은 죽간을 밀어놓고 자리에서 일어났다. 차라리 바람이라도 쐬는 게 나을 것 같았다. 바람을 쐰다고 헝클어진 머리가 정리될 리는 없었지만 가슴이라도 트일 것 같았다.

그렇게 마악 방을 나서려는데 인기척이 들렸다.

"누구네?"

이 시각에 자기 방 앞에서 인기척이 들린다는 건 예삿일이 아니었다. 지광은 머리맡에 놓아둔 칼에 손을 뻗으며 물었다.

"쇤넵네다, 사냥꾼."

지광은 자신도 모르게 어?! 소리를 내며 칼로 뻗었던 손을 내리면서 대답했다.

"기래. 들어오라."

목소리가 떨렸다.

사냥꾼이 들어와 절을 했다. 지광은 그 모습을 유심히 살폈다. 쫓겨 다니느라 고생한 흔적은 크게 보이지 않았다.

"기래, 무사했구나."

지광은 절을 마치고 꿇어앉는 사냥꾼을 보며 반갑게 말했다.

"예. 모두 무사하고 잘들 계십네다."

사냥꾼은 자기의 안부를 묻는 말을 태자 일행의 안부를 묻는 말로 알아들었는지 묻지도 않은 대답을 하고 있었다.

"기래. 다행이구나."

지광은 안도의 한숨을 내쉬며 대꾸했다. 그러나 사냥꾼이 단도직입으로 자신이 온 용건을 말했다.

"태자 전하께서 병이 나셨습네다. 기래서 굴 밖으로 나와 살 수 있게, 은신할 곳을 찾아달라고 하셨습네다."

"음──. 알겠다고 전하고…… 무슨 병이라 기러던가?"

"거기까딘 모르갔디만 잠도 못 주무시고, 드시지도 잘 못합네다. 한숨도 자주 쉬시고……."

"기래, 기러갔디. 와 안 기러갔네?"

지광은 태자의 병을 알 것 같았다. 햇빛을 못 봐 생긴 병이 확실해 보였다. 아직 미령인데 굴속에서 석 달 가까이 생활하고 계시니 병이 안 나는 게 이상한 일이었다.

지광은 계획을 앞당기기로 마음먹었다. 곧 봄이고, 봄이 되면 산을 찾는 사람들이 많아 노출될 위험이 더 크므로 봄이 오기 전에 태자를 이동시키는 게 바람직할 것 같았다. 소옹이 마음에 걸렸지만 태자가 아프다는데 어쩔 수 없었다.

"알아서 듄비하갔다고 전하고 근간 소옹 내외가 한 번 다녀가라고 전해달라."

"예. 알갔습네다. 그럼 쉰넨 이만 물러가갔습네다."

"벌써?"

"예. 산에 병사들이 있어 돌아오다 보니 시간이 많이 걸렸습네다. 기러고 갈 때도 시간이 많이 걸릴 거 같아 일찍 가보갔습네다. 쉰네가 늦어디면 걱정하디 않갔습네까? 기러다 쉰넬 찾으러 나섰다가 불상사가 일어날 수도 있디 않갔습네까? 기래서 일찍 떠나갔습네다.

"기건 기렇디만……."

지광은 못내 아쉬워서 말을 맺지 못했다. 달포 만에 소옹과 아지 소식을 들을 수 있으려니 생각했는데……

사냥꾼을 붙잡을 수 없음을 안 지광은 잠시만 기다리라 해서 밖으로 나갔다. 그리고 곤한 잠을 자는 사람들을 깨워 식량이며 음식들을 챙기게 했다. 그리고 사냥꾼에게 내밀었다.

"대대로 나으리. 산을 돌아가야 하고, 군사들의 눈을 피하자면 딤은 힘들 것 같습네다. 이제 산에서 내려올 때도 다 됐고, 산에도 먹을 게 많은 편입네다."

"먹을 게 많다니 기 무슨 소리네?"

"굴 아래서 군사들이 연길 피우자 겨울잠 자던 산짐승들이 몰려나와 기걸 잡아 뒀습네다. 기러니 오늘은 쌀만 독금 가지고 가갔습네다.

"기래? 기렇다면 기렇게 해야디."

말은 그렇게 하면서도 을지광은 못내 섭섭했다. 그래서 쌀만 덜어내는 사냥꾼에게 다시 한 번 부탁했다.

"당장 내일이라도 소옹과 아지 둠 다녀가라고 꼭 전해달라."

"예, 알갔습네다. 잊디 않고 꼭 전하갔습네다."

사냥꾼도 지광의 마음을 이해했는지 빙그레 웃으며 대답했다. 그 웃음을 보고 있자니 충신을 보는 듯 기꺼웠다. 그래서 덧붙이지 말아야 될 말을 불쑥 뱉고 말았다.

"고맙네. 자네가 충신이야."

"예?"

"아, 아, 아니야. 잘 가라.

지광은 황급히 말을 정리하고는 방을 향해 돌아섰다.

그리고 그날부터 지광의 방엔 늘 두 사람 몫의 밥상이 차려져 있다가 아침에 치워졌다. 밤새 지광은 그 앞에 앉아 책을 읽었다.

## 49

"내래 잠이 안 와."

태자가 또 불면증을 호소했다. 어떻게든 잠이 들 수 있게 약을 달여 먹여도 보았으나 별 효과가 없는 것 같았다.

"태자 전하, 독금만 참으시면 을 대로에게 알려 조처해 드리갔습네다."

"기게 언젠데?"

"딕금은 상황이 여의칠 않아 사람을 보낼 수 없디만 상황 보면서 바로 을 대로에게 알리갔습네다."

"기래. 그렇게 해달라."

"예. 알갔습네다."

구비는 태자께 인사를 드리고 발길을 돌렸다.

태자의 상황은 심각했다. 햇빛을 보지 못한 데서 오는 병이 확실해 보였다. 하기야 아직 미령에 석 달 가까이 햇빛 한 번 못 봤으니 그간 견딘 것만도 대견할 정도였다. 거기다 2년 가까이 태자궁에 유폐되다시피 했으니 병이 안 나려야 안 날 수가 없었다. 보통사람 같았으면 탈이 나도 진즉에 났을 것이었다.

"태자 전하 상태가 많이 안 좋네?"

태자를 만나고 자리에 돌아가니 명이와 석권이 심각하게 앉아 있다가 석권이 먼저 물었다. 구비는 대답 대신 고개를 끄덕였다.

"심각하네?"

이번엔 명이였다. 그 질문에도 구비는 머리만 끄덕였다.

"어느 정도네? 당장 조처를 해야 할 정도네?"

석권의 물음에 다시 구비의 끄덕임.

"답답하게 머리만 끄덕이디 말고 말 둠 해보라. 기래야 무슨 방법이래도 찾디 않간?"

석권이 짜증을 내며 덤볐다.

"하루라도 빨리 굴에서 벗어나야 할 정도야. 안 기러면 정신줄을 놓아버릴디도 모를 명도……."

"기 명도야?"

명이도 믿기지 않는 듯 놀란 목소리로 물었다.

"기럼 이데 어뜩할 거가?"

"하루라도 빨리 대로께 사람을 보내 굴에서 벗어날 방도를 찾아야디."

구비의 우울한 대답에 둘 다 우울한 눈빛으로 구비를 바라볼 뿐이었다.

"내래 오늘밤에 대로 댁에 다녀오갔어."

석권이 비장한 각오로 나왔다. 그러나 둘 다 고개를 저었다.

"와?"

석권이 기분 나쁜 듯 으르렁거리는 목소리로 물었다.

"군사들이 사방에 깔려 있디 않네. 기러니 가더라도 사냥꾼이 가야디 딴 사람이 갔다간 바로 답히고 말 기야."

구비 대신 명이가 받았다.

"기럼 사냥꾼에게 내가 부탁해 보디."

"아니, 답깐만."

돌아서려는 석권을 붙잡은 건 명이였다.

"구비, 네가 사냥꾼을 만나 보라. 기래서 태자 상황을 자세히 알리라. 기러면 사냥꾼이 목숨을 걸고 움딕일 기야. 사냥꾼이 온 후 자세히 살페보니 태자에 대한 충성심이 우리 이상인 거 같아. 기러 니 기렇게 하는 기 좋을 기야.”

“알갔어. 내래 한 번 만나보디.”

그렇게 해서 구비가 사냥꾼에게 태자의 상황을 알리자 오늘 당장 다녀오겠다고, 잡혀서 죽더라도 알린 후에 죽을 테니 걱정 말라고 해서 산을 내려갔던 것이었다.

### 50

바우는 산비탈을 오르기 시작했다.

맨몸으로도 만만찮은 오르막을 등짐까지 지고 오르려니 힘에 겨웠다. 그러나 대로 댁에서 준 쌀을 버려 버릴 수는 없었다. 태자께 가져다주라고 챙겨준 쌀을 버린다는 건 태자께나 대로께나 불충이었다. 병든 태자를 위해서라도 꼭 지고 가야 했다. 그게 자신이 두 사람에게 할 수 있는 충성이었다.

바우는 애초 어머니를 뵙고 싶었다. 대로께서 잘 보살피고 있겠지만 어머니 얼굴이라도 보고 싶었다. 해서 조금 일찍 굴에서 출발했다. 어두워지면 잠자리에 들긴 했지만 깊게 자지 않는 만큼 자신이 일찍 당도하면 얼굴이라도 볼 수 있을 것 같아서.

그러나 곳곳에 군사들이 배치돼 있어서 먼 길을 돌아야 했고, 군사들의 눈을 피해 숨어 있어야 했고, 산을 내려와서도 한참 먼 길을 돌다보니 밤늦어서야 대로 댁에 닿을 수 있었다.

대로 댁에 들어서자 자신도 모르게 행랑채 쪽으로 향했다. 그러나 곧 발을 돌려 버렸다.

태자의 명을 받고 움직이는 사람이 사사로이 정에 끌릴 순 없었다. 자기 일생에서 가장 중요한 일을 하면서 개인적인 볼 일 먼저 봐서는 안 될 것이었다. 자기 같은 무지렁이가 어떻게 태자를 곁에서 모시며 태자의 영을 수행하겠는가. 정말 자신만큼 운이 좋은 사람은 세상에 없을 것이었다. 그러나 그 모든 게 대로의 배려와 신임에서 시작됐으니 모든 게 대로의 은혜였다. 그 은혜에 보답하기 위해서라도 사사로운 감정을 끊어야 했다. 그래서 어머니가 주무시고 계실 행랑채를 본 것만으로 만족하며 발길을 돌렸었다. 그리고 바로 대로를 찾아가서 만났고.

반쯤 올라왔다 싶자 바우는 잠시 쉬었다. 아까 내려갈 때 보니 군사들이 곳곳에 배치되어 있었지만 여기는 험해서 그런지 군사들이 배치되어 있지 않았다. 그래서 시간도 줄일 겸, 군사들의 눈도 피할 겸 이 비탈을 택했던 것인데 생각보다 훨씬 힘들었다.

눈이 덮여 있는 것도 문제였지만 눈이 얼어 있어 더 힘들었다. 작년 여름에도 어머니께 버섯을 따다 드리려고 이 비탈을 올랐었는데 그때보다 두 배는 힘든 것 같았다. 하기야 빈 몸으로 올라도 힘들 곳을 등에 한 말이나 되는 쌀까지 지고 오를 생각을 했으니 과욕을 부린 셈이었다. 그러나 이제 반밖에 안 남았다고 생각하니 벌써 다 오른 것 같이 생각되었다.

바우는 나뭇가지를 의지 삼아 잠시 땀을 식혔다. 겨울바람이 몸에 닿자 몸이 곧 식었다. 그러나 춥게 느껴지지는 않았다. 바람세기는 같았지만 바람은 확실히 달라져 있었다. 차가운 속에 아주 약하게나마 훈기가 묻어 있었다. 그건 깜깜한 어둠 속의 희미한 빛처럼 사람을 묘하게 끌어당기는 힘을 가지고 있었다. 그것은 사냥을 마치고 돌아왔을 때 마주하는 어머니의 밥 한 그릇과도 같은 것이었다. 무사히 일을 마치고 돌아온 걸 감사하게 하는, 힘들게 살지만 살아있음을 기쁘게 하는 미묘한 감정과 같은 것이었다. 그래서 이런 바람을 맞을 때마다 봄이 다 왔구나 하는 생각과 함께 혹독했던 겨울을 견뎌낸 자신이 대견스럽게 생각되곤 했다.

그러나 지난겨울은 혹독하지 않았다. 오히려 유난히 따뜻한 겨울이었다. 우연찮게 소옹 아씨와 인연이 닿았고, 그 인연은 다시 을지광 대로로 이어졌고, 마침내는 태자와 인연을 맺게 되었다. 지척에서 태자를 모실 수 있었고, 태자와 서로 기대어 잠도 자 보았다. 천한 백성으로서 감히 상상조차 할 수 없는 영광을 누린 것이었다. 죽어도 여한이 없을 만큼. 더군다나 태자께서 자신의 이름을 지어주기까지 했다.

대로 댁에 다녀오겠다는 인사를 하는 자리에서였다.

"몸 성히 잘 다녀오라. 탐, 기러고 이름이 뭐네?"

"예? 저 같은 놈한테 이름이 있갔습네까?"

"뭐? 이름도 없어?"

"예. 그렇습네다."

"어뜣게 기런 일이……. 기러디 말고 내래 이름을 지어둘 테니 기렇게 하갔네?"

"되다마다요. 어찌 감히 태자 전하께서 디어주신 이름을 마다하갔습네까? 황송해서 감히 말씀도 못 올리갔습네다."

"기래? 기러면 '바우'로 하자우. 바우를 밀어 나와 우릴 구해줬고,

바우처럼 단단한 마음을 가졌고, 또 바우처럼 변티 말라는 내 소원을 담았으니긴 이제부터 바우라 하라. 알갔네?"

"고맙슴네다. 고맙슴네다. 평생 잊디 않고 기억하갔슴네다. 이름도, 오늘 일도."

"기래. 오히려 고마운 건 나디. 바우같이 충성스럽고 총명한 신할 얻게 됐으니 말이디."

그러더니 바우의 손을 덥석 잡았다. 그 때의 전율은 평생을 가도, 아니 죽어서도 잊지 못할 것이었다. 그런 태자를 위해서라면 쌀 한 말이 아니라 열 말이라도 지고 갈 수 있었고, 목숨을 바쳐도 아깝지 않을 것이었다.

얼마간 쉰 바우는 다시 비탈을 오르기 시작했다. 위로 오를수록 경사가 심해서 서너 번이나 미끄러졌다. 나무 둥치를 붙잡았기에 망정이지 한 번은 바위에 부딪쳐 큰일 날 뻔했다. 그렇게 위험한 고비를 서너 번 넘기며 끝내 산을 올랐다. 산을 타는 데는 바우를 따를 사람이 없었다.

정상부에는 굴이 없는 만큼 마음을 놓을 수 있었다. 그러나 공제선은 항상 노출될 염려가 있으므로 나무숲을 따라 몸을 숨기며 이동했다. 그리고 굴이 있는 바위가 보일 때쯤 한 사람이 뒤따라오고 있었다. 발소리를 죽이고 있었지만 눈 밟는 소리가 분명히 들렸다.

바우는 품속에서 칼을 꺼냈다. 짐승을 해체하거나 뭘 자를 때 쓰기 위해 항상 품에 품고 다니는 칼이었다. 상대가 긴 칼로 공격하면 크게 도움이 되진 않겠지만 위급한 상황에서는 자신을 보호해줄 수 있을 것이기에 다부지게 꼬나 잡았다. 그리고 휙! 몸을 돌렸다.

상대는 몸을 숨기려고도 하지 않고 칼도 뽑지 않았다. 그러더니 바우를 향해 걸어왔다.

가까이 온 걸 보니 아지였다. 언제부터 따라오고 있었는지 모르지만 바우를 마중 나왔던 모양이었다.

"인기척이라도 내시던지 놀랐습네다."

"내래 바우의 담력을 시험해볼라고 기랬디."

아지가 말했다.

"기래도 기렇디, 간 떨어질 뻔했시오."

"기렇게 담력이 없어서리 사냥은 어뜯게 하네? 기러고 비탈을 다 올라왔을 때부터 따라왔는데 이데야 알았네? 기렇게 둔해가디고 사냥은 어뜯게 하네? 딘닥에 알았어야디."

아지가 바위의 어깨를 툭 치며 반가움과 친근함을 표했다.

"나 참, 기럼 나리가 사냥 다니시라요."

바우도 아지에게 농을 하며 하얗게 웃었다.

# 아지와 소옹, 꽃으로 지다

### 51

이동 준비를 마친 태자 일행은 굴에서 나왔다.

바우가 길잡이로 앞섰고 그 뒤로 아지와 소옹이 태자를 모시며 걸었다. 구명석은 뒤에서 태자를 엄호하며 따랐다.

바우만 등에 전통을 지고 있을 뿐 나머지는 모두 빈 몸이었다. 먼 길을 이동하기 위해 짐들은 동굴에 두고 온 것. 그 대신 모든 사람이 왼손에 칼을 들고 있었다.

모두는 바짝 긴장한 채 걸었다. 군사들이 많은 건 아니었지만 그들 눈에 띄면 안 됐기에 몸을 숙인 채 잰 걸음으로 이동했다.

산 하나를 넘자 잠시 쉬었다. 태자가 힘들어 하는 걸 보고 아지가 쉬자고 했던 것. 일행은 나무 밑에 숨은 채 말없이 숨을 골랐다. 태자와 명이는 그새 힘든지 거친 숨을 쉬고 있었다.

일행의 표정은 어두웠다. 비록 굴에서 빠져나오긴 했지만 궁으로 가는 게 아니었다. 안전이 보장된 곳으로 가는 것도 아니었다. 계비와 중실씨들의 눈을 피해 다른 곳으로 도망치고 있었다. 최종 목적지도 모른 채 우산禹山 너머에 있는 송암松岩네 집으로 이동 중이었다. 목적지 없는, 태자의 병을 그냥 둘 수 없어 어쩔 수 없이 이동하는 것이라 그들의 표정이 밝을 리 없었다.

태자의 숨이 골라졌다 싶자 아지가 손을 들어 가자는 신호를 보냈다. 밤사이에 산을 타고 넘어 약속장소인 냇골[川谷]로 가자면 시간이 많지 않았다.

다시 산 하나를 넘어 비탈길을 내려가는데 바우가 손을 들어 정지하라고 했다. 일행은 소리 없이, 재빨리 몸을 낮췄다. 잠시 후 두런거리는 소리와 함께 열 명 남짓의 군사들이 산을 넘어오고 있었다. 일행은 숨을 죽인 채 앞을 주시했다. 만약의 사태에 대비하여 오른손을 칼자루에 가져갔다.

일촉즉발.

길과 일행이 숨어있는 비탈은 불과 열 걸음 남짓이라 미동에도 눈치챌 수 있었다. 그러나 다행히 군사들은 일행을 보지 못하고 지나갔다. 어디로 이동하는지 알 수는 없었지만 이야기를 주고받으며 걸어갔다.

군사들이 지나가자 다시 출발하려고 일어서려는 찰나, 명이가 다급하게 막았다.

"담깐!"

일행을 막은 명이가 무슨 소리를 들었는지 계속 귀를 기울였다. 그렇게 한참을 듣고서는 걱정스러운 목소리로 들을 내용을 전했다.

"무슨 일인지 몰라도 산 아래로 전부 이동한답네."

"이윤 모르고?"

태자를 앞질러 석권이 먼저 물었다.

"응. 기건 자기들도 모르갔데."

"혹시……?"

석권이 무슨 말을 하려다 입을 다물었다. 불길한 느낌은 발설하는 않는 게 좋겠다고 판단한 듯 곧바로 말을 돌려 버렸다.

"아무튼 됴심하는 게 됭갔어."

"기래. 만사불여튼튼이라 했으니 됴심해서 나쁠 게 없디. 그만 가자우."

명이의 말에 다시 발걸음으로 옮기기 시작했다.

그들은 조그마한 소리에도 발걸음을 멈춰야 했고, 조금만 이상해도 몸을 숨겨야 했다. 그 후에도 네 번이나 병사들을 만났지만 발각되지 않은 것은 그런 조심성 때문이었다. 무슨 일인지는 모르지만 병사들은 산 너머로 속속 내려가고 있었다.

그렇게 세 개의 산을 더 넘어 약속 장소인 냇골에 도착한 것은 희뿌옇게 날이 새기 시작할 무렵이었다.

"여기들 계십시오. 제가 먼저 살펴보고 오갔습네."

산을 타고 내려와 마을 초입에 도착하자 아지가 말했다. 그 말에 소옹이 앞으로 나섰다.

"저도 같이 가갔습네. 혼자 가는 것보단 같이 가는 게 나을 기야요."

"낭자도? 기냥 여기 있시오. 내래 날래 갔다 올 테니낀."

"아니야요. 혼자는 마음이 안 놓여서 기럽네다. 같이 가시라요."

소옹은 단호했다. 그러나 아지는 망설여지는 모양이었다.

밤새 군사들이 산을 타고 넘는 걸 봤으니 두 사람 모두 긴장하지 않을 수 없었다. 그 군사들은 어떤 형태로든 자신들을 위협하는 요소였다. 그래서 둘은 같은 생각을 하면서 다른 행동을 보이고 있었다. 아지는 소옹을 보호하고 싶었고, 소옹은 아지를 돕고 싶었다. 그 마음이 갈등을 일으키고 있는 것이었다.

"꼭 가야갔소?"

"예. 기렇디 않으면 마음이 안 놓여서 안 될 것 같습네다."

"알갔소. 기 대신 내 뒤에 바짝 붙어 있어야 합네다."

"알갔습네다. 걱정 마시라요. 기러고 이걸 잠시 맡아듀시라요. 아바디가 태자 전하를 위해 쓰라고 준비해둔 겁네다. 댬시 맡겨두는 거이니 잘 보관해듀시라요."

소옹은 품안에서 주머니 하나를 꺼내더니 석권에게 내밀었다.

"뭐네? 와?"

석권이 머뭇거리며 받지 않자 소옹이 말했다.

"석권오라버니가 가장 단단하디 않습네까? 두 오라버닌 못 믿갔으니 오라버니가 받아두시라요."

그러나 석권은 망설였다. 마치 그걸 받는 순간 소옹을 다시 못 볼 것 같은 예감이 드는 것 같았다. 그러자 아지가 소옹의 내미는 주머니를 받아 석권에게 넘기며 말했다.

"걱정 마시라요. 내래 믿디요? 기러니 받아두시라요."

아지는 석권의 두 손에 주머니를 쥐어주곤 말했다.

"기럼, 다녀오갔습네다. 숨 돔 고르고 다리도 돔 쉬고 계십시오."

"기래. 몸들 됴심하고."

두 사람이 하는 양을 살피던 태자가 고개를 끄덕이며 말했다.

태자께 인사를 한 후 둘이 마을로 이어진 길로 내려갔다. 전후좌우를 살피며 내려가는 그들의 뒷모습엔 긴장감이 잔뜩 배어 있었다.

두 사람이 마을로 내려가는 모습은 앞으로 그들 일행의 모습을 대변하고 있었다. 그들은 이제 어디를 가도 긴장의 끈을 놓을 수 없는, 늘 긴장 속에서 살아야 하는 도망자였다. 자신들의 신분을 숨긴 채 사람들과의 접촉을 최대한 피하면서 살아야 하는, 가련한 신세일 뿐이었다

**52**

지광은 뜬눈으로 밤을 새웠다. 바람소리만 들려도 철렁 가슴을 내려앉히며 아침까지 자리에 앉아 있었다. 다행히 아무 연락 없이 아침을 맞이하고 있었다. 아무 연락이 없다는 건 아직까지 무사하다는 뜻이었다.

"누구 있네?"

"예. 소인 대기해 있습네다."

집사가 대답했다.

"아직도 별다른 소식은 없고?"

"예. 아덕까디 없습네다."

"알았네. 자네도 가서 둄 쉬라."

"예."

지광은 가슴을 쓸어내리며 사방침四方枕에 몸을 기댔다. 머리가 띵하고 눈꺼풀이 무겁게 눈을 짓눌렀지만 잠은 오지 않았다.

지광의 불안은 노파심이 아니었다. 대모달 숙청 후 계비와 중실

휘의 행보를 보면 불안하지 않을 수 없었다.

비록 중실휘가 전면에 나서지는 않았지만 군권은 이미 중실휘가 장악하고 있었다. 궁궐수비대뿐 아니라 도성을 경비하는 군사, 심지어는 지방의 관리마저 자기 사람으로 교체해 버렸다. 이제 5부가 연합하여 국가를 유지하는 형태는 와해되어 있었다. 표면적으로는 국가 방위의 일원화요, 왕권 강화였지만 사실적으로는 중실씨 중심의 국가 운영 체제를 갖추고 있었다. 추모왕에서부터 100년 가까이 유지되던, 선왕들도 감히 어쩌지 못한 1인 체제를 확립하고 있었다.

물론 거기엔 알량한 셈법이 깔려 있었다. 모든 책임은 왕이 지게되어 있으니 문제가 발생하면 모든 책임을 왕에게 뒤집어씌우면 그만이라는 계산. 왕을 폐위하고 새로운 왕을 세우면 자기들에겐 아무 피해가 없다는 계산이었다. 그래서 어린 왕 뒤에 숨어 그 누구도 실행하지 못했던 1인 체제를 다지고 있었다.

그것도 차곡차곡 수순을 밟으며 하는 게 아니라 혁명 이후 새로운 체제를 확립하듯 밀어붙이기식으로 진행하고 있었다.

각 부족의 휘하에 있던 군사들을 대거 도성방어대에 흡수해 버렸다. 점고한다는 명복으로 군사들을 모아 놓고 새로운 단위로 재편 소속시켜 버리거나 아예 사병들을 해산해 고향으로 돌려보내 버리기까지 했다.

"이러다간 우리 목숨을 보전키도 어려울 것 같습네다. 하루라도 빨리 조치를 취해야디 불안해서 어디 살갔습네까?"

회합 자리에서 불안을 호소했던 사치근은 그 말을 한지 사흘 만에 살해당했다. 다른 곳도 아니고 군사들이 철통 경계를 하고 있던 자신의 침소에서. 자객에 의한 살해였다. 그런 일을 예감하고 있었는지, 내부 고발자가 있었는지 알 수 없었지만 지광을 비롯한 모든 이들은 경악했다.

더 이상 태자를 보호할 수 없을지도 모른다는 생각이 들었다. 태자를 산속에 두고선 도저히 거사를 도모할 수 없을 것 같기도 했다. 그래서 태자 일행을 멀리 떨어놓을 결심을 했던 것이었다. 그러나 사방팔방, 전국 방방곡곡에 촉수를 뻗치고 있는 중실씨들이 그들의 동태를 감지하지 못할 리 없을 것이란 생각 때문에 불안했다.

'차라리 내가 나설 걸…….'

지광은 이번 일을 혜담에게 맡긴 게 후회스러웠다. 애초 이번 작전은 지광이 직접 수행할 생각이었다. 그러나 소옹과 아지가 있으니 직접 처리하는 것보다 다른 사람에게 맡기는 게 좋겠다는 중론에 혜담에게 맡겼다. 군사를 지휘해 본 경험은 없었지만 차분하고 꼼꼼하게 일을 처리하는 게 미더워서였다.

그러나 지금 생각해보니 이번 일은 군사를 어떻게 배치하고 운용하는가에 성패가 달려있었다. 작전이야 같이 짠다고 해도 현장 상황에 맞게 대처하는 능력은 실전 경험이 있어야만 가능할 것이었다. 그런데 혜담 휘하에는 풍부한 실전 경험을 가진 사람이 적었다. 그건 상황 대처 능력이 그만큼 부족할 수 있다는 뜻이었다. 그렇다고 이제 사람들을 보낼 수도 없었다. 도성을 빠져나갈 수가 없었다. 무슨 낌새를 챘는지 중실휘가 며칠 전부터 도성 출입을 엄격히 통제하고 있었다.

사방침에 기대어 잠시 졸고 있는데 집사의 다급한 목소리가 들렸다.

"대대로 나으리, 냇골에서 전투가 벌어졌답네."

"뭐? 뭐야? 태자 전하는?"

"아직 거기까진 모르고……. 중실휘 장군이 눈칠 채고 군사들을 동원했던 모양입네다."

"뭐?"

지광은 다리가 휘청거렸다. 다리뿐만 아니라 온몸에서 기운이 쑥 빠져나가는 것 같았다. 매복에 걸렸다면 단 한 사람도 살아남기 어려울 것이었다.

53

두치는 사흘 전부터 냇골을 둘러봤다. 가구수는 많지 않았지만 집들이 띄엄띄엄 떨어져 있어서 경계에 어려움이 있을 것 같았다. 산으로 이어진 길도 여러 개라 어떤 길로 내려올지도 짐작하기 어려웠다. 그렇다고 많은 군사들을 동원하면 적들이 눈치 챌 수 있었다. 군사들을 동원한다 해도 당일 새벽에 은밀히, 상대가 눈치 채지 못하게 동원해야 했다.

두치는 접선 장소로 유력시 되고 있는 송암네 집을 은밀히 염탐했다. 송암은 선왕이 정사에 관심을 두지 않고 악행만 일삼자 벼슬을 버리고 냇골에 은거하고 있는 사람이었다. 그러니 태자와 가까울 리 없었다. 그렇지만 을지광과 가근했던 만큼 그의 부탁에 응했을 가능성이 있었다. 아니면 을지광과 한 통속이 되어 무슨 일을 꾸미고 있는지도 몰랐다.

송암네 집은 그리 커 보이지 않았다. 뒷마당이 넓어서 군사들을 숨겨놓는다면 거기에 숨겨놓았을 확률이 높았다. 하여 뒷마당 주변에 군사들을 집중 배치해야 할 것 같았다.

송암네 집에서 역적들을 소탕하지 못하면 또 한 번 실패를 맛봐야 할지도 몰랐다. 지난 번 산으로 숨어드는 역적들을 잡으려다 실패했고, 형정을 잃었을 뿐 아니라 자신 또한 깊은 상처를 입는 수모를 감내해야 했다. 패인敗因은 상대를 만만히 봤던 거였다. 사병들이 강하다한들 얼마나 강하겠나 싶어 지원군을 청하지 않고 혼자 처리하려다 당했다. 그러나 이번만은 그럴 수 없었다. 반드시 설욕해서 형정의 저승길에 그들의 피를 뿌려줘야 했다.

두치는 우산禹山에 배치되어 있는 군사들을 은밀히 이동시켜 냇골을 포위한 후에 단 한 번에 쓸어버릴 계획을 세웠다.

'기다리라. 내래 어떤 놈인디 보여두갔어.'

두치는 혼자 웃었다. 비릿한 피비린내가 묻어나는 웃음이었다.

'기깟 사치근 하나 없애는 걸로 끝낼 거였다면 애초 시작도 하디 않았어.'

두치는 오른손목을 돌리며 사치근을 해치울 때 느꼈던 감각을 떠올려봤다.

애초 두치는 사치근이 아니라 을지광을 제거할 생각이었다. 형정과 많은 동료들의 목숨을 앗아간 을지광을 도저히 용서할 수 없었다. 그의 피를 빨아 마시지 않고는 직성이 풀리지 않을 것 같았다. 그래서 중실휘가 암살 얘기를 하자 두말없이 자신이 하겠다고 했다.

"자넨 몸조리를 더 해야디. 기런 몸으로 어뜧게 자객으로 갈 수 있갔네?"

"아닙네다, 장군. 소신을 보내두시라요."

"어허, 고집도 부릴 때 부려야디. 자넨 더 중요한 일이 있으니끼

기다리라."

"안됩네다. 형정의 원수를 갚게 해듀십시오."

"형정의 원수라니? 을지광 말이네?"

"기럼 을지광이래 아니고 다른 사람입네까?"

두치의 질문에 중실휘는 두치를 빤히 쳐다보며 고개를 끄덕였다.

"철천지원수를 놔두고 누굴 암살한단 말입네까?"

"기게 정치야. 을지광은 너무 위험해. 기 늙은일 듁일래면 도성 군사를 다 동원해도 쉽디 않을 기야. 얼마 뎐에 붙어보디 않았네? 기리고 을지광이는 천천히 듁여야디. 자근자근 씹어야 맛이 나디. 너무 빨리 듁이믄 안 되지. 암, 안 되고말고."

그러더니 가장 약골인 순노부의 사치근을 암살할 계획이라고 했다. 가장 손쉬운 사치근을 암살함으로써 성공 확률과 기대효과를 동시에 높이겠다는 것이었다. 사치근을 암살하지만 5부족장들이 느끼는 공포감은 같을 것이니 효과는 높을 것이라 했다. 가장 적은 투자로 효과를 극대화하는 경제원리에 부합된다고 했다.

두치는 중실휘 장군의 계획을 반대할 수가 없었다. 자신이 암살할 수 있게만 해준다면 대상은 중요하지 않았다. 그리고 그것이 을지광의 간담을 서늘하게 할 수 있는 일이라면 형식은 중요하지 않았다. 그래서 중실휘 장군의 명령에 따르기로 했다.

사치근을 암살하기 위해 담을 넘었을 때 두치는 피식 웃고 말았다. 전체적으로 경계가 너무 허술할 뿐 아니라 사치근이 침소로 접근하는 길도 헐겁게 열려 있었다. 궁에서 오래 근무해 봐선지 사치근의 침소로 접근하는 것은 그야말로 누워서 식은 죽 먹기였다.

자고 있는 사치근의 숨통을 끊고 다시 담을 넘을 때까지 단 한 명과도 마주치지 않을 정도였다. 너무 쉽다는 생각에 사치근의 심장을 찔렀을 때의 감각이 손목에 남아있을 정도였다. 긴장하고 급박했다면 도저히 느낄 수 없는 감각이었다. 그 감각이 오늘까지도 그의 손목에 남아 있을 정도였다.

두치는 중실휘 장군에게 보고하여 우산에 배치되어 있던 군사들이며 사병들을 어젯밤에 냇골에 집결시켰다. 그리고 삼중 포위망을 만들었다. 우선 송암네 집을 이중으로 포위하고 나머지 병력은 마을 전체를 둘러싸게 했다. 만반의 대비를 하고 놈들이 나타나기만을 기다리고 있었다. 중실휘 장군은 다른 곳에도 군사들을 배치하라고 했지만, 두치의 생각은 달랐다. 다른 곳은 군사들을 숨길 만한 곳도 없었고 우산에서 이동하기도 너무 멀었다. 하여 냇골에 있는 송암네 집일 가능성이 높다고 생각하여 어젯밤에 군사들을 이동시켜 대기시켜 놓았다. 그리고 기다려 보기로 했다.

그런데 오늘 새벽.

두 놈이 주변을 살피며 송암네 집을 향해 접근했다. 두치가 생각했던 것보다 빨리 기동한 것이었다. 어제 서두르지 않았다면 또다시 놓칠 뻔했음에 두치는 가슴을 쓸어내렸다. 둘 다 칼을 들고 있었다. 모반자 영과 그 호위무사 아지일 것이었다.

나머지 놈들은 어디 갔는지 보이지 않았다. 그러나 두 놈이면 족했다. 두 놈만 잡거나 없애면 나머지야 다 잡은 거나 마찬가지였다. 이번 작전의 최종목표는 태자를 없애는 일이었고, 자신이 태자와 호위무사만 처리해 버리면 그 나머지는 대모달 중실휘 장군이 알아서 정리할 것이었다.

두 놈이 살금살금 송암네 집 앞에 도착하더니 주변을 살폈다. 그리고 대문을 두드렸다.

바로 그 순간이었다. 대문 두드리는 소리를 신호로 송암네 집 주변에 몸을 숨기고 있던 군사들이 일제히 덤벼들었다. 그 소리에 놀란 듯 대문이 바로 열렸고 두 사람이 황급히 대문 안으로 뛰어듦과 동시에 문이 닫혔다.

그러나 완전히 닫히기 전에 군사들이 달려들어 대문을 밀었다.

대문을 사이에 두고 열려는 측과 닫으려는 측이 서로 밀며 힘을 겨루고 있는 사이에 무사들이 담을 뛰어넘기 시작했다. 그 모습을 본 두치도 대문을 향해 뛰었다.

대문 앞에 도착한 두치는 대문이 열릴 때를 기다릴 시간이 없었다. 태자와 호위무사를 잡아야 했다.

두치는 몸을 날려 담을 뛰어넘었다. 마당엔 양측이 한데 어울려 사생결단을 내고 있었다. 벌써 피범벅이었다.

그런데 방금 들어온 두 사람이 보이지 않았다. 좌우를 돌아봐도 보이지 않았다. 눈을 두리번거리며 찾고 있자니 둘이 막 건물을 돌고 있었다. 뒷마당으로 가는 모양이었다.

두치는 바로 그들의 뒤를 쫓았다. 지금쯤이면 뒷마당도 피범벅일 것이었다. 그러니 그들이 뒷마당으로 도망간다 해서 달라질 건 없었다.

두치는 앞을 막는 놈들의 목을 닥치는 대로 베면서 뒷마당을 향해 뛰었다. 오늘은 어떻게든 놈들을 잡아야 했다. 오늘 잡지 못하면 다음엔 기회가 없을지도 몰랐다. 왜 그런지 자꾸만 그런 생각이 들었다.

단숨에 뒷마당으로 뛰어간 두치는 우뚝 멈춰서고 말았다.

두 사람이 등을 마주한 채 자신들을 둘러싼 군사들을 무 베듯 베어 넘기고 있었다. 둘이 칼을 잡고 움직이는 모습은 싸움을 하는 게 아니라 춤을 추는 것 같았다. 두 사람이 움직이는 게 아니라 두 날개를 퍼덕이는 한 마리 나비의 부드러운 날갯짓 같았다. 같은 무사의 눈에도 감탄스러울 정도였다. 그런데 자세히 보니 태자가 없었다. 태자라고 생각했던 사람은 여자였다.

"태자는 어디 있네? 태자가 없다."

두치의 고함소리에 잠시 싸움을 멈추고 모두 두치를 바라보았다. 양쪽 다 태자란 소리에 태자를 찾는 듯했다. 그러나 곧 싸움은 재개되었다. 태자를 찾는 것보다 눈앞의 적을 먼저 없애려고 덤볐다.

그 소란 속에서도 두치는 태자를 찾았다. 태자를 찾아 목을 취해야 했다. 그 목을 취해다 을지광의 집 앞에 걸어놔야 형정의 원혼이 저승으로 갈 것 같았다.

그러나 아무리 찾아봐도 태자의 모습은 보이지 않았다. 그렇다면? 태자는 오지도 않고 두 사람이 먼저 선발대로 왔다는 뜻이었다. 두치는 큰 소리로 외쳤다.

"태자가 없다. 날래 태잘 찾으라."

그 소리에 군사들이 멈칫 하자 둘이 그 틈을 타 군사들을 뚫고 도망치기 시작했다.

"저 놈들을 쫓으라. 저 놈들이 가는 곳에 태자가 있을 거이다."

두치는 소리를 지르며 급히 뒷문을 향해 뛰었다. 호위무사가 도망치는 곳에 태자가 있을 것이었다. 호위무사가 태자를 남겨두고 도망칠 리는 없었다.

뒷문을 빠져나가자 둘이 군사들을 베어 넘기며 길을 내고 있었

다. 그러나 군사들도 만만치 않았다. 둘만은 못했지만 그들은 정예
병 중에 정예병이었다. 또한 수적으로 둘이 상대할 만한 인원이 아
니었다.

두치가 군사들 사이에서 칼을 뻗으며 덤벼들자 호위무사가 두치
의 칼을 막으며 돌아섰다.

호위무사는 온몸이 피범벅이었다. 흡사 피를 뒤집어 쓴 것 같았
다. 그러나 움직임만은 가볍기 그지없었다. 마치 발을 땅에 딛고
서 있는 게 아니라 공중에 서 있는 것 같았다. 두치의 칼을 막은
호위무사는 두치에게 눈을 둔 채 뒤에 서 있는 군사들을 몸으로
느끼기 위해서 몸을 최대한 가볍게 움직이고 있었다. 벙어리라더니
말 한 마디 없이 모든 정신을 칼끝에 모으고 있었다.

두치가 찌르자 몸을 피하며 두치의 배를 노렸다. 그러나 두치가
다시 찌르려하자 먼저 찌르고 들어왔다. 조금만 늦었어도 가슴에
구멍이 났을 정도로 예리하고 빨랐다. 식은땀이 쫙 흘렀다.

두치가 몸을 날려 머리를 노렸으나 가볍게 몸을 굴려 피했다. 그
리고 낮춘 상태에서 다리를 베려 들었다. 두치가 두 발을 굴러 뛰었
다 내려오기가 무섭게 다시 목을 향해 칼날이 지나갔다. 그리고 바
로 방향을 틀어 가슴을 향해 찔렀다. 헉 숨이 막히며 온몸에서 열이
확 올랐다. 그러나 칼끝은 깊이 들어가진 않았다. 몸을 뒤로 빼려던
찰나에 들어왔던 것이었다.

그 모습을 본 군사들이 일제히 호위무사에게 덤벼들었다. 그러나
그들은 그의 적수가 되지 못했다. 상하좌우로 칼끝이 움직이는가
싶더니 서너 명이 그 자리에 쓰러졌다. 칼끝과 칼날이 보이지 않을
만큼 빨랐다. 그렇게 둘이 잠깐 사이에 십수 명을 베어 넘겼다.

그러나 제 아무리 칼 솜씨가 빼어나도 중과부적이었다. 둘은 마침내 서서히 지쳐갔고, 송암네 사병들을 궤멸시킨 군사들에 마을을 포위하고 있던 군사들까지 가세하자 그들의 몸도 성한 곳이 없을 정도로 베어지고 찔렸다. 그러나 그들의 몸에 난 상처 하나는 두치네 열 명 이상의 목숨 값이었다. 대규모 병사들을 동원하지 않았다면 이번에도 실패했을 만큼 그들의 무예는 빼어났다. 두치로서는 감당할 수 없는 존재들이었다.

　무사 하나가 여자를 공격하자 여자가 잠시 중심을 잃고 비틀거렸다. 그 틈을 타 병사 하나가 여자의 배를 찔렀다. 순간 여자가 멈칫했다. 그와 동시에 호위무사가 여자의 허리를 왼손으로 감싸더니 몸을 돌렸다. 그 틈을 다른 병사의 칼이 호위무사의 다리를 파고들었다. 헉! 소리와 함께 호위무사가 다리를 꺾었다. 그 서슬에 둘이 동시에 넘어졌다.

　군사들의 칼끝이 일제히 두 사람의 목을 향해 겨누어졌다.

　"태잔 어딨네? 날래 말하라."

　두치는 벙어리인 호위무사가 아닌 여자를 노려보며 소릴 질렀다. 그러자 호위무사가 여자의 배를 손으로 누르며 말했다.

　"태자 전하, 만수무강하시옵소서."

　두치는 놀라지 않을 수 없었다. 분명 벙어리라고 들었는데 말을 하고 있었다. 그것도 큰 소리로, 하늘에 외치듯, 소리를 질렀다.

　"끝까지 곁에서 모시지 못해 죄송합네다. 소신들을 용서하디 마시옵소서."

　그러더니 자신이 들고 있던 칼로 배를 찔렀다. 그와 동시에 여자도 같은 행동을 했다. 정말 눈 깜짝할 사이였다. 반항이라도 하면서 끝까지 저항할 줄 알았는데 너무나 빨리 자결을 택해버렸다.

"안 돼. 태잔 어딨어? 태잔 어딨냐고?"

두치는 소리를 질렀다. 그러나 두 사람은 괴로운 중에도 서로의 손을 찾더니 손을 마주잡은 채 웃고 있었다. 비참하지 않게 죽을 수 있는 게 다행인지, 같이 죽을 수 있는 게 행복한지 너무나 평안히 웃고 있었다.

두치는 이를 갈았다. 마음 같아선 당장 두 사람의 목을 쳐버리고 싶었다. 그러나 그럴 수가 없었다.

두 사람의 모습을 보고 있노라니 너무나 아름답게 느껴졌다. 좀 전에 두 사람이 한 몸처럼, 나비의 두 날개처럼 움직이던 모습이 겹쳐지면서 나비가 마지막 날갯짓을 하는 것처럼 보였다. 사람이 죽어가는 게 아니라 아름다운 꽃 두 송이가 동시에 떨어지는 것 같았다. 무사로 살다 두 사람처럼 죽을 수 있다면 그보다 더한 행복이 없을 것 같았다.

그러나 지금은 그런 감상에 젖어 있을 때가 아니었다. 산속 어딘가에 숨어 있을 태자를 잡아야 했다.

"날래 태잘 찾으라. 분명 산속 어딘가에 숨었을 것이다. 날래 태잘 찾으라."

두치는 발광하듯 소리를 질렀다. 그러지 않고선 견딜 수가 없을 것 같았다. 태자를 잡지 못한다면 또 실패였다. 연이은 실패는 있을 수 없었다. 중실휘 장군이 군사 지휘권까지 내주며 모든 걸 지원해 줬는데, 몇 명을 잡기 위해 이백 명 이상이나 동원하여 전력을 기울였는데 또 다시 실패할 수는 없었다. 중실휘 장군의 얼굴을 볼 수 없을 것 같았다.

두치는 흡혈귀의 얼굴을 하고 산 속을 노려보았다. 피에 굶주린 얼굴이 어떤 것인지를 보여주고 있었다.

# 또 다른 도망자들

**54**

아지와 소옹이 떠난 후 태자 일행은 몸을 숨긴 채 기다리고 있었다.

명이는 몸을 숨긴 채 산 아래쪽에 귀를 기울였다. 밤새 군사들이 산을 넘어온 게 마음에 걸렸다. 우연의 일치일지 모르지만 자신들이 이동하는 날 군사들이 이동했던 게 불안했다.

한참을 귀 기울이고 있던 명이가 드디어 떨리는 목소리로 소리쳤다.

"날래 여길 피해야갔습네다. 지금 산 아래서 전투가 벌어졌습네다."

명이가 태자의 팔을 껴 일으켜 세우더니 다시 소리를 질렀다.

"뭣들 하네? 날래 태잘 모시라."

그제서야 정신이 드는지 구비와 석권도 자리에서 일어섰고, 석권이 재빨리 태자의 팔을 꼈다.

"가시디요."

"둘은 어쩌고? 둘은 어쩌라고?"

"딕금 그럴 시간이 없습네다. 군사들이 곧 몰려올 겁네다. 어젯밤 산을 넘은 군사들은 우릴 잡기 위해 넘어온 것이 분명합네다. 날래 가시디요."

석권이 다급하게 말했다. 석권은 이미 예상하고 있었던 모양이었다.

"살아 있으면, 살아난다면 만나게 될 겁네다. 기러니 날래 피하시는 게 상책입네다."

구비도 둘과 같은 생각을 했던 모양인지 바우와 함께 앞서 걷기 시작했다.

넷은 내려왔던 길을 버리고 반대쪽 길을 잡아 산을 올랐다. 다시 굴로 돌아갈 수는 없었다. 태자를 굴에서 탈출시키기 위해 이 고생이고 아지와 소용은 목숨을 바쳤을지도 모르는데 다시 굴로 간다는 건 생각조차 할 수 없는 일이었다. 태자를 위해서 햇빛이 있는 곳으로 떠나야 했다. 그곳은 도성과 멀어질수록 좋았다. 그러니 산을 넘어 반대쪽으로 도주하는 수밖에 없었다.

숨이 목까지 차올랐으나 잠시도 쉴 수 없었다. 쉬는 만큼 적들은 쫓아올 것이었다. 만약 적에게 잡힌다면 자신들을 위해 목숨을 바친 소용과 아지 두 사람을 배신하는 셈이었다. 모르긴 몰라도 두 사람을 살아남지 못할 것이었다. 그런 두 사람의 죽음을 헛되이 하지 않기 위해서라도 부지런히 몸을 움직여야 했다.

해가 중천에 솟아올라 온 세상을 하얗게 밝힐 때쯤 일행은 산을 넘었다. 그러나 잠시도 걸음을 멈추지 않고 걸었다. 산을 넘었다 해도 안심할 수 없었다. 계비와 중실씨들이 손을 닿지 않은 곳은 이제 없겠지만 최대한 멀리 도망쳐야 했다.

일행은 걷고 또 걸었다. 멀리 사냥을 다녀본 경험이 있는 바우가 길을 알고 있어서 사람들이 왕래가 잦지 않은 길을 골라 걸었다.

그리고 날이 어두워질 때쯤 도성에서 백여 리 떨어진 시골마을 한 곳을 찾아들었다. 바우가 아는 마을이라 했다. 바우는 네 사람을 마을 뒤쪽 나무숲으로 인도하더니 말했다.

"여기서 담깐만 기다리시라요. 내래 잘 만한 곳을 찾아보갔습네다."

"기래. 됴심하라."

태자는 이제 말할 힘조차 없는지 그 말을 끝으로 아무 말도 하지 않았다.

"예. 다녀오갔습네다."

바우가 태자에게 인사를 하더니 마을 안으로 들어갔다. 복장이나 활을 들고 전통을 맨 모습이 사냥꾼 모습 그대로였다. 누구도 의심하지 않을 것 같았다.

"가시디요. 같이 사냥하는 사람인데 마팀 집에 있어서 부탁을 했습네다."

마을로 들어가더니 얼마 없어 바우가 달려오더니 거친 숨소리로 말했다.

"믿을 만한 사람이네?"

석권의 물음에 바우가 받았다.

"예. 믿을 만한 사람입네다. 기건 걱정 마시라요."

"긴데 우리가 다 들어갈 수 있네?"

"예. 사냥 솜씨가 좋아서 제법 너른 집에 살고, 나처럼 더벅머리 총각인데 부모도 없어 혼자 삽네다."

"기래? 기럼 날래 태자 전하를 모시라."

그렇게 해서 다섯은 모처럼만에 구들방에 들게 되었다. 주인은 바우와 가근한 사인지 갖은 음식으로 대접해 쫄쫄 굶은 배를 채우게 해줬고 따뜻한 잠도 자게 해줬다.

## 55

중실휘는 시신에서 눈을 뗄 수가 없었다.

을지광과 태자가 어떤 형태로든 연결되어 있을 것이란 추측은 하고 있었다. 의리를 목숨보다 소중히 여기는 그의 성정으로 볼 때 그런 추정은 어려운 게 아니었다. 하지만 그건 구체적인 증좌가 없는 하나의 추측이었을 뿐이었다. 그런데 을지광의 딸, 소옹의 시신을 눈으로 확인하는 순간 놀라지 않을 수 없었다.

그러나 놀라움도 충격도 잠시였다. 을지광의 딸 소옹의 시신은 이제 때가 되었음을 알려주고 있었다. 휘는 비릿한 웃음을 입에 흘린 후 군사들에게 명했다. 때를 놓쳐서는 안 됐다. 실기하면 오히려 당할 수 있었다.

"이 시신을 을지광의 집으로 옮기라. 모든 군사와 무사들을 동원한다. 이제 이 시신을 미끼로 을지광을 잡을 거이다. 기러니 단 한 명의 군사도 남겨선 안 된다."

군사들에게 명령을 내린 후 휘는 방으로 들어가 갑옷을 갖춰 입었다. 태자는 놓쳤지만 을지광을 잡는다면 태자를 잡은 거나 마찬가지였다. 아니 어쩌면 태자를 없애는 일보다 을지광을 없애는 일이 더 클 수도 있었다. 을지광을 제거한다면 자기 앞에 놓인 가장 큰 산을 넘는 셈이었다. 을지광의 그늘을 지워버린다면 자신은 명실공히 고구려 최고의 무장이 되는 것이었다. 대모달 제거에 이어 숙명의 원수마저 제거하는 것이었다.

그러나 방심은 금물이었다. 을지광은 결코 호락호락한 상대가 아니었다. 만반의 대비를 해두었을 수 있었다. 따라서 상대의 약점을 최대한 파고들어야 했다. 그리고 단 하나의 오차도 없이 단 한 번에 끝내야 했다.

갑옷을 갈아입은 휘는 부장들과 대표무사들을 불러 모았다. 차질 없는 작전 수행을 위해 철저한 작전 계획을 수립해 하달했다.

우선 대표무사들을 자기 옆에 배치시켰다. 을지광이 어떻게 나올지 모르는 이상 그에 대한 대비를 해야 했다. 을지광을 잡는다 해도 자신이 다치거나 죽는다면 아무 소용이 없었다.

다음으로 부장들을 다섯 방향으로 나누어 배치했다. 동서남북으로 을지광의 집을 포위하는 한편 중군은 자기를 따라 을지광의 집으로 들어가기로 했다.

마지막으로 만일의 사태에 대비해 궁으로 전령을 보내 군사들을 을지광의 집으로 집결시키라는 명령을 하달했다.

작전 회의 말미에 휘는 한 가지 사실을 덧붙였다.

"이번 작전은 단순히 을지광을 제거하는 일이 아니야. 역적의 괴수를 없애는 일이면서 종묘사직을 굳히는 일인 만큼 전쟁에 듄하는 논공행상이 따를 거이다. 기러니 전쟁에 임하는 마음을 가져야 할 기야. 기러고 그 공을 태후께 고하여 그에 합당한 상을 내릴 기야. 이 내용을 모든 군사들에게도 반드시 알리라."

그 말에 모두들 군례로 답했다. 자신들의 출셋길이 활짝 열리는 걸 보기라도 한 듯 한껏 들떠 보였다.

모든 준비를 마친 휘는 두 구의 시신을 앞세우고 을지광의 집으로 향했다. 멀지 않은 길인데도 아득히 먼 길을 가는 것처럼 설렘과 두려움이 교차했다. 그러나 그 길을 돌아올 때는 모두가 우러러보는 존재가 돼 있을 터였다.

그러나…….

을지광의 집에 도착해보니 집안이 텅 비어 있었다. 군사들도 무장을 해제한 채 그들을 기다리고 있었다. 물어보니 을지광과 그 식구들은 새벽에 집을 떠났고, 자신들은 군사들이 오기를 기다리고 있었다고 했다. 군사들을 냇골로 돌리느라 경계를 허술히 했다가 을지광을 놓친 것이었다.

휘는 투구를 벗어 땅바닥에 내동댕이치며 소리를 질렀다.

"을지광, 이 쥐새끼 같은 놈. 어디까지 도망치는가 두고 보자."

### 56

을지광은 바삐 말을 몰았다.

확인된 건 없었지만 분명한 게 하나 있었다. 태자 일행을 모시기로 한 군사들과 중실휘가 보낸 군사들이 전투를 벌이고 있다면 소옹과 아지는 거기서 벗어날 수 없을 것이란 사실이었다.

누군가가 정탐을 위해 냇골로 들어갔을 테고, 그 사람은 아지와 소옹일 가능성이 높았다. 태자 주위에 칼을 다룰 줄 아는 사람은 소옹과 아지, 그리고 석권이 전부였다. 그런데 석권은 아직 태독이 풀리지 않아 몸이 자유롭지 못한 만큼 정탐은 소옹과 아지의 몫일 수밖에 없었다. 그러니 군사적 충돌이 일어났다면 소옹과 아지는 반드시 낄 수밖에 없었다. 그리되면 자신 또한 역적 태자를 도운 역적일 수밖에 없고.

이제 길은 하나뿐이었다. 계비와 중실씨의 손이 잘 미치지 않는 곳으로 도망치는 수밖에 없었다. 자신들 생이야 얼마 남지 않았지만 홀몸인 며느리들과 아비도 없이 외롭게 살아온 손자들의 목숨만은 지켜줘야 했다. 그게 아들들을 전쟁터로 내몰아 죽게 한 아비가 할 수 있는 마지막 배려였다. 또한 기약할 수는 없지만 어린 태자를 위해서라도 그래야 마땅했다.

그래서 전투가 벌어졌다는 보고를 받는 순간 가족들에게 짐을 꾸리라 했다. 그 다음 군사들을 무장해제 시켰고, 집안일을 돌보던 이들은 빨리 집을 떠나라고 했다. 명분을 잃은 싸움을 위해 무고한 사람들을 죽일 순 없었다.

이 기회에 군사들을 휘몰고 가서 중실씨와 계비를 없애 버리고 싶은 마음이 안 드는 건 아니었지만 포기해 버렸다. 이제 중실씨는 감히 손댈 수 없을 만큼 커져 있었다.

대충 준비를 마친 지광은 뜻을 같이 했던 동지들에게도 사람을 보내 현 상황을 알린 후 각자도생하라고 알렸다.

짐이 대충 꾸려지자 바로 집을 나섰다. 마차 한 대가 전부였다. 긴요한 물품과 식구들만 챙겨 지광이 직접 말을 몰았다. 그리고 해가 중천에 떠올랐을 때 패수에서 배에 오를 수 있었다.

어디로 가는지는 중요하지 않았다. 도성에서 멀어지는 게, 계비를 비롯한 인간 피쟁이들에게서 벗어나는 게 중요했다.

패수를 따라 서쪽으로 가다 밤이 되자 이름도 모를 나루에 잠시 배를 대어 요기를 했다. 나루의 이름도 일체 묻지 않았고, 식구들에게도 어떤 말도 하지 말라고 입막음을 했다.

저녁을 먹고 나자 사공이 물었다.

"여긴 잘 데가 마땅치 않은데 어디서 주무시갔습네까?"

"자넨 어디서 자네?"

"쉰네야 여기서 바람이나 피하디만 나으리와 식솔들이 잘 만한 곳이 못 됩네. 기렇다고 십 리가 넘는 대처로 갈 순 없고……."

"이 주막에 우리가 묵을 만한 봉놋방은 없네? 하룻밤이니 우리도 바람이나 피하면 되지 더 이상 뭘 바라갔나?"

"기러면 주인에게 물어볼 테니 잠시만 기다리시라요."

"기래, 알았네. 사정 좀 봐달라고 기러게."

"예. 알갔습네다."

사공은 대답을 하고 집안으로 들어가더니 잠시 후 나왔다.

"봉놋방은 따로 없어서리 주인 양주가 자는 안방을 치워놓기로 했습네. 기러니 불편하시더라도 하룻밤만 묵으시라요."

"기래, 알갔네. 주인한테 고맙다고 전하게."

그렇게 해서 여섯 식구가 한 방에서 자게 되었다.

방은 흙벽이 그대로 드러나 있었고, 바닥엔 짚이 깔려 있었지만 여섯이 웅크리고 잘 정도는 됐다. 군불을 지펴선지 구들도 따뜻했다.

며느리들과 아내를 안쪽에 재우고 지광은 입구에 자리 잡고 누웠으나 잠이 오지 않았다. 소옹과 아지 걱정도 걱정이었지만 자신들의 앞날도 걱정스럽기는 마찬가지였다. 어디로 가야 할지, 누굴 찾아가야 할지 결정된 게 하나도 없었다. 그렇다고 식구들을 이끌고 무작정 떠돌 수는 없었다. 어딘가에 자리를 잡아야 하는데 마땅히 생각나는 곳이 없었다.

지광은 요하遼河 지방을 떠올렸다. 대방과 전쟁하면서 한 동안 머물렀던 곳이고, 대방 멸망 후에도 몇 번 가본 적이 있었다. 멸망 이후 고구려에 편입되어 있긴 했지만 중앙정부의 힘이 잘 미치지 않는 곳이었다. 농토도 비옥해 식량이 풍부했고, 중계무역이 성해 재화도 많이 모이는 곳이었다. 그러나 지광은 곧 머리를 저었다. 번화가에는 수많은 눈들이 있었다. 그 눈들 중에 어떤 눈이 자신들을 노릴지 알 수 없었다. 그러니 그곳으로 간다는 건 도성에 있는 것이나 다를 바가 없었다.

그러나 요하를 제외하면 아는 곳이 없었다. 대무신왕을 따라 부여를 치기 위해 출정한 것을 시작으로 개마국蓋馬國을 쳐 없애고, 한나라 요동태수가 쳐들어오자 군사를 이끌고 가서 화친을 맺는데 일조를 하긴 했다. 또한 낙랑을 습격하여 멸망시키는데도 참여하기도 했었다. 그 때가 그의 나이 마흔의 일이었다.

그러나 대무신왕이 붕어한 후에는 주로 도성에서만 지내서 지방이나 변경에 대해서는 어두웠다. 16년간 도성 밖에 나가본 적이 없어서 도성을 벗어나면 아는 사람도 없었다. 그런 중에 도망자 신세가 되어 도성 밖으로 나오게 되자 모든 게 막막하고 불안했다.

근심과 걱정에 잠을 못 이루고 있자니 문 밖에서 인기척이 났다. 두 사람의 발자국 소리였다. 이 시각에 움직이는 자들이라면 결코 이로울 리 없었다. 더군다나 지광은 지금 도망자가 아닌가. 지광은 몸을 일으킴과 동시에 잠자리에 놓아둔 칼을 집어 들고 벽에 몸을 붙인 채 밖에 귀를 기울였다.

잠시 후, 두 사람이 지광네가 자고 있는 방 앞에 멈추더니 방안의 동태를 살피는 것 같았다. 그러더니 슬그머니 방문을 열었다. 그와 동시에 지광은 칼을 뽑아 등에 감추었다.

방으로 들어온 사람은 둘이었다. 하나는 모르는 사람이었지만 하나는 사공인 것 같았다. 어둠 속에서도 그는 한 눈에 알아볼 만큼 키가 컸고 몸에서 비릿한 물냄새가 났기 때문이었다.

그들의 손에는 낫과 식칼이 들려 있었다. 지광네의 재물을 노리고 강도짓을 하기 위해 들어온 것이 분명해 보였다.

방에 들어선 두 사람이 조심스럽게 방안을 살피기 시작했다. 지광을 찾는 모양이었다. 지광을 없앤 후 재물을 약탈하려 했는지 지광이 보이지 않자 당황하는 것 같았다. 그러다 벽에 붙어서 있는 지광을 봤다 싶은 순간이었다.

앗!

소리와 함께 두 사람의 손에서 칼과 낫이 거의 동시에 떨어졌다. 지광이 칼등으로 두 사람의 손목을 내리쳤던 것이었다. 그리고 칼날을 사공의 목에 겨눴다.

그러고 있자니 인기척이 났다. 아내와 두 며느리가 잠에서 깬 것이었다.

"에그머니 뭔 일입네까?"

아내가 놀라며 묻자 지광이 차분히 가라앉은 목소리로 대답했다.

"별일 아니니 걱정 말기요. 내래 다녀올 테니 걱정 말고 계속 자기요. 아무래도 오늘 이 놈들과 같이 있어야 할 것 같소."

지광이 아내에게 말한 다음 두 사람에게 낮게 으름장을 놓았다.

"밖으로 나가자. 허튼 수작했다간 목을 날려버리갔어. 날래 나가자."

지광이 낮게 으르렁거리자 두 사람이 멈칫멈칫 뒷걸음질을 쳤다.

문 밖으로 나가자마자 주막주인인 듯싶은 자가 도망치려 했다. 지광은 칼을 거둠과 동시에 도망치려는 사내를 발길질로 내질러 버렸다.

헉!

명치를 정통으로 맞은 사내는 숨을 쉴 수 없는지 한동안 미동도 하지 않았다.

"됴용히 꿇어 앉으라. 시키는 대로만 하면 목숨은 살려듀갔어. 그러나 허튼 짓했다간 머리가 남아 있디 않을 거니낀 알아서 하라."

지광은 어떻게든 사공을 구슬리고 싶었다. 그가 다치거나 죽는다면 자신들의 피신길도 험난해질 것이기에 그를 어떻게든 자기편으로 만들고 싶었다.

지광의 칼놀림과 몸놀림을 봐서 그런지 사공이 순순히 지광의 말에 따랐다.

"내래 밸 빌릴 때 너무 많은 돈을 줬네? 아니믄 너무 적게 줬네? 기렇디 않으믄 와 강도 행각을 벌이네?"

"기, 기, 기게 아니라……"

"말하라. 바른 대로 대디 않으믄 목이 제 자리에 붙어 있디 않을 거이다. 날래 바른 대로 대라."

지광이 험하게 다그치자 사공이 더듬거리며 사정을 털어놓았다.

주막 주인은 자신의 동생인데, 수상한 자를 밀고하면 상금을 줄 뿐 아니라 궁에서 도망친 역적의 목은 황금 한 관을 준다기에 동생과 짜고 지광의 목을 노렸다는 것이었다.

“듁을 죌 졌습네다. 한 번만, 한 번만 살래두십시오.”

사공은 머리를 땅에 찧으며 사정을 했다.

“좋다. 거짓은 아닌 것 같으니 목숨은 살려주갔다. 대신…….”

지광은 말을 끊었다. 선뜻 결정 지을 수가 없었다. 두 사람을 살려 줬다간 가족 전체가 위험할 수 있었고, 가족들을 위해 두 사람의 무고한 목숨을 끊어버릴 수도 없었다. 둘 다 살 수 있는 방법을 찾아야 하는데 그게 좀처럼 떠오르질 않았다. 이리저리 머리를 굴린 끝에 지광은 하나의 수를 생각해냈다.

“두 사람 다 우리와 함께 간다. 우리를 안전하게 데려다주믄 약속했던 삯의 두 배를 주갔다. 그 대신 허튼 수작을 했다간 둘 다 살아남디 못할 거임을 멩심하라.”

“예예, 여부가 있갔습네까? 감사합네다, 감사합네다.”

사공이 고개를 조아리며 대답할 때쯤 숨을 고른 동생도 무릎을 꿇은 후 고개를 조아렸다.

“자, 이제 날이 밝을 때까지 너희들 방으로 가자. 우리 방은 좁아서 들어갈 수 없으니껜.”

“예예, 알갔습네다.”

두 형제는 지광이 예삿사람이 아니란 걸 아는지라 지광의 명에 순순히 따랐다.

두 형제를 앞세우고 방에 들어가니 주막집 여편네는 세상모르게 자고 있었다. 사공의 말이 거짓이 아니었고, 두 형제가 아내 몰래 일을 꾸몄던 게 밝혀진 셈이었다.

“그래 목에 황금 한 관이 걸렸다는 사람을 보기라도 했네?”

방에 앉자마자 지광은 사공에게 궁금하던 바를 물었다. 몸도 성치 않은 사람들이라 벌써 여기까지 왔을 리는 없을 테지만 만약 태자와 구명석이 이쪽으로 피신했다면 사공을 만났었을 수 있었다. 그러나 사공은 지광의 눈치만 살필 뿐 입을 열 생각을 하지 않았다. 그러자 지광이 은근한 어조로 미끼를 던졌다.

"도망자들이 여기로 숨어들었다믄 사공인 자네 눈에 띨 게 아닌가?"

그 말에 사공 대신 동생이란 자가 끼어들었다.

"우리 같은 놈들한테 기런 사람이 눈에 띌 리가 있갔습네까? 변복에 변장까지 했을 텐데 어띠 우리가 기런 사람을 알 수 있갔습네까? 나으리 같은 사람이라면 또 모를까 우리야 기런 사람을 봤다한들 알아볼 수도 없디요."

"기래. 기럴디도 모르디. ……아무튼간 기런 사람은 조심하는 게 둏아. 기런 사람은 댜기 목숨 부디하기 위해 뭔 딧이든 하니까니. 괜히 댤못 했다간 목이 열 개라도 남아나디 않을 테니낀."

지광은 은근하면서도 알아들을 수 있게 공갈을 놓았다. 이들이 태자 일행을 만나게 되더라도 딴마음을 먹지 못하게 단속해두고 싶었다. 태자 일행이 여기로 오게 된다면 이들과 만날 확률이 높았고, 이들과 조우하지 않는다 해도 동생 태도로 봐서 다른 사람들에게도 입 싸게 알릴 것 같았기 때문이었다. 그러자 동생이 넙죽 엎드리며 말했다.

"오늘 단단히 배왔으니낀 앞으로 멸대 기런 일 없을 겁네. 나으리 성품이 너그러워서 우리가 살았디 안 그랬으면 우리 목이 남아났갔습네까?"

"기래, 기래야디. 목숨보다 소중한 게 없으니 말일세."

"예예, 여부가 있갔습네까요."

"자, 이데 됐으니 눈 돔 붙이게. 눈을 돔 붙여야 내일 밸 몰게 아닌가."

말을 마친 지광이 먼저 벽에 몸을 기댄 채 눈을 감았다. 그러자 두 형제도 슬그머니 눕는 것 같았다.

그리고 날이 밝자마자 두 형제와 함께 배에 올랐다.

그러나 지광은 그때까지 사공 형제를 살려주고 대동한 게 어떤 결과를 낳을지 전혀 예상하지 못하고 있었다.

# 새로운 인연

**57**

영은 절뚝거리지 않기 위해 애를 쓰며 걸었다. 아무리 평지라지만 열흘이 지나면서부터 발이 까졌는지 절뚝거리지 않을 수 없었다. 발에 물집이 생긴 지 오래였고, 물집이 터져 물이 질질 흐르는 걸 느낄 수 있었다. 그렇다고 힘든 기색을 보일 수도 없었다. 자기 때문에 고생하는 사람들을 생각하면 모든 걸 참아야 했다.

안 그래도 구명석이 더 이상 걷는 건 무리라고, 쉬었다가 상황을 보며 움직이자고 했지만 영은 거부했다. 자기 때문에 목숨을 잃었을 아지와 소옹의 죽음을 헛되게 할 수는 없었다. 신혼의 달콤함도 다 누리지 못한 채 눈을 감았을 둘을 생각하자니 죄책감에 미칠 것만 같았다.

자기가 굴에서 나가자고 조르지만 않았어도 둘이 그렇게 되지는 않았을 것이었다. 그런데 자기가 우기는 통에 굴에서 나왔고, 둘이 그렇게 된 것이었다. 그러니 어떻게든 살아서, 살아남아서 그들의 희생에 보답해야 했다. 그 보상이 뭐가 될지는 모르지만 지금은 살아남는 게 우선이었다. 그러자면 단 한 걸음이라도 더 걷는 수밖에 없었다.

소옹이 남기고 간 주머니를 헐어 말이라도 한 필 구하자고 했지만 그마저 거부했다. 소옹이 남기고 간 패물들을 자신을 위해서 쓸 수는 없었다. 어떻게든 소옹이나 그 가족을 위해서 써야 했다. 그래야 소옹과 아지에 대한 죄책감에서 얼마간 벗어날 수 있을 것 같았다.

"태자 전하, 아무래도 소옹의 패물을 헐어야 할 거 같습네다. 더 이상 무리하면 병이 날 수 있습네다. 기러니 소신들의 뜻을 살펴주십시오."

잠시 쉬기 위해 돌 위에 앉아 있자니 구비가 다가와 다시 은근한 어조로 말했다. 벌써 몇 번이나 안 된다고 했는데도 구명석은 집요했다. 돌아가면서 영을 쪼고 있었다.

"내래 안 된다고 하디 않안?"

"기래도 우선 살아야 하디 않습네까? 기래야 소옹이며 아지를 기다리던지 만나던지 할 게 아닙네까? 소옹이래 기러라고, 기러자고 기걸 듀고 갔을 겁네다. 기러니 이제 마음을 바꾸시라요."

"거 참! 같은 소리 계속하디 말라고 하디 않안?"

"태자 전하, 이럴 때일수록 냉철해지셔야 합네다. 과연 어떤 게 소옹일 위하는 길인디 뎡말 모르시갔습네까?"

"내래 모르갔으니 더 이상 말하디 말라."

영은 자리에서 일어나 버렸다. 더 앉아 있어봐야 구비 등쌀에 시달리기나 할 뿐 제대로 쉬지도 못할 것 같았다.

"태자 전하!"

"이제 가자우. 날 저물기 던에 마을을 찾아야 하디 않간?"

영이 앞서 걸어가자 일행이 따라왔다. 영은 걸을 때마다 아파오는 발을 더 이상 숨길 수 없어 절룩이며 앞서 걸어갔다.

## 58

영은 더 이상 고집을 세울 수 없었다.

보름째 되던 날, 외딴 마을에서 하룻밤을 유숙하는데 바우가 어디서 구했는지 나무함지박에 따뜻한 물을 담아 왔다.

"태자 전하, 발을 씻겨 드리갔습네다. 발을 내미십시오."

"일 없네. 갈아 신을 신도 없는데 발은 씻어 뭐하네?"

"기래도 발을 씻으믄 피로도 풀리고, 발도 덜 아플 겁네다. 기러니 소신한테 발을 듀십시오."

"일 없데도 기러네."

바우가 발을 잡으려 하자 발을 뺀다는 게 잘못하여 함지박을 엎어 버렸다. 그 바람에 신발이며 발이 다 젖어버렸다.

"정 기러면 신발이라도 벗겨 말리갔습네다. 젖은 신발로 길을 나설 순 없디 않갔습네까?"

결국 영은 신발을 벗을 수밖에 없었다. 안 그래도 발이 부어 신발이 꽉 꼈었는데 물에 젖자 가려워서 견딜 수가 없었다.

"알갔네. 신발만 벗을 테니 날래 말려오라."

발을 내밀자 바우가 신을 벗기기 시작했다. 그러나 좀처럼 신발이 벗겨지지 않았다.

"발이 부어올라 신발이 벗겨디딜 않습네다. 됴금만 참으시라요, 소신이 최대한 됴심히 벗겨드리갔습네다."

바우가 한참 영의 발목을 잡고 실랑이를 벌이는가 싶더니 오른발 신발이 쑥 벗겨졌다.

"이, 이럴 수가?"

바우가 소리를 질렀다. 그러자 좀 떨어져 앉아있던 구명석이 일제히 달려왔다. 바우와 짜고 그랬던 것 같았다.

"와 이리 호들갑이네?"

영은 무심코 자신의 발을 내려다 봤다. 그런데 버선이 젖은 정도가 아니라 핏물이 잔뜩 베여 있었다.

"안 되갔습네다. 발도 살펴 봐야갔습네다."

바우가 영의 발목을 부여잡고 버선을 벗겨내자 발이 말이 아니었다. 발바닥은 모두 들떠 있었고 발 전체가 퉁퉁 부어 있었다. 발바닥에선 진물이 흐르다 못해 피가 흐르고 있었다.

"이 발로 어뜩게?"

넷이 멍한 눈길로 영의 발을 내려다봤다.

"호들갑 떨디 말라. 내래 견딜 만하니끼 견디는 거디 억지로 견디갔네?"

말은 그렇게 했지만 발을 보는 순간 영은 자신도 모르게 왈칵 서러움이 밀려들었다.

살아간다는 게, 살아 있는 게 이렇게 서럽고 고통일 줄은 예전에 미처 몰랐다. 온갖 냄새와 오물이 넘쳐나는 굴속에서도 살아 있음이 고통스럽지는 않았다. 언젠간 궁으로 다시 돌아가 선왕의 뒤를 잇게 될 것이라고 믿고 있었기에 견딜 만했다. 그런데 굴을 빠져나와 하루하루 지내다 보니 궁에 다시 돌아갈 희망은 보이지 않았다. 어디를 가도 환영받지 못하는 신세였고, 자기가 태자란 사실은 입에 담을 수도 없었다. 태자란 걸 숨기는데도 수상한 눈으로 일행을 보기 일쑤였다. 자신의 목에 걸린 황금 한 관에 더 깊은 관심을 보였다.

그런 민심을 확인한 영은 단 하루도 그들과 함께 할 수 없는 존재임을 깨닫게 됐다. 그래서 물을 만나도 세수를 하지 않았고 신발을 벗어 씻을 엄두도 내지 않았었다.

滄浪之水淸兮 可以濯吾纓
滄浪之水濁兮 可以濯吾足
(창랑의 물이 맑다면 내 갓끈을 씻을 것이고
창랑의 물이 흐리면 내 발을 씻겠다.)


굴원의 「어부사漁父詞」 한 자락이 떠오르지 않은 건 아니었지만 자신의 더러운 발을 흐린 물에도 씻고 싶지 않았다. 자신의 더러운 발이 흐린 물을 더 흐리게 할 것 같아 부끄럽고 염치가 없었다.

자신과 선왕이 정치를 제대로 했다면 백성들이 그렇게 모질지 않았을 것이고, 백성들이 모질지 않았다면 어떻게든 권토중래의 꿈을 키워볼 수 있었다. 그러나 선왕과 자신의 잘못에 대한 벌을 이제야 받고 있구나 싶자 삶의 의욕이 사라져 버렸다.

"아비는 폭정을 하다 근신近臣에게 시해당했고, 그 아들은 아비마저 버리고 도망쳤다는데 백성들인들 좋게 보갰수?"

어느 날 냇가에서 빨래하는 아낙이 했던 말이 바로 민심이었다.

냉정하면서도 냉혹한 게 민심이었다. 그러니 누굴 탓할 수가 없었다. 그래서 소용이 남기고 간 패물에 절대 손대지 못하게 했던 것이었다. 자신과 같이 값어치 없는 인간을 위해 소용의 갸륵한 뜻을 써버릴 수는 없었던 것이었다.

그런데 자신의 발을 내려다보는 순간, 울컥 밀려오는 게 또 하나 있었다.

영웅이나 위인은 위대하기 때문에 살아남은 게 아니라 살아남았기 때문에 위대해진 것이란 생각이었다. 자신이 지금 여기서 포기해버린다면 역사도 자신을 버릴 것이었다. 그러나 자기가 포기하지 않는 한 역사도 자신을 버리지 않을 것이었다. 따라서 어떻게든 살아야, 살아남아야 했다. 다시 궁에 돌아가지 못할지라도 모진 삶을 살아가는 백성들을 위해 뭔가를 해야 할 것 같았다.

영은 바우가 하는 대로 내버려두었다.

구명석이 애가 끓는 목소리 때문이 아니었다. 이왕 알려진 거 감춰봐도 소용이 없었고, 이 기회에 발을 깨끗이 씻고 싶었다. 더 이상 감출 수 없다면 떳떳이 드러내고 싶었다. 세상이 어떻게 평가하든 그건 그리 중요하지 않을 것 같았다. 오히려 자신의 의지가 중요할 것이었다. 자신의 의지를 어떻게 행동화하고 실현하느냐에 따라 세상의 평가도 달라질 것이었다. 당장은 아닐지라도 훗날 세상은 오늘의 자기를 평가할 것이었다. 따라서 과거에 연연하지 말고 미래를 향해 오늘을 살 수밖에 없다는 생각이 들었다.

영은 구명석의 건의를 받아들여 그 마을에서 닷새 동안 머물면서 발을 치료했다. 그리고 그 닷새 동안 자신이 할 수 있는 일들을 찾아봤다. 무위도식하며 도망자로 평생을 살 수는 없었다. 백성들과 마찬가지로 땀을 흘리며 살고 싶었다. 현실을 직시하며 주어진 상황에 맞게 살아야 했다. 이제 자신은 더 이상 태자가 아니었다. 그냥 생활인이 되어야 했다.

영은 냉정해지려고 노력했다. 이제 고구려 땅에 영이 마음 놓고 숨 쉴 곳은 없었다. 고구려는 이미 중실씨의 천하라 해도 과언이 아니었고 그런 만큼 그들의 마수는 언제든 뻗힐 수 있었다. 영이 죽지 않는 한, 영의 목을 취하지 못하는 한 그들은 결코 멈추지 않을 것이었다. 그 엄중한 현실은 영 일행의 여정에 그림자보다도 확실하게 따라다녔다. 그럴 때마다 피하거나 도망치거나 곤욕을 치러야 했다.

을지광에게서 받았다는 바우의 금붙이를 쪼개 연명을 하며, 길에서 길로 이어지는 길 위에서의 삶을 영위한 지도 벌써 보름이 지나고 있었다. 사람들의 눈을 피해 인적이 없는 산길을 탈 수밖에 없었기에 한댓잠은 보통이었다. 사냥으로 뼈가 굵은 바우가 있어서 동사를 면했지 바우가 없었다면 벌써 얼어 죽었을지도 몰랐다.

그러나 전혀 소득이 없었던 건 아니었다. 산에서 산으로 이어진 산길을 따라 이동하며 새로운 사람들을 만났고, 그들의 삶을 통해 살아있다는 게 얼마나 큰 은혜인지를 깨닫기도 했다. 그들의 삶은 겉에서 볼 때, 이런 상황에서 왜 살까? 어떻게 살까?란 생각이 들 정도였지만 막상 그들은 전혀 그렇게 생각하고 있지 않았다. 격앙가擊壤歌에서 노래하듯, 태평성대는 아닐지라도, 해 뜨면 나가 일하고, 해 지면 들어와 쉬며 권력과는 상관없이 살아가는 그들은 그들에게 주어진 삶에 최선을 다해 살고 있었다. 집도, 옷도, 먹을 것도 변변치 않아 겨울을 못 넘기고 얼어 죽거나 굶어 죽을 수도 있었지만 그들은 그런 것을 크게 괘념치 않는 듯했다. 태어났으니 죽는 순간까지 최선을 다하고, 모든 걸 묵묵히 견디며 살고 있었다. 욕망이야 없겠는가만 큰 욕심 부리지 않고, 만족하는 삶 속에서 사람으로 살고 있었다.

특히 그들의 삶에는 시기, 질투, 모함, 권모술수 같은 부정적인 인간의 냄새가 나지 않았다. 그들은 사람들과 부대끼고 갈등하고 고민하기보다 주어진 환경에 적응하며 묵묵히 살고 있었다. 있는 것보다 없는 것이 더 많았지만 탐하거나 탓하지 않으며 살아가고 있었다. 청산에 그들이 살고 있는 게 아니라, 그들이 살고 있어서 그곳이 청산일 수 있다는 생각까지 들었다. 쫓기는 신세가 아니라면 모든 걸 다 내려놓고 그들처럼 살고 싶을 정도였다.

"우리 다 내려놓고 여기 살믄 어떻갔네?"

그래서였을까? 닷새간 발을 치료하고 저녁밥을 기다리다 영은 자신도 모르게 불쑥 말해버렸다. 그 말을 듣는 순간 구명석이 깜짝 놀라며 영을 쳐다봤다. 그러나 누구도 쉽게 입을 열지는 않았다. 영의 의중을 파악하기 위해 쳐다볼 뿐이었다. 그게 부담스러워 영은 말을 이었다.

"초동급부의 삶도 살만하다 이 말이디."

"전하, 어띠 기런 말씀을……. 소신들이 어떻게든 방도를 탖아볼 테니낀 됴금만 기다리시라요."

명이가 자세를 고쳐 앉으며 고개를 숙이자 구비도 꿇어앉았다.

"와 이럼매? 내래 힘들어서 기런 게 아니야. 이데 힘든 건 없어야. 기냥…… 다 내려놓고 무지렁이로 사는 것도 의미가 있갔다 싶어 디나가는 소리로 한 기야."

영이 변명처럼 말을 마치자 화가 난 사람처럼 바로 석권이 받았다.

"사실 소신도 기런 생각을 여러 번 했드랬습네다."

석권의 말에 구비와 명이가 왜 이러냐고 힐난의 눈빛을 보냈다. 구비는 아예 석권의 아랫도리를 잡아당기기까지 했다. 그러나 석권은 물러설 뜻이 없어 보였다. 기왕에 말을 뱉었으니 굽을 보려는 듯했다.

"와 이러네? 내래 못 할 말 했네."

그렇게 구비와 명이를 눌러놓고 말을 이었다.

"마음 같아선 디금 당장이라도 눌러앉고 싶디오. 눈보라 속을 헤맨 거이 벌써 보름을 넘고 있고, 풍찬노숙風餐露宿한 거이 벌써 얼맙네까? 손발은 얼어터디고 낯은 이 모양인데 누군들 기러고 싶디 않갔습네까? 기러디 않는 놈이 이상한 놈이디요. 기런데 뎌 간나 중실 독속들이 우릴, 태자 전하를 가만히 놔둬야 말이디요. 방방곡곡, 두메산골까디 난리를 펴놔서 우리가 마음 놓고 숨 쉴 곳은 없디 않습네까? 기래서 이 고생을 하는 거이 아닙네까? 긴데 어뚷게 기런 말씀을 하십네까? 아지와 소옹의 희생이 그렇게 가벼운 것입네까? 이뎨 현실을 딕시[直視]하시라요. 태자 전하래 개인만 생각하디 말라 이 말입네다."

석권은 가슴 속에 묻어두었던 말들을 서슴없이 파내었다. 그리곤 몸을 휙 돌려 밖으로 나가버렸다.

"전하, 석권이래 흥분해갔구……."

명이가 영을 달래려하자 영이 재빨리 명이의 말을 막았다.

"아니야. 석권의 말이래 하나도 그르디 않아. 그르기는커녕 천만 번 타당한 말이야. 기러니 석권이래 댤못이 아니디. 모두 나 때문에 생긴 일 아니네. 기러니 날 달래려 하디 말라. 석권을 비난하디도 말고."

영은 석권이 서운하기보다 오히려 고마웠다. 석권은 울고 싶어 못 견뎌하는 자신의 뺨을 때려준 격이라 할 수 있었다. 자신의 고민과 갈등을 정리해서 속 시원히 뱉어준 것이었다. 석권이 말을 듣게 되자 막힌 속이 뚫리는 듯했고, 목에 걸렸던 가시가 뽑힌 듯했다.

그러나 뺨을 때려준 석권이 마냥 고마울 수만은 없었다. 뺨을 때리는 것까진 좋았는데 너무 아팠다. 뺨만 얼얼한 게 아니라 골마저 흔들렸는지 머리마저 아뜩할 정도였다. 해서 영은 구비와 명이의 어떤 말도 듣고 싶지 않았다. 그들의 말을 들으면 겨우 다잡은 마음이 흔들릴 것 같았다.

"……."

영의 말에 구비와 명이가 입을 다물었다. 그들도 석권과 다르지 않을 것이었다. 다만 말로 표현하지 않았을 뿐. 석권은 말로 표현하였고, 그들은 말로 표현하지 않은 것이 다르다면 다를 뿐이었다.

"아무 말도 하디 말라. 기게 석권과 나를 위하는 길이니낀."

두 사람의 입을 막아놓고 영은 두 신하를 찬찬히 살펴보았다.

두 사람은 지금껏 보아왔던 구비와 명이가 아니었다. 몇 달 사이에 몇 십 년이나 늙어있었다. 한 오십쯤 난 늙은이처럼 보였다. 몰골도 말이 아니었다. 태자를 모시는 신하가 아니라 왕초를 따라 구걸하는 거지들이나 다름없어 보였다. 형형한 눈빛만이 거지와 달라 보일 뿐이었다.

"바우래 어딨네? 밖에 있으믄 들오라."

영은 바우를 찾았다. 저녁 준비에 바쁘겠지만 더 늦기 전에 자신의 뜻을 알려야 할 것 같았다. 쇠뿔도 단김에 빼라지 않았던가.

영의 부름을 받은 바우가 손을 모은 채 문 앞에 서자 영은 드디어 자신의 뜻을 바우에게 알렸다.

"바닷가로 가는 길을 알아보라."

바우가 말을 잘못 들었나 하는 표정으로 영을 바라다봤다. 그러자 영이 다시 확인시켜 주었다.

"소금을 만드는 바닷가 말이야."

영은 장승처럼 서 있는 바우에게 자신의 뜻을 알렸다. 아니, 구비와 명이에게 들으라고 하는 말이었다.

영의 말에 바우뿐만 아니라 구비와 명이도 황망한 눈빛으로 영을 바라다봤다. 그러자 영은 입을 앙다문 채 손을 들어올려 구비와 명이를 막았다. 더 이상 아무 말도 하지 말라는 뜻이었다.

신하들은 어찌 생각할지 모르지만 영은 이미 마음의 결정을 내린 상태였다. 도망칠 곳이 없다면 태자란 신분을 벗어던지고 밑바닥 삶을 살아볼 생각이었다. 백성들의 삶을 몸소 체험하며 백성의 입장에서 새로운 뜻을 세우고 싶었다. 그러다 생각한 것이 소금 장사였다. 신분을 위장하는 데는 소금 장사만한 것이 없을 듯했고, 돈벌이도 될 것 같았다. 그리고 무엇보다 소금 장사를 핑계로 고구려 강역을 두루 돌아보고 싶었다. 그래야 국토애도 생길 것 같았다.

그러나 쉽게 자신의 뜻을 알릴 수가 없었다. 구명석이 반대할 게 너무나 뻔했다. 어쩌면 목숨을 걸고 덤빌지도 몰랐다. 해서 생각은 있었지만 표현하지 않고 있었는데 오늘 석권이 기회를 준 것이었다. 그리고 더 이상 물러설 곳이 없다고 인식하고 있는 이때가 아니면 다시 기회를 잡기 어려울 것 같아 명령을 내렸던 것이었다.

영이 소금의 중요성을 인식하게 된 것은 동굴에 숨어든 지 얼마

안 돼서였다. 다행히 증상을 빨리 파악한 구비의 도움으로 위기를 넘겼었다. 그때 영의 가슴 두근거림이나 팔다리 저림, 현기증은 염분 부족 때문이라고 구비가 말했었다. 구비의 진단에 따라 소금기를 보충해주자 얼마 후 씻은 듯이 나은 적이 있었다. 그때 영은 소금의 중요성을 인식하게 됐다. 그리고 소금 공급 체계에 문제가 있어 소금 값이 엄청 비싸다는 사실도 알게 됐고. 하여 영은 소금 공급 체계를 바꾸지 않으면 소금 품귀 현상은 계속될 수밖에 없다는 생각까지 했었다.

그러다 도망자 신세가 되어 산만 타고 넘다보니 산간지역엔 소금 값이 금값이어도 소금을 구하지 못해 애태우는 사람이 많음을 알게 되었다. 거리상으로는 바닷가와 멀지 않았지만 산간에 위치해 있어 소금 구입이 쉽지 않았기 때문에 나타나는 현상이었다. 하여 소금 장사를 하며 세상을 돌아보는 것도 의미가 있겠구나 생각했었는데 가라앉아 있던 그 욕구를 석권이 자극했던 것이었다.

영의 명을 받고 바우가 방을 나가자 구비와 명이가 반대의 목소리를 높였다.

태자의 몸으로 어떻게 그런 당치도 않은 생각을 하느냐고, 어떤 사람이 소금 장사를 하는지 아느냐고, 소금 장사는 목숨을 내걸지 않고서는 할 수 없는 일이라고. 자신들이 잘못 했으니 용서해달라고 말렸다. 말리는 정도가 아니라 영이 뜻을 바꾸지 않으면 앉은 자리에서 자결이라도 할 듯 덤볐다.

그러나 영의 생각은 달랐다. 힘든 노역으로 자신의 몸을 괴롭히고 싶었다. 그래야만 자신의 현재 처지를 잊을 수 있을 것 같았고, 도망자의 무력감에서 빠져나올 수 있을 것 같았다. 무기력하게 도망이나 치며 시간을 허비하고 싶지 않았다. 언제가 될지도 모르는, 될지도 말지도 모르는 환궁의 날을 무작정 기다릴 수는 없었다. 오늘 당장 죽는다 해도 살아있는 자의 사명을 다해야 할 것 같았다. 더 이상 도망 다닌다는 건 살아있는 자의 도리가 아닌 듯했다. 도망 다니며 만난 백성들, 악조건 속에서도 자신의 도리를 잃지 않고 살아가는 백성들에게 부끄럽지 않기 위해서라도 뭔가 의미 있는 일을 하고 싶었다. 아침에 도를 들으면 저녁에 죽어도 좋다[조문도 석사가의朝聞道夕死可矣]란 성현의 가르침이 없다 해도 하루하루를 알차게 엮어가고 싶었다. 그것이 선왕과 자신의 잘못을 백성들에게 비는 일이고, 그래야만 백성들을 똑바로 볼 수 있을 것 같았고, 도망자의 심적 고통에서 벗어날 수 있을 것 같았다. 가장 천한 일로 백성들에게 잘못을 비는 한편 백성들에게 꼭 필요한 소금을 공급해주고 싶었다. 그러면서 여러 곳으로부터 다양한 정보를 수합하여 중실씨들의 움직임을 파악한다면 그들의 공격에 효과적으로 대처할 수 있을 것이고, 여기저기 다니며 민심을 정확히 읽어낸다면 그만큼 환궁 시기를 앞당길 수도 있었다.

그런데도 구비와 명이는 그런 영의 마음을 보려지 않았다. 다른 사람은 몰라도 구비는 영의 마음을 알 것도 같은데 이 일만큼은 명이보다도 더 완강하게 반대를 했다.

"기럼 내래 어뜩하란 말이네. 이례 봄도 멀디 않았는데, 도망이나 다니며 허송세월하란 말이네? 기래도 딕금이야 을 대로가 바우한테 둔 금붙이며 소옹이 남기고 간 패물이라도 있디만 기걸 다 쓰고 난 후엔 어띠 할 거가? 돈은 없디, 먹고 살긴 해야 할 낀데 살아갈 방도가 없디 않네. 도덕딜을 하며 살 거가? 길티 않으면 길바닥에서 듁어야 옳은 일이가? 말해 보라."

영이 따져들자 구비와 명이는 아무 대답도 못했다. 그들이라고 다른 방도가 있을 리 없었다. 그 누구한테도 도움을 청할 수 없는, 자신들의 신분도 밝힐 수 없는 신세임을 그들이 누구보다 잘 알고 있지 않은가. 그런 상황에서 귀천貴賤을 따진다는 게 무슨 소용이 있겠는가. 살기 위해서, 살아남기 위해서는 천하고 남들이 꺼려하는 일을 할 수밖에 없었다. 그게 살아있는 자의 도리이고 살아남으려는 자의 의무였다. 천 길 낭떠러지에 떨어진 자가 어찌 신분 타령을 하며 이전의 삶의 방식을 고수할 수 있단 말인가. 우선 낭떠러지에서 벗어나기 위해, 주어진 상황에서 최선을 다하는 게 살아있는 자의 도리가 아닌가.

"아무리 기래도 소금 장사만은……."

구비가 무슨 말인가 하려는데 구비의 입을 막는 사람이 있었다.

"달 생각하셨습네다, 전하."

밖에서 듣고 있었는지, 아니면 때마침 들어오던 참이었는지 석권이 방으로 들어서며 구비의 말을 가로 잘랐다.

"딕금 상황에서 뭔 일을 못하갔습네까? 소금 장사가 아니라 똥당군이라도 지고 나서야디요."

그 말에 명이가 쏘아붙였다.

"돌주먹! 너 딕금 뭔 소릴 하는 거가? 어느 안면[眼前]이라고 기딴 흉한 소릴 하는 거가?"

"흉한 소리? 내래 한 말이 흉한 소리가? 기럼 굶어 듁어서 길바닥에 버려디면? 기건 흉하디 않고 보기 돟네? 어느 거이 더 흉한 거가? 딕금은 살아남는 게 우선이야. 살아남아야 흉한 것도 알고 귀천도 있는 거 아니네.”

“뎌 놈이 딕금 미뤘나? 어디서 망발이가.”

이번엔 구비였다. 구비가 석권을 노려보며 언성을 높였다.

“망발? 명신 탸리라! 딕금 듕한 거이 뭔데? 뭐가 듕한데? 살아남는 게 우선이야. 병법에서 가장 듕요한 게 뭔 둘 아네? 살아남는 기야. 살아남아야 다음 기회를 얻을 수 있고, 살아 있어야 내일을 꿈꿀 수 있는 거라고. 생각해보라. 뎐장[戰場]에서 패해 도망티는 자가 뭔 생각을 해야 하갔네. 오로디, 오로디 살 생각, 살아남을 생각만 해야 하는 기야. 살아남아야 다음이 있고, 살아있어야 다음을 기약할 수 있으니낀.”

“아무리 기래도 기렇디. 어띠 태자 전하께…….”

“시끄럽다, 이놈아. 기렇게 말귀가 어두워서리 어띠 태자 전하를 모시갔네. 넌 딕금 불튱[不忠] 듕에서도 가장 큰 불튱을 뎌지르고 있는 기야, 알간? 태자 전하께서 거부하시더라도 텬한 신분으로 위장시켜 사디[死地]에서 벗어나게 하는 게 신하의 도리거늘 어디서 알량한 부귀귀텬[富貴貴賤] 타령으로 시간을 허비하려는 거네. 기래서 너구 같은 놈들은 뎐장에 내보내디 않는 거야. 내보내봤댜 다 듁고 돌아오디 못하니낀. 딘뎡한 병법은 공격하는 것도, 방어하는 것도 아니야. 위기에 봉탁[逢着]했을 때, 패했을 때, 쫓기는 몸이 됐을 때 어뚷게 살아남을 건가를 생각하고 어뚷게든 살아남을 방법을 강구하며 살아남는 기야. 병법은 다른 게 아니라, 기게 병법이라고 이 멍충이들아.”

석권은 영이 있다는 것도 잊었는지, 부러 그러는지 평상시와는 달리 과격하고 거친 말들을 서슴없이 쏟아냈다. 구비와 명이가 계속 덤벼들면 돌주먹을 날리거나 메다꽂을 기세였다. 영이 없었다면 벌써 그랬을지도 모른다는 생각이 들 정도였다.

그런데 이상했다. 석권의 패악에 가까운 언동에 화가 나기보다 속이 시원했다. 혼자 끙끙거리며 정리해온 생각들을 석권이 영을 대신하여 말로 표현해주고 있기 때문만은 아니었다. 자신이 구비와 명이에게 하고픈 말을 대신해주고 있기 때문만도 아니었다. 석권은 명이와 구비에게 소리치고 있는 게 아니라 영에게 소리치고 있었기 때문이었다. 병법은 다른 게 아니라 살아남는 방법이라고, 똑바로 판단하고 행동하라고 재촉하고 있었다. 영의 가슴 속에 들어앉아 있기라도 한 듯 영의 말들을 쏟아내고 있었다. 그러니 속이 시원할 밖에.

"이제 됐으니 그만들 하라."

영이 드디어 입을 열어 구명석을 제지했다.

"내 뜻과 석권의 뜻은 같으니 석권은 날 따르고, 날 따르기 싫은 사람은 떠나라. 뜻이 다른데 같이 갈 수는 없는 노릇 아니네."

영은 이 말을 남기고 방을 나서 버렸다.

바람을 쐬고 싶었다. 찬바람 속에서 쉽게 꺾이지 않을 의지를 다지고 싶었다. 또한 자리를 비켜줌으로써 구명석이 의견을 정리할 시간을 줘야 할 것 같았다. 셋 중에 단 하나라도 엇나가거나 뒤로 물러선다면 자신의 존립근거는 그만큼 약화될 것이고 존재 자체가 불가능할 수도 있었다. 그러니 다투든, 물어뜯든, 치고 박든 셋이 의견 통일할 시간을 줘야 했다.

밖으로 나서자 찬바람이 확 달려들었다. 밤이 되자 낮 동안에 떠돌던 봄기운은 다 도망가 버리고 기세등등한 겨울바람이 다시 산골

마을을 휘젓고 있었다. 그러나 그 속에도 아주 미약하긴 하지만 훈기가 섞여 있는 것 같았다. 천도天道는 어김없이 겨울 속에 봄을 마련해놓고 있었다. 그러나 이곳에 봄이 당도하려면 아직도 서너 번의 고비를 더 넘겨야 할 것이었다. 그 고비만 넘기다보면 언제 왔는지도 모르게 봄은 와있을 것이고.

　날이 밝자마자 영은 바닷가로 출발하자고 재촉했다. 모두들 그 발로는 무리라고 말렸지만 못 들은 체했다. 지금 출발하지 않으면 혼자만이라도 가겠다고 고집을 부리자 결국 구명석도 물러섰다.
　서둘러 아침을 챙겨먹고 길을 나섰다. 도저히 안 되겠다 싶었는지 바우가 말 한 필을 급히 구해와 영 앞에 대령했다. 영은 잠시 망설여졌으나 두말없이, 바우가 권하는 대로 말 위에 올랐다. 어젯밤 겨우 마음의 틈을 봉합한 세 사람에게 말 문제로 소란을 떨기 싫었기 때문이었다.
　말에 오르자 바우가 말고삐를 틀어쥔 채 길을 잡았다. 바닷가가 어딘지는 모르지만 거기에도 사람들이 살고 있을 것이고, 사람들 눈이 있을 것이고, 그 중에는 중실씨의 눈들도 있겠지만 이젠 두렵지 않았다. 이제 더 이상 물러설 곳도 도망칠 곳도 없지 않은가.

　뱃머리에 살랑대는 봄바람은 여인네의 훈김처럼 사람을 설레게
했다.

　강둑을 따라 늘어선 버들가지는 벌써 봄빛이 겨운지 축축 늘어진
젖은 머리를 봄바람에 말리고 있었다.

　검붉은 대지에도 봄기운이 스며들어 새싹들을 밀어 올리는지 연
둣빛으로 술렁이고 있었다.

　높은 산엔 아직도 잔설이 남아 하얗게 빛나고 있는데 낮은 산엔
우중충한 회색빛 속에서도 연초록빛이 감돌고 있었다. 새순이 돋고
있는 게 분명했다. 남으로 많이 내려오지 않았는데도 국내성과는
다른 날씨를 보이고 있었다.

　바람만 없다면 답보라도 하고 싶은 날이었다.

　뱃머리에 앉은 지광은 봄빛으로 바뀌어가는 세상을 바라보고 있
었다. 계절은 어김없이 봄을 향해 아장아장 걸음마를 하고 있건만
계절과는 정반대의 삶을 살아야 하는 자신의 신세가 한스러워 봄빛
마저 서럽고 한스러웠다.

　사공 형제는 돛을 올리더니 조용히 고물에 앉아 있었다. 특히 형
은 어젯밤의 행각이 부끄러운지, 지광에 대한 두려움 때문인지 눈
도 마주치지 않은 채 배를 몰고 있었다. 아무래도 오늘 중에 지광
일행을 바닷가 마을에 내려주고 돌아가려는 모양이었다. 지광은 어
디라도 좋으니 바닷가 마을에만 내려달라고 했다. 바닷가에 내려주
면 그 다음은 알아서 하겠다고.

　지광은 뱃머리에 앉아 앞일을 생각해봤다. 그러나 어떤 것도 깊

이 생각할 수가 없었다. 바다에 대해서 아는 게 없었고, 바다에서의 삶에 대해선 더욱 아는 게 없었다. 그러니 뭘 깊이 생각할 수가 없을 수밖에. 다만 분명한 것은 지금까지와는 전혀 다른 삶을 살아야 한다는 것이었다. 무명의 늙은이로 살면서 아내나 며느리들, 그리고 아직 어린 손자들이나 보호하며 살아야 했다. 그게 자신에게 남은 과제였다. 자식들을 앞세운 박복한 늙은이가 할 수 있는 일은 이제 없을 것 같았다.

소옹과 아지, 그리고 태자 일행은 어찌 됐을까? 살아있을까? 그러나 지광은 고개를 저었다. 도주 계획이 중실휘에게 사전에 발각됐다면 한 사람도 살아남지 못했을 것이었다. 그의 성격은 지광도 잘 알고 있었다. 철저하면서 잔인하기까지 하여 그가 지나간 자리엔 풀도 돋지 않는다고 할 정도였다. 그래서 사람들은 계비보다 그를 더 두려워했다. 그런 그에게 걸려들었으니 살아있을 리 없을 것이었다.

애당초 태자를 우산에 숨겨둔 것부터가 잘못이었다. 아지가 찾아온 당일, 태자를 멀리 피신시켰어야 했다. 궁 안의 상황을 살펴볼 필요도 없었다. 선왕이 시해됐다면 계비와 중실씨들 짓이라 판단했어야 했다. 그러나 설마 자기 남편을 살해하랴 싶어 궁 안의 사정을 살피느라 때를 놓친 게 오늘의 상황을 만들고 말았다. 따라서 오늘의 상황은 모두 자신의 실책으로 인해 빚어진 결과였다. 그러니 하소연할 곳도 원망할 곳도 없었다.

또 하나. 태자를 굴 밖으로 피신시키려 했을 때도 자신이 직접 나섰어야 했다. 태자의 일이자 자신의 딸과도 관련 있는 일이니 자신이 직접 처리하겠다고 주장했어야 했다. 그런데 그러지 못해 일을 이 지경으로 만들어 버리고 말았다. 따라서 자식 셋 다 아비의 잘못된 판단으로 비명횡사한 것이었다. 그런 자식들을 생각하고 있노라니 강물에 뛰어들고 싶었다. 자식들에게 용서받을 수만 있다면 그렇게 하고 싶었다.

그러나 그리 하면 자식들이 용서하기는커녕 더 원망할 것 같았다. 일신의 편안함을 추구하기 위해 남은 가족들을 버렸다고 성토할 것 같았다. 그러니 죽는 것도 마음대로 할 수가 없는 처지였다.

"나으리 이제 곧 파도가 높아지는데 뒤쪽으로 물러나셔야 합네다."

조용히 키를 잡고 있던 사공이 지광에게 소리쳤다. 아닌 게 아니라 하류로 들어섰는지 강폭이 넓어져 있었고 파도도 높아지고 있었다.

"기래, 알갔네. 기런데 우릴 어디에 내려줄 참이네?"

"바닷가 마을에 내려달라고 해서 회포回浦에 배를 댈 생각입네다. 강과 바다가 만나는 곳인데 제법 사람들이 들고나는 데라 먹고 자기에 불편함이 없을 낍네다."

사공은 지광네 사정을 알 리 없으니 먹고 자기에 좋은 곳에 내려줄 생각을 하고 있는 것 같았다. 그도 그럴 것이 여섯이나 되는 식솔들을 먹이고 재워줄 곳은 많지 않을 것이었다. 그런 사공의 마음을 확인한 지광은 지나가는 소리처럼 한 마디를 던졌다.

"그럴 게 아니라 자네가 소개해준다면 아예 거길 찾아가갔네."

그러자 지금껏 잠자코 있던 동생이 말을 받았다.

"기러면 쇤네가 소개해도 되갔습네까?"

"누가 소개하든 무슨 상관이네? 우리 식구가 편히 쉴 수 있는 곳이면 되디……."

"기럼 회포 말고 당골 가까이에 배를 대시구래."

동생이 사공에게 말하자 사공이 언뜻 이해가 안 된다는 듯이 동생을 쳐다봤다.

"아, 와 거기 있디 않아요. 중실씨 등쌀에 무관직 그만 두고 바닷가에 사는……."

"기래서?"

"기래선 무슨 기래섭네까? 어젯밤 칼과 발을 쓰는 거 보디 않았시오? 분명 무관이고 가족들을 이끌고 오는 걸 보니 그 무관처럼 도성을 떠나온 사람이 분명합네다. 기러니 기 집에 안내해듀면 둏디 않갔시오? 어찌 쇤네 말이 그릅네까?"

지광은 잠시 망설여졌으나 중실씨 등쌀에 도성에서 쫓겨온 무관이라면 자신을 알디 모른다는 생각에 우선 그 무관의 이름부터 물어봤다. 그러자 형이 대답했다.

"참, 나으리, 당치도 않습네다. 쇤네 같은 놈들이 높은 분네들 이름을 어찌 알갔습네까? 이 놈이 주둥이가 가벼워 말을 함부로 했습네다."

"함부로 하긴 뭘 함부로 해?"

"주둥이 닥치디 못해? 그 분이 어떤 분이신데 함부로 입에 올려?"

"왜 못 올려? 중실씨 피해서 도성 떠난 사람이 어디 한둘인가? 내가 태워다 준 사람만도 열은 넘는데……."

"그 입 다물디 못해?"

"다물긴 왜 다물어? 어려운 사람 도와듀며 살아야디. 그 어른 이름이 그래, 마석, 마석이디 맞디?"

"그 입 좀 다물래도."

둘이 옥신각신하는 모습을 바라보다 지광은 놀라지 않을 수 없었다. 사공 동생의 입에서 마석이란 이름이 튀어나왔기 때문이었다. 만약 자신이 알고 있는 마석이 분명하다면 잃었던 동생 같은 이 하나를 다시 찾는 셈이었다. 그러나 신중해야 했다. 자신의 이름을 숨기고 마석이란 별명으로 살고 있다면 함부로 접근해서는 안 될 것이었다. 그래서 모른 체하고 동생에게 물어봤다.

"마석이라니? 사람 이름이 아닌 것 같은데?"

"아닙네다. 쇤네 배우딘 못했디만 한 번 본 거나 들은 건 잊디 않습네다. 마석이 분명합네다."

"생김은 어떻고?"

"나이는 이제 한 오십쯤 됐을 것 같고, 수염이 정말 많은데…….
기래, 왼쪽 뺨인가 오른쪽 뺨에 큰 덤 하나가 있었시오."

"뺨에 덤이라 했나?"

"예. 분명 있었시오. 아시는 분입네까?"

호기심이 동하는지 동생이 눈을 반짝이며 물었다.

"아니네. 모르는 사람이긴 한데 뺨에 덤이 있는 사람들은 보통 수염으로 가리는데 기걸 어떻게 봤네?"

"조금 전에도 말씀드리디 않았습네까? 배우딘 못했디만 보고 들은 건 잊어버리디 않은다고요."

"보고 들은 것뿐 아니라 살피는 능력도 대단한 것 같네. 아무튼 그 마석이란 사람에게 데려다 주갔나?"

"이를 말입니까요. 비슷한 사람끼리 어울려 살면 돟디 않습네까? 내래 중실씨들 하는 짓 보믄 기냥 콱!"

그러나 동생은 더 이상 말을 하지 못했다. 형이 재빨리 동생의 입을 막아 버렸기 때문이었다.

"나으리, 철이 없어서 기러니 너그럽게 용서해 듀십시오. 자꾸만 잔소릴 해도 안 되길래 여자 하날 닮아다 주막에 박아뒀는데, 어젯밤에 죄짓는 바람에 그만……. 배에만 오르면 이 난리를 치니 형인 저로서도 어쩔 수가 없습네다. 용서하십시오."

"아닐세. 일 없으니 그냥 놔두게. 기래, 자네 이름은 뭔가?"

"배나 모는 사공 주제에 이름이 어딨습네까? 기냥 작은놈입네다."

"기런가? 기럼 내래 자네 이름을 지어주갔네. 괜찮갔나?"

"괜찮다마다요. 쉰네야 감지덕지입죠."

"기래. 기럼 마석인가 하는 사람에게 안내 둄 해듀면 내가 약조한 배삯과 함께 자네 이름을 지어주갔네. 그리 해주갔나?"

"예. 기럼입쇼."

그렇게 해서 작은놈의 안내로 마석을 만나게 됐다.

마석은 버선발로 뛰어나와 절을 하더니 펑펑 울었다. 실종된 지 3년만이었다. 죽은 줄로만 알았던 마석, 송정무松精武가 살아 있던 것이었다. 마석磨石이란 별명은 어려서부터 돌을 갈아 무엇이든 잘 만든다고 해서 지광이 붙인 별명이었다. 그런데 그 별명을 자기 이름으로 삼아 숨어 지내고 있었던 것이었다.

마석과 인사를 마친 지광은 사공 형제를 불러들였다. 그리고 작은놈 덕에 마석과 만나게 됐음을 얘기하고 약속대로 배삯을 치른 후 작은놈에게 물었다.

"딕금도 내가 지어둔 이름 받갔네?"

"이를 말입니까요. 나으리께서 지어주신다면 평생 이름으로 삼갔습네다."

"기래, 기럼 광석으로 하세. 나의 이름 지광에서 광 자 하나를 따고, 마석의 이름에서 한 자를 따서 석일세. 어떻네? 마음에 드네?"

"저, 정말입네까? 광석이라 해도 되갔습네까?"

광석은 마석의 눈치를 살피며 물었다. 그러자 마석도 무슨 이유가 있으려니 생각하는지 고개를 끄덕였다.

"고, 고맙습네다. 이 은혜 평생 잊디 않갔습네다."

광석이 고개를 조아리는 것도 모자라 눈물까지 흘렸다. 그 모습을 바라보던 지광이 소리를 질렀다.

"그 대신!"

갑작스런 지광의 소리에 광석이 멈칫했다.

"내 이름과 마석의 이름을 함부로 발설하거나 불러서는 안 되네. 자네 이름에 우리 이름을 나눠준 것은 자넬 우리 두 사람의 아들로 삼갔다는 뜻이야. 기러니 아바디 이름을 함부로 부르거나 알리디 말라는 거네. 무슨 말인디 알갔네?"

"예. 명심하갔습네다."

"오늘 나에게 했던 것처럼 우리에게 꼭 필요하갔다 싶은 사람은 여기로 데려다 주게. 특히 열대여섯 살 난 아이와 스물대여섯 살 난 사람 셋이나 넷 또는 대여섯이 다니거든 유심히 살펴보게. 어른들이 아이에게 깍듯이 대하거나 아이가 어른에게 반말하거든 반드시 나에게 알려주고. 기렇게 해주갔네?"

"예. 알갔습네다."

"기래. 기리만 해듄다믄 나도 그에 상응하는 보답을 하갔네. 다시한 번 얘기하디만 자넨 이제 내 아들이자 마석 이 사람의 아들인걸 명심하게. 그리고 회포나 이곳에 올 땐 반드시 여기 와서 날 만나서 가고, 자고 가기도 하고……."

"예, 아바디들. 기렇게 하갔습네."

"기래. 기러고 기건 자네도 마찬가질세. 동생의 아바디니 자네 아바디이기도 하지 않는가? 어떻게 생각하네?"

"이를 말입네까? 우리 같은 무지렁일 사람 취급해듀는 것만도 고마운데 이렇게까디 해듀시니 몸 둘 바를 모르갔습네."

그렇게 부자의 연을 맺고 난 후 넷이서 한 밥상에서 밥을 먹었고 술도 마셨다. 지광과 마석은 두 사람을 아들 같이 대했으나 둘은 서먹해 했다. 그러나 술이 몇 잔 들어가자 정말 부자가 된 듯 광석 형제도 격의 없이 대했다.

지광은 광석 형제를 통해 태자 일행을 만날 수 있을 것 같은 예감에 모처럼만에 흥건히 취할 수 있었다.

# 해적 두목

60

고구려는 과연 '성城의 나라'라 할 만 했다. 추모왕께서 흘승골성에 도읍지를 정하고 고구려를 세운 이후 고구려는 성을 기반으로 성장한 나라라 할 수 있었다. 얼마나 성을 중시했으면 성을 뜻하는 '구루溝漊'란 말을 고구려라는 나라 이름으로 사용했겠는가. 도성 주변만 해도 환도산성, 패왕조산성, 하고성, 오녀산성, 고검지산성이 있었고, 고검자산성, 태자성, 구로성, 흑구산성이 있었다. 그리고 북방을 경계하는 지안산성, 구로성, 오룡산성, 철배산성, 연주성, 고이산성 등이 버티고 있었다.

소금을 싣고 지나는 길에 흘승골성을 살펴본 영은 고구려란 나라의 기반을 보는 듯 가슴이 벅찼었다.

800척 높이의 바위 산. 서남과 동북쪽은 조금 낮지만, 동남쪽으로 큰 골짜기가 있는 데다 서·북·동쪽이 50척에서 100척 이상의 절벽으로 둘러싸여 있어 말 그대로 천연요새였다. 그 위에 남북으로 세 마장, 동서로 한 마장의 성을 쌓았으니 그 어떤 힘에도 무너지지 않을 것 같았다.

그러나 한편으로는 그런 견고한 나라를 제대로 다스리지 못한 선왕과 자신의 무능이 돋보이기도 했다. 선대왕들이 피땀을 흘리며 그렇게 강한 성을 쌓아 외적을 막아줬는데도 내부의 적을 맞지 못해 무너진 선왕과 자신. 제 아무리 강한 성으로 외적을 막는다 해도 내부를 철저히 단속하지 못하면 성은 아무 소용도 없음을 보여주고 있었다. 망진자호야亡秦者胡也에서 호胡는 오랑캐가 아닌 간신 조고에게 놀아나 나라를 망하게 한 호胡가 아니었던가. 또한 제 아무리 강한 성이라 할지라도 그 성을 방비할 백성이 없다면 아무 소용이 없기에, 그 어떤 성보다 백성이 가장 위대한 성임을 깨닫는 계기가 되기도 했다.

영은 일행을 데리고 성과 성으로 이어지는 고구려 강역을 소금을 싣고 두루 돌아다녔다. 국내성 뒤쪽에 있는 우산禹山을 떠난 지도 벌써 2년이 지나고 있었다. 그 사이 영은 소금 장사로 많은 이윤을 남겨 재물도 얼마간 모았다.

그러나 소금 장사는 정말 아무나 할 수 있는 일이 아니었다. 소금을 구하는 일에서부터 적재, 보관, 운반, 판매까지 어느 하나 만만한 게 없었다. 또한 날씨가 도와주지 않으면 쪽박 차기 딱 좋은 장사가 소금 장사였다. 소금 값이 비싼 이유를 알 만했다.

소금 장사를 할 결심으로 산골 외딴집에서 바닷가로 길을 잡은 게 3월 보름께였다. 그리고 산길을 타고 바닷가에 닿은 것은 4월 초였다. 보름 가까이 길 위에서의 나날을 더 보낸 후였다.

그러나 뚜렷한 목표와 지향점이 있었기에 그리 힘들지는 않았다.

갈 곳이 있고, 그곳을 향해 가고 있다는 심리적 안정감 때문이었다. 갈 곳 없이 떠돌아본 사람만이 아는 그 안정감과 위안은 길 위에서의 삶을 견디게 하는 힘이었다. 그곳에 더 큰 고민과 갈등과 위기가 도사리고 있다 해도 가야 한다는, 가고야 말겠다는 힘을 내게 하는 그 무엇이었다.

고비와 위험이 없었던 건 아니었다. 빙판에 미끄러져 넘어지고 나뒹굴기도 했고, 때늦은 폭설로 길을 잃기도 했다. 눈보라 속을 헤매다 하마터면 낭떠러지에 떨어질 뻔도 했다. 그뿐이 아니었다. 산길로만 이동하다 범을 만나기도 했다. 사냥으로 다져진 바우와 무예 고수인 석권이 있었기에 무사히 넘겼지 아찔한 순간이었다. 그러나 도적떼를 만나지 않은 것은 행운 중이 행운이었다. 날이 추워서 그랬는지, 나라가 태평해서 그런지는 모르지만 도적떼와 조우한 적은 없었다. 그건 마을이나 인가를 만날 때마다 각종 정보들을 재빨리 물고 와 구명석에게 알린 바우의 덕인지도 몰랐다. 바우가 물어온 정보들을 분석하여 방향을 결정하고, 길을 잡고, 마을을 찾고, 안전한 집에 머물며 떠날 때를 결정했으니까 말이다. 하여 자신에게 바우를 보내준 을지광에게 감사하지 않을 수 없었다. 어쩌면 을지광은 이런 날을 예감하고 바우를 보냈을지도 모른다는 생각이 들 때면 감사의 마음은 커져만 갔다.

힘들 게 도착한 소금골이라 부르는 바닷가 마을은 생각보다 규모가 컸다.

움막이나 몇 채 지어놓고 소금이나 말리고 있으려니 생각했는데 100여 호가 넘는 집들이 즐비해 있었고, 번듯한 집들도 여러 채 있었다. 나중에야 안 사실이지만, 그곳은 소금골이 아니라 소금골 옆

에 있는 회포回浦란 곳이었다. 고구려의 동맥과도 같은 패수와 바다
가 만나는 곳으로 인근에서 가장 큰 포구였다. 소금골로 가는데 묵
을 곳이 필요하다고 하자 사공이 객사가 있는 그곳에 내려준 것이
었다. 마땅히 묵을 곳도 없는데 마침 잘 됐다 싶어 며칠 묵기로 하
고 객사에 들었다.

바우와 명이, 구비는 그날부터 마을을 살피러 다녔고, 석권은 만
일을 대비해 영 곁을 지켰다.

그리고 객사에 든 지 사흘 만에 마을 끝자락에 있는 집을 얻었다.
바우가 수소문 끝에 찾아낸 집으로 구비와 명이가 괜찮은 것 같다
고 하여 얻은 집이었다.

집을 얻자 바로 새 집으로 자리를 옮겨 앉았다. 사람들이 들락거
리는 객사에 오래 머물 수 없었고, 객사에 오래 머물다 신분이 노출
될 수도 있었기에 잠시도 지체할 수가 없었다.

집을 구하고 가재도구들이 얼마간 갖추어지자 바로 소금 구매에
착수했다. 바우의 금붙이며 소옹의 패물들을 처분하는 일에서부터
소금 구매는 시작됐는데, 비록 바닷가 마을이었지만 회포를 드나드
는 상인들이 많아 생각보다 쉽게 현금화할 수 있었다. 그러나 소금
을 구매하는 일은 생각처럼 만만치 않았다.

소금이란 여름 한철에 말리는 것이라 여름에 구입해서 보관해두
어야 하는데 봄철이 소금 구하기가 가장 힘든 때라고 했다. 더군다
나 작년 여름엔 비가 많이 와서 소금 생산량도 적었고, 생산량이
적다보니 기존의 소금 상인들도 소금 확보에 어려움을 겪고 있다
고. 또한 여름까지 기다린다 해도 올여름에 거둔 소금은 당장 출하
할 수는 없다고 했다. 올해 거둔 소금은 물기가 많고 무거워 운반이

힘들뿐더러 간수를 제대로 빼지 않은 소금은 제값을 못 받는다는 거였다. 결국 올여름 소금을 거둘 때 사두었다가 내년부터 소금 장사를 해야 한다는 말이었다. 그러나 내년까지 기다릴 수는 없었다.

한 곳에 오래 머무는 것도 위험했지만, 중실씨의 동태를 파악하기 위해서는 움직여야 했다. 고인 물은 썩기 마련이고, 한 곳에 머물다 보면 안주할 가능성이 높았고 그만큼 새로운 정보에 어두울 수밖에 없었다. 정보와 민심을 파악할 요량으로 소금 장사를 시작하기로 한 이상 바로 실행에 옮기는 게 급선무였다.

"비싸기야 하갔디만 간수 뺀 소금을 살 방도는 없네?"

하루 종일 헛걸음만 쳤는지 무거운 발걸음으로 돌아온 바우와 구비, 명이에게 영이 물었다.

"탖아보진 않았디만 기건 어렵디 않을 겁네. 길티만 너무 비싸서리 이문이……."

명이가 대답하다 말고 무겁게 입을 닫았다.

"기건 괜탾아. 우리한텐 이문보다 앞세워야 할 게 있디 않네. 본격적인 장사래 내년부터 한다 해도 딕금 움딕여야 하디 않간? 기러니 이문보다 하루라도 빨리 장사 시작할 방도를 탖아보라."

"예, 전하. 분부대로 거행하갔습네."

그렇게 해서 다음날부터 간수 뺀 소금을 사들였고 보름 만에 봄 장사를 나설 수 있었다. 장마 들기 전에 소금을 팔고 돌아올 계획으로 회포에서 소금을 가득 싣고 강을 거슬러 올라갔다.

첫 장사는 예상했던 대로 별 재미를 보지 못했다. 간수 뺀 소금을 비싼 가격에 구입했기 때문이기도 했지만 판로를 찾지 못해 손해보는 곳도 있었다. 또한 소금은 다른 물품들보다 무거워 수송비가 많이 드는데, 수송비나 수송 체계를 제대로 파악하지 못했기에 이문이 적을 수밖에 없었다. 손해를 보지 않은 것도 다행이라 할 만했다. 그런데 정상적인 수송 체계만 갖춘다면 소금 장사는 해볼 만한 장사였다. 구입한 가격의 네 배에서 다섯 배, 심지어는 열 배까지 이문을 남길 수 있었다. 거부를 꿈꿀 수 있는 장사였다. 한漢나라가 왜 염철회의鹽鐵會議까지 하면서 소금을 국가가 통제하려 했는지 이해가 됐다. 『염철론鹽鐵論』에 언급되고 있다시피, 소금을 국가가 통제한다면 국가 재정을 확충할 수 있을 뿐만 아니라 그 재정으로 변방경비를 보충하고도 남을 만했다. 소금은 그만큼 돈이 되는 물품이면서 농간부리기 좋은 물품이었다. 그런 소금을 국가가 관리한다면 효율적인 유통망을 확충하여 상인들의 농간을 막을 수 있고, 적정가격으로 소금을 공급할 수 있을 것이었다. 그러나 한나라를 제외한 다른 나라는 아직까지 소금에 대해 그리 크게 생각하지 않고 있는 듯했다. 영이 소금 정책을 제일 먼저 시행하리라 다짐한 이유는 그 때문이었다.

그러나 소금 장사는 함부로 할 수 없는 장사이기도 했다. 비라도 만나면 소금을 헐값에 팔아넘겨야 했고, 그마저 제때 팔지 못하면 비에 다 씻겨 보내야 했다. 본전은 고사하고 빈털터리가 될 수 있었다. 또한 해안가에서 내륙으로 소금을 싣고 이동해야 하니 도적이나 맹수들과 마주치지 않을 수 없었다. 이문은 고사하고 목숨마저 위태로울 수 있었다. 그래서 소금 장사는 잘 하면 대박이요, 못하면 쪽박이란 말이 돌 정도였다. 그렇게 위험부담이 큰 소금 장사를 상인들이 할 리 없었다.

소금 장사를 꺼려하는 이유는 또 있었다. 소금 장사는 생필품인 소금을 공급해주는데도 사람들로부터 무시와 괄시를 당하기 일쑤였다. 떠돌이 장사꾼이란 이유였다. 그래서 입에 풀칠하기 어려운 하층민들이 주로 담당하고 있었다. 그런 인식과 유통 구조가 소금의 유통을 막고 소금 값을 터무니없이 비싸게 만들고 있었다.

그런 상황을 파악한 영은 소금 장수들과 연합해 상단을 꾸려 소금을 공급하기로 했다. 비가 많아 소금 유통 및 공급이 어려운 여름, 눈과 얼음으로 이동하기 어려운 겨울은 피하기로 했다.

봄에 간수가 잘 빠진 소금을 실어다 판 후 여름 동안 바닷가로 돌아왔다. 그리고 여름 동안 생산해낸 소금은 저장해두며 간수를 빼고, 작년 여름에 저장해둔 소금을 가을에 실어다 판 후 겨울을 이용해 돌아오는 방식을 취했다. 물론 바다로 돌아올 때 빈손으로 오는 건 아니었다. 산간과 평야지대의 물산들을 거둬다 바닷가에 공급했다. 주로 곡류와 피혁, 옷감, 약재 등이었다.

봄과 가을 두 차례의 행상으로 영 일행은 제법 많은 돈을 모을 수 있었다. 운이 좋았는지 날씨가 골랐고, 상단으로 이동해선지 도적이나 맹수와 부딪치지도 않았다. 그래서 영의 상단은 요동지역에서 제법 알려지게 되었다.

그러나 무엇보다 영을 기쁘게 한 건 태자란 굴레를 벗어버리자 새로운 삶을 살 수 있게 됐다는 점이었다. 일반민중도 아닌 하층민과 어울려 살았지만 삶의 의미를 새롭게 느끼게 되었다.

먹고 사는 게 최우선 과제인 그들은 내일보다 오늘을 중시했고, 말보다 행동을 앞세웠다. 그리고 순수하고 순박한 마음으로 사람의 정을 나눌 줄 알았다. 암투와 권모술수가 난무하는 권력층과는 달랐다. 주어진 삶에 최선을 다하는 그들의 모습은 건강함 자체였다.

그 건강함이 바로 고구려의 힘이었다.

영은 그 고구려의 힘을 바탕으로 무언가를 할 수 있을 것 같았다. 무력이 아닌 민초들의 응집된 힘을 기반으로 한다면 건강한 나라를 만들 수 있을 것 같았다. 그래서 하루도 빠짐없이 사람들을 만나고, 사귀고, 정을 나눠갔다.

61

가을 장사를 마치고 돌아와 봄 장사를 준비하던 영 일행은 뜻하지 않게 해적과 마주치게 됐다.

그날도 구명석을 대동하고 다른 소금 장수들과 함께 소금 창고에 갔는데 소금 창고 앞이 난장판이었다. 염전 주변에 하얗게 널려 있는 것은 눈이 아니라 소금이라는 사실을 아는 데는 오랜 시간이 걸리지 않았다.

창고에 뛰어가 보니 아무도 없었다. 이상한 일이 다 있다 싶어 창고를 나서는데 한 떼의 장정들이 길을 막았다. 우락부락한 놈들이 칼과 창, 도끼로 무장해 있었다. 열 명 남짓의 인원이었다. 해적이구나란 생각이 드는 동시에 구명석이 영을 둘러쌌다.

"누구네? 누군데 남의 소금 창고를 다 뒤집어 놓았네?"

"꼬맹이가 나이가 어려서 기러네? 보고도 모르면 우리래 어뜧게 말로 하갔어?"

칼을 든 채 앞에 선 놈이 주절거렸다.

"이놈! 어디서 주둥일 함부로 놀리느냐? 니 눈깔엔 기냥 꼬맹이로 보이네?"

석권이 고함을 질렀으나 놈들은 꿈적도 하지 않았다.

"이건 또 무슨 개뼉다귀 같은 소리네? 기냥 꼬맹이가 아니믄 도 망친 태자라도 된단 말이네? 기러면 황금 한 관짜리구만 기래."

놈이 비아냥거리자 주변에 있던 다른 놈들이 일제히 웃어젖혔다. 그러나 영 일행은 웃을 수가 없었다. 자신들의 정체가 탄로날 수 있는 상황이라 어떤 말도 할 수 없었다. 더군다나 다른 소금장수들도 곁에 있어 더욱 조심스러울 수밖에 없었다. 그들이 자신들의 정체를 알아내 밀고라도 한다면 또다시 도망자 신세로 전락해야 했다.

또한 영과 구명석은 칼을 소지하고 있지 않았다. 소금 장사를 시작한 이후 칼을 소지하고 다니지 않았다. 장사를 나갈 때는 만약을 대비하여 소금수레에 숨겨두고 다녔지만 바닷가에서는 신분을 감추기 위해 칼을 소지하지 않고 있었다. 그러니 무장한 해적을 상대로 싸움을 할 수는 없었다.

"이 분은 비록 나이는 어리디만 우리 상단의 행수요. 기래서 소금을 사러 여기 온 거요. 기러니 묻는 말에 대답이나 해주시오."

영 일행이 입을 다물고 있자 소금장수 중 가장 연장자가 말을 붙였다.

"기래? 기럼 이 꼬맹이가 우리 소금을 팔아먹는 놈이구나야. 기럼 잡아가야디. 잡아가서 꼬추를 따 버려야 우리 소금을 팔아먹디 않디."

"누가 소금 주인이란 말이네? 피땀 흘리며 소금 만드는 사람이 소금 주인이디 너들 같은 놈들이 어쩨 소금 주인이네?"

석권이 다시 언성을 높였다. 그러자 앞에 섰던 놈이 칼을 내밀어 석권의 목을 겨눴다.

"뚫린 주둥이라고 함부로 놀리디 말라. 저 바다래 다 우리 꺼인데 우리가 소금 주인이디 누가 소금 주인이갔네?"

"어찌 저 바다가 네들 꺼란 말이네?"

그 말과 동시에 육중한 칼이 움직였다. 그러나 동작이 너무 크고 굼떠서 눈에 보일 정도였다. 그 순간을 이용해 석권이 다리 공격을 하자 놈이 벌러덩 넘어졌다. 그와 동시에 놈의 쥐고 있던 칼을 빼어 놈들을 향해 겨누었다.

순식간에 일어난 일이라 주변에 섰던 해적들도 어안이 벙벙한지 주춤 뒤로 물러섰다.

"목숨이 아깝디 않은 놈부터 덤비라. 단칼에 목을 쳐듈테니."

석권이 칼을 겨누며 소리를 지르자 놈들은 겁을 먹었는지 함부로 덤비지 못했다. 그러나 해적은 해적이었다. 잠시 주춤하는가 싶더니 석권을 향해 덤벼들었다.

석권은 방어만 할 뿐 공격은 하지 않았다. 놈들이 해적이 맞다면 다른 인원이 더 있을 것이었다. 그들이 한꺼번에 몰려든다면 아무도 살아남을 수 없었다. 그래서 놈들에게 만만한 상대가 아님을 알려주는 것만으로 싸움을 정리하고 싶었다.

놈들은 힘으로 덤벼들긴 했지만 무기를 다루는 솜씨는 형편없었다. 무게 중심을 무너트리기만 하면 여지없이 나가 떨어졌다. 가끔씩 급소를 노리고 덤벼들 때도 있었지만 공격이 굼떠 피하는데 어려움이 없었다.

그렇게 일대다의 싸움이 계속되고 있는데 한 무리가 뛰어왔다. 그러나 곧바로 덤벼들지 않고 싸움을 구경하고 있었다. 맨 앞에 선

자가 손으로 막았기 때문이었다. 그렇게 한 동안 일대다의 싸움을 바라보던 앞에 선 자가 마침내 소리를 질렀다.

"그만하라! 모두 물러나라! 내가 처리하갔다."

그러더니 칼을 들고 석권 앞으로 다가갔다.

석권은 공격 자세를 취한 채 상대를 뚫어지게 쳐다봤다. 상대의 모든 것을 꿰뚫을 눈빛이었다. 그렇게 상대를 한참 노려보더니 석권이 마침내 소리를 질렀다.

"네 이놈! 네 놈이 누구길래 대무신왕께서 하사하신 보검을 갖고 있네? 네 놈이 직접 받은 칼이라면 어띠 그 칼로 백성들을 못 살게 구는 거네? 말해보라, 넌 누구네?"

순간 상대가 멈칫하는가 싶더니 석권에게 물었다.

"이 칼을 아는 너는 누구네? 누구길래 대무신왕께서 하사하신 칼을 아네?"

"하하하! 해적질이나 하는 놈이 칼의 내력은 알고 있구만 기래. 기렇다믄 건위장군 을지광을 아네?"

"뭐? 을지광?"

상대가 하얗게 질리는 얼굴로 석권을 바라보았다. 그러자 석권이 말을 이었다.

"건위장군은 아는 모양이구나. 그 칼은 대무신왕께서 낙랑을 멸한 후 공이 있는 건위장군과 그 휘하에 있는 좌장군, 우장군, 위장군, 용양장군에게 내린 칼이 아니더냐? 그런데 어찌 소나 잡음직한 너한테 그 칼이 있단 말이냐?

석권은 말을 마치고 호탕하게 웃었다. 마치 상대가 가소롭다는 듯이. 그러자 상대가 더 위축된 표정으로 말을 걸었다.

"넌 도대체 누구네? 누길래 그런 사실을 낱낱이 아네?"

"해적질이나 하는 놈이 내가 누군지 알아선 뭐하갔네? 정 알고 싶다면 알려듀디. 내래 건위장군의 부관이었던 돌주먹 석권이다. 들어는 봤네?"

"뭐? 돌주먹 석권? 기러면 태자를 모시고 도망쳤다는 삼총사 석권 말이네?"

"해적 주제에 어디서 얻어 듣긴 한 모냥이구나. 기래, 내가 기 석권이다."

"기럼? 저 분이?"

그러더니 상대가 영을 향해 무릎을 꿇었다. 그리고 깊게 절을 했다.

"태자 전하! 소장 범포帆抱, 태자 전하를 뵙네다. 그간 백방으로 수소문했는데 탖딜 못했습네다. 소장 이제사 전하를 뵙게 됨을 용서하십시오."

그러자 해적들이 일제히 무기를 놓고 태자를 향해 고개를 숙였다.

모두들 놀라고 얼떨떨한 표정으로 영을 쳐다보았다. 그러나 영은 곤혹스럽기만 했다. 자신의 신분이 이렇게 드러나게 될 줄은 몰랐는데 우연찮게 드러났으니 이제 더 이상 숨길 수도 없었다.

"범포라면 선왕께서 정사에 관심을 안 둔다고 낙랑의 멸망을 흉내 내어 성루의 북을 찢어놓고 도망친 자네? 그런데 어찌 해적이 되어 백성들을 괴롭힌단 말이네?"

"전하, 죽을죄를 졌습네다. 사연이 기니 자리를 옮겨 말씀드리갔습네다. 다 듣고 난 후 판단하셔서 벌을 내려듀십시오."

범포가 꿇었던 무릎을 펴며 일어났다. 그러더니 뒤를 돌아보며 소리쳤다.

"뭣들 하네? 날래 태자 전할 모시디 않고!"

범포가 영을 향해 걸어왔다. 영을 호위하던 구비와 명이가 자리를 비켜주자 범포가 다가오더니 군례를 다시 올리며 말했다.

"소장 범포, 태자 전하를 뫼시갔습네다."

영은 혼란스러웠지만 일단 범포의 말을 들어봐야 할 것 같아 범포가 시키는 대로 하기로 마음먹었다. 영의 마음을 읽었는지 구명석도 조용히 영을 따랐다.

영 일행과 같이 왔던 소금 장수들은 정신을 놓은 채 그 모습을 바라보고 있었다.

62

범포의 이야기를 들은 영은 고민스러웠다. 범포가 성루의 북을 찢어놓고 도망친 것은 모두 선왕에 대한 충성심에서 나온 행위였다. 그렇게 행동으로 촉구하지 않으면 선왕이 바뀌지 않을 것 같아 낙랑 멸망의 상징인 북을 찢는 과격한 행동으로 선왕을 자극했던 것이라 했다.

그러나 모국인 고구려를 떠날 수는 없고 섬 속에 숨어들어 선왕이 바뀌기만 기다리고 있었다고. 그러다 선왕이 시해 됐고, 태자가 도망자 신세가 된 것을 알게 됐다고. 자신이 목숨을 걸고 선왕을 지키지 못한 걸 후회했지만 되돌릴 수 없음을 알고 섬에서 생을 마칠 생각이었다고. 그런데 새로운 소금 장사가 나타나 소금을 싹쓸이 해가는 통에 소금꾼이 소금을 공급해주지 않자 겁을 좀 주기 위해서 무력시위를 하던 중이었다고. 그렇게 말을 마치더니 범포는 영을 향해 간청하듯 말했다.

"기러니 이제 소장과 함께 섬으로 들어가십시오. 소장이 목숨을 바쳐 모시갔습네."

"기, 기건 좀 생각해보자우."

영은 선뜻 대답할 수 없었다. 너무나 갑작스러운 제안이었기 때문이었다. 아무리 뿌리 없이 떠도는 부평초 같은 삶이었지만 즉흥적이고 일시적 감정으로 거처를 정할 순 없었다. 또한 아무리 도망자 신세였지만 해적 두목이 될 수는 없었다.

범포의 제안을 거절하고 범포를 돌려보내긴 했으나 마음이 편치 않았다. 결정을 내려야 했기 때문이었다. 소금 장수들이 영의 정체를 안 이상 이곳에 오래 머물 수는 없었다. 어쩌면 벌써 소문이 퍼졌는지도 모를 일이었다. 소문이 퍼졌다면 어디로든 거처를 옮겨야 했다.

영은 구명석을 불렀다. 결정은 자신이 내려야 하지만 그들의 의견을 듣고 싶었다.

"최선은 아니디만 차선은 될 듯합네. 해적들이긴 해도 양민을 해치디는 않았고, 범포 장군이 세력을 잘 활용한다면 소금 장수보다 나을 수도 있을 것 같습네."

구비가 먼저 말하자 줄줄이 구비의 뜻에 동의하며 기렇습네다란 말을 뱉었다.

"아무리 도망자 신세지만 섬으로 들어가서 나보고 해적 두목질이나 하란 말이네?"

"기렇게만 생각할 건 아닌 거 같습네. 우리래 소금 장수를 하는 것도 다 민초들을 위한 것이듯 바다를 평안하게 하는 것도 민초들을 위한 길이 될 수 있습네다. 또한 대륙으로만 뻗어 나갈 게 아니라 바다로 뻗어나간다면 또 다른 영토를 개척하는 길일 수도 있습네다."

"소신도 명이와 뜻이 같습네다. 오늘 싸울 때 보니 힘은 장사였디만 무술은 약한 듯하니 그들에게 무술을 가르쳐 힘을 기른다면 중실씨와 대항할 수 있을지도 모릅네다. 을지광 대로의 행방을 모르는 이때 기렇게 힘을 길러둔다면 앞을 내다볼 수 있을 것입네다."

석권도 삼총사 아니라 할까봐 같은 의견을 내놓았다.

"바다도 우리 영토고, 어떻게든 힘을 길러야 앞을 내다볼 수 있다?"

영은 세 사람의 말을 곱씹어 봤다. 결코 틀린 말은 아니었다.

그러나 섬으로 들어간다는 것은 달랐다. 태자 자리를 완전히 포기해야 하는 일이었다. 그러지 않기 위해 소금 장사를 하면서까지 고구려 강역을 두루 돌아보지 않았던가. 내 나라 고구려를 결코 포기하지 않겠다는 뜻으로. 그러나 섬으로 들어간다면 궁궐이나 대륙과는 완전한 격리될 수밖에 없었다. 그리되면 소왕국의 왕은 될 수 있을지 몰라도 고구려의 왕은 포기해야 했다. 해적 무리에 지나지 않는 이들을 거느리고 대국 고구려와 싸울 수는 없는 일이었다.

영은 집 밖에 나가지도 않은 채, 밤잠을 못 자면서, 몇 날 며칠을 고민에 고민을 거듭했다. 그러나 결론을 낼 수 없었다. 섬으로 들어가는 건 소금 장사를 시작할 때와는 전혀 다른 문제였다.

그러나 그런 고민과 갈등도 오래 할 수 없었다. 대모달 중실휘의 명을 받은 두치의 무리가 영의 은신처를 향해 허연 먼지를 일으키며 달려오고 있었기 때문이었다.

# 섬을 향하여

63

　도망자 영이 요동반도의 끝자락 염전지대에 은거하고 있다는 보고를 받는 순간 휘는 놀라지 않을 수 없었다.

　어떻게 냇골에서 도망쳤는지는 중요하지 않았다. 아지를 제외한 나머지를 놓쳤으니 어딘가에 숨어 있을 것이란 예상은 하고 있었다. 그러나 북방으로 도망친 줄 알았었다. 부여나 숙신, 그도 저도 아니면 초원지대로 숨어들었거니 생각하고 있었다. 그래서 모든 감시의 눈을 북쪽에 맞추고 있었는데 전혀 예상하지 못했던 남쪽 염전지대에 숨어 있었다니 놀랄 수밖에.

　'허를 찔리고 있었구만……'

　휘는 당장 두치를 불렀다. 이제 도망자 영과 두치는 떼려야 뗄 수 없는 존재였다. 둘이 한 하늘 아래 공존할 수 없는 운명이었다. 둘 중 하나는 죽어야 했다. 그게 그들의 운명이었다. 그러나 영과 더 밀접한 관련이 있는 것은 바로 휘 자신과 태후였다.

두치는 단순한 복수심에서 태자에게 매달리고 있었지만 자신과 태후에게 영은 생과 사를 결정지을 수 있는 존재였다. 도망자 영이 살아있는 한 두 사람은 다리를 뻗고 잘 수가 없었다. 언제 나타나 자신들의 목숨을 위협할지 몰랐다. 그 위협은 자신과 태후에게 국한된 게 아니라 가문 전체에게 미칠 것이었다. 그가 왕궁으로 돌아오는 순간 중실씨는 멸족하고 말 것이었다. 그러니 어느 하룬들 마음 편할 날이 없었다.

그러나 영 일행을 찾고 없애는데 자신이 직접 나설 수는 없었다. 자신은 태후를 도와 아직 미진한 권력을 완전히 장악하고 그걸 공고히 다지기에도 바쁜데 도망자 몇을 쫓아다닐 여유가 없었다.

그런 자신을 대신 해줄 사람이 바로 두치였다. 두치는 자신에게 충격적인 패배와 실패를 안겨준 지광과 영에게 이를 갈고 있었다. 단순한 설욕을 노리는 게 아니었다. 지광과 영을 죽이지 않는 한 자신의 존재가치가 없다고 단정 짓고 있었다. 그런 그가 있는 만큼 휘가 직접 나설 필요가 없었다. 휘는 적당한 자극을 주고 그가 원하는 만큼의 군사만 지원해주면 됐다. 조그만 자극에도 그는 민감하게 반응했고, 휘가 미처 생각하지 못한 일까지 해결해주니 두치는 자신의 분신이라 할 수 있었다.

그런 두치 덕분에 자신은 조정 일과 도망자 추적을 동시에 수행할 수 있었고, 그 동시성으로 태후나 왕에게 신임을 얻고 있었다. 그런 능력으로 인해 불가능을 모르는, 어떤 일이든 맡기기만 하면 완수해내는 인물로 부상할 수 있었다. 사람 하나를 뽑아 제대로 활용한다는 게 얼마나 중요한 것인가를 너무나 잘 보여주고 있었다.

"도망자 영이 바닷가 염전지대에 숨어 있다는데……."

"예?"

두치도 휘만큼이나 충격을 받았는지 눈을 치뜨며 반문했다.

"구명석이래 영 곁에 붙어있으니 불가능한 일도 아니디. 기걸 염두에 뒀어야 했는데 기러딜 못했어."

"……."

유구무언. 지금의 상황에 가장 적합한 말이었다. 둘은 아무 말 없이 앉아 있었다. 충격으로 인해 자신들의 무능을 함부로 드러낼 순 없었기 때문이었다.

그러나 침묵은 그리 길지 않았다. 도망자가 은신하고 있는 곳을 안 이상 머뭇거릴 이유가 없었다.

"장군, 한 번만 기회를 더 듀십시오. 이번에는 실수 없이 도망자 영을 처리하갔습네다."

두치가 결의에 찬 목소리로 청했다. 두 번이나 실패했으니 휘가 믿지 않을지도 모른다고 생각했는지 목소리가 사뭇 비장했다.

그러나 휘는 선뜻 대답할 수 없었다. 두치를 못 믿어서가 아니었다. 영을 어떻게 처리할 것인가를 고민하고 있었다.

이제 영을 생포하거나 압송할 필요가 없었다. 그의 끄나풀들은 다 제거했으니 죽여야 했다. 현장에서 죽여 없애야 소리소문 없이 덮일 것이었다. 거기까지는 아무 문제가 없었다. 그러나 영을 죽이고 난 후에 어떻게 할 것인가가 문제였다. 두치에게 모든 걸 맡길 것인가, 목을 가지고 오게 할 것인가를 고민하고 있었다.

두치를 못 믿어서가 아니라 두 번의 실패가 거짓말을 종용할 수도 있었다. 더 이상 실망시키거나 못 믿게 해서는 안 된다는 중압감이 거짓말을 강요한다면 그로서도 어쩔 수 없을 것이었다. 그렇다고 대놓고 영의 목을 가져오랄 수도 없었다. 그건 두치를 못 믿겠다는 말이나 다름없었다. 그걸 어떻게 할 것인가가 고민스러웠다.

그러나 휘는 곧 결정을 내렸다. 믿지 못하면 맡기지 말고, 맡겼으면 믿는 게 맞을 것 같았다.

"기래. 도망자 영을 처리할 사람이 두치 자네 말고 뉘 있갔네. 기러니 비호처럼 날아가서 영을 없애라. 내래 자네한테 전권을 위임할 테니낀 알아서 텨리하라."

휘는 두치에게 통 큰 모습을 보이고 싶었다. 그건 어쩌면 중실씨의 공통적인 속성일지도 몰랐다. 통 큰 모습으로 상대를 끌어당기는 것보다 더 큰 흡입력을 가진 것 없을 것이었다. 그게 중실씨의 오늘을 있게 한 원동력이라면 원동력일 수 있었다.

"고맙습네다, 건위 장군. 소인 죽는 한이 있더라도 도망자 영의 목을 장군께 갖다 바치갔습네다."

"목까지 가져올 필요야……. 아무튼 모든 권한을 일임할 테니낀 자네가 알아서 텨리하라."

"예. 건위 장군!"

두치가 일어서서 군례를 올리더니 바로 나가려 했다.

"아니, 어딜 가네?"

휘가 어리둥절 물었다.

"바로 출발하갔습네다. 이런 일이 있을 걸 예상하고 미리 준비해 뒀습네다. 무사 다섯만 데리고 바로 도망자를 쫓아가갔습네다."

"기래도 준비라도 해야 않갔나? 인원도 너무 적어 보이고……."

"아닙네다. 도망 일행 중에 무길 다루는 사람이 하나뿐이니 다섯이면 충분할 겁네다."

"기래도 만약을 대비해 멧 명 더 데리고 가라. 그 사이 새 사람이 도망자 일행에 끼었을지도 모르니낀."

"알갔습네다. 기러면 다섯만 더 데리고 가갔습네다."

"기래, 기러게. 성공을 빌갔네."

두치가 다시 군례를 올리고 나갔다.

휘는 두치가 너무 서두르는 게 아닐까 하는 생각이 들었다. 도망자 영은 그리 호락호락한 인물이 아니었다. 외줄 위에 위태롭게 서 있는데도 요상하리만큼 떨어지지 않는 광대처럼 잘도 버티고 있었다. 떨어질 때쯤 되면 누군가가 줄을 잡아주거나 줄에서 내려주었다. 자기 목숨을 바치면서. 그래서 영은 늘 부담스러운 존재였고 두려운 존재였고 반드시 없애야 할 존재였다.

그러나 이제 영에게는 구명석뿐일 것이었다. 그중 영을 보호할 만한 사람은 석권뿐이니 영의 은신처를 찾아내기만 하며 다 잡은 거나 마찬가지였다. 그래서 두치가 다소 서두르는 맛이 있었지만 막거나 붙잡지 않았다. 두치의 충성심과 열의를 믿어주고 싶었다.

휘는 두치 일행이 말을 타고 뛰어나가는 소리를 들으며 노곤한 낮잠에 빠져들고 있었다. 실로 오랜만에 맛보는 노곤함과 달콤함이었다.

## 64

두치는 일행 열을 이끌고 말을 몰았다.

봄이라지만 아직 눈이 다 녹지 않아 미끄러운 데도 있었으나 조금도 속도를 늦출 수 없었다. 도망자 영이 눈치를 채고 다른 데로 도망칠지도 모른다는 생각에 조바심이 일었다.

국내성에서 말을 탄 게 해가 기울기 시작할 때였는데 날이 채 저물기도 전에 패수浿水에 당도했다. 40리가 넘는 길을 단숨에 달려온 것이었다.

말에서 내리자마자 배를 찾았으나 배가 없었다. 쪽배가 없는 건 아니었지만 장정 열한 명이 탈 만한 배는 보이지 않았다. 나루 주변에 물어보니 장정 열 명 이상 탈 만한 배는 저녁때나 당도할 것이라 했다.

하는 수 없이 나루 근처에 있는 주막에서 저녁을 먹었다. 저녁을 먹으며 배편을 물어보니 밤에 운행하지 않으니 하룻밤 묵어야 할 것이라 했다.

그 말을 듣는 순간 두치는 짜증이 치밀어 올랐다. 상대가 누군지도 모르면서 밤엔 운행하지 않는다는 말을 함부로 씨부리는 주막집 여자의 입을 찢어 버리고 싶었다. 자기 마음대로 배짱 장사를 하는 사공에 대한 반감 때문에 치솟은 감정인지도 몰랐다. 사공 주제에 밤이든 낮이든 배를 내라면 낼 것이지 자기 마음대로 운행시간을 결정한다는 게 괘씸했다.

'배를 띄우는디 안 띄우는디 두고 보라.'

두치는 하다 안 되면 사공을 위협해서라도 배를 띄우고 말겠다고 다짐하며 주막을 나섰다. 그런 그의 뒤에 대고 주막집 여자가 또 촐싹댔다.

"잘 데 없으믄 오슈. 봉놋방 비었으니낀."

생각 같아서 단칼에 베어 버리고 싶은데 참으려니 손이 부르르 떨렸다. 그러나 대사를 앞두고 물의를 일으키지 않으려니 속이 끓어 헛기침만 크게 하고 밖으로 나서 버렸다.

주막에서 나와 나루터에서 반 시진쯤 기다리자니 제법 규모가 있는 배가 다가왔다. 돛단배였다.

배가 나루에 닿았으나 내리는 사람은 없고 빈 배였다. 사공 둘만 타고 있다가 내리려 했다. 두치가 둘을 막아서며 말했다.

"내리디 말고 뱀 돌리라."

"……?"

"우릴 염전 지대까디 태워주라."

"딕금 말입네까?"

"기래. 딕금."

"날 어두워지는 거 안 보입네까? 밤듕에 어뜧게 뱀 몬단 말입네까?"

둘 중 젊어 보이는 이가 배짱 좋게 끼어들었다.

"삯은 달란 대로 듈 테니낀 날래 뱀 돌리라."

"기런 소리 마시구래. 돈도 똫디만 밤듕에 뱀 몰다 듁을 일 있습네까? 배가 무슨 평지 댕기는 마찬 듈 아십네까?"

역시 젊은 놈이 대차게 나왔다.

"바빠서 그러니 사정 뜸 봐달라."

"아무리 바빠도 기렇디. 우린 사람도 아닙네까? 목숨이 두 개 있는 것도 아니고……."

젊은 놈이 어기차게 대꾸하며 배에서 내리려 했다.

"내 말 안 들리네? 밸 돌리라 하디 않안?"

두치는 도저히 말로는 안 될 것 같아 칼로 위협까지 한 후 겨우 배에 오를 수 있었다. 툴툴 대는 젊은 놈이 거슬렸으나 대사를 앞두고 있어 꾹 눌러 참았다.

몇 번의 위험한 고비를 넘기며 염전골에 도착한 것은 다음 날 새벽이었다. 고생했다고 금덩이를 배 삯으로 주었으나 받는 둥 마는 둥 하더니 급히 배를 돌려 어디론가 떠나버렸다.

열 명 넘는 무사들이 두려워서 그러는 거겠거니 생각하고 배에서 내려 마을로 발을 옮겼다. 그런데 사공들이 어쩐지 찜찜했다. 자신들의 신분과 가는 곳을 알고 있는 만큼 살려 보내선 안 되는 게 아니었을까 하는 생각이 들었다. 만약 그들이 지름길로 가서 도망자 일행에게 알리기라도 한다면 일은 어그러질 수밖에 없었다. 그러면 또 실패였다. 거기에 생각이 미치자 다시 한 번 꼭 뒤끝을 남기는 자신의 일 매무시가 역겨웠다.

"날래 가자. 아무래도 아까 그 사공들을 살려듀는 게 아니었어."

그런데 문제는 그 다음이었다.

길을 재촉하여 나루에서 한참을 걸어봐도 마을이 보이지 않았다. 사공들의 말로는 서너 마장만 걸어가면 염전 지대라 했다. 그런데 5리를 넘게 걸어도 염전 지대는 고사하고 갯마을도 보이지 않았다. 산길만 뻗어 있었다.

"그 사공들한테 당했다. 여긴 염전 마을이 아니야."

두치는 왔던 길을 되돌아 나루로 가 보았으나 아무도 없었다.

"이런 젓을 담굴 새끼들! 그것들이 우릴 속였어, 우릴……."

두치는 화가 뻗쳐 말을 이을 수가 없었다. 이번에도 태자를 잡기는 그른 것 같은 예감이 들었다.

65

무사들을 염전골에서 한 참 위, 산을 서너 개나 넘어야 마을에 닿을 수 있는 율포栗浦 나루에 내려준 광석 형제는 곧바로 당골로 배를 몰았다. 태자가 위험하다는 걸 아버지들께 알려야 했다.

아직 날이 밝지 않았는데도 돛을 올리고 노를 저어 당골에 도착하니 벌써 해가 떠올라 있었다. 배를 대는 둥 마는 둥 해놓고 곧바로 마석 장군댁으로 뛰었다.

"아바디, 아바디, 일났습네다."

광석은 대문을 열 생각도 않고 담을 뛰어넘어 마석 장군댁 마당에 섰다.

"아바디, 일나시라요."

동새벽 때 아닌 소란에 마석 장군이 잠옷 바람으로 뛰어나오며 물었다.

"와 그러네? 무슨 일이네?"

"태, 태자 전하께서 위험합네다."

"……? 기, 기게 무슨 말이네?"

기겁을 하며, 도저히 이해하지 못하겠다는 듯 마석 장군이 물었다.

광석은 어제 겪은 일을 전했다. 하도 급해서 말도 잘 되지 않았지만 태자 전하를 죽이려는 무사들을 실어 나른 얘길 전했다.

"기래, 그 무사들은 어디다 내려줬네?"

"밤골로 넘어가는 율포에 내려줬습네. 기러니 날래 염전골로 가서 태자 전하를 피신시켜야 합네다."

그 사이 대문을 열고 들어온 형이 대답했다.

"기, 기래 알갔다. 내래 옷 갈아입고 나올 테니 을지광 장군께도 날래 알리라."

"예. 기럼."

광석이 몸을 날려 을지광 장군 댁인 뒷집으로 뛰었다. 그러나 광석은 을지광 장군 댁으로 갈 필요가 없었다. 을지광 장군이 새벽 소란을 다 들었는지 벌써 칼까지 든 채 뛰어오고 있었다.

"태자 전하께서 어디 계신다고?"

"예. 염전골에 계시다고 했습네."

"거기가 어데냐? 앞장서라."

"예. 마석 장군도 곧 나오실 겁네다. 기러니 같이 가시자우요."

"기래, 기러자."

대답은 그렇게 해놓고도 을지광 장군은 벌써 나루로 발을 옮기고 있었다.

"가, 가자."

마침내 마석 장군도 칼을 들고 나왔다.

"율폰가 거기서 염전골까디는 얼마나 걸리네?"

막 나루로 길을 잡는데 을지광 장군이 갔던 길을 되돌아오며 물었다.

"길을 잘 안다 해도 밤길이라 서너 점은 족히 걸립네. 기러고 우리가 배로 가믄 서너 각 안에 도착할 수 있습네다.”

“허허, 기래. 잘했다, 잘했어. 역시 내 아들들 머리 한 번 비상하구나.”

을지광 장군이 다소 안심한 듯 기분 좋게 웃었다.

“무사들은 멧 몇이나 되더냐?”

마석 장군의 물음에 이번엔 형이 대답했다.

“도합 열하나였습네다. 우두머리는 두치인가 하는 사람이었고……..”

“뭐? 두치? 또 그놈이란 말이네?”

을지광 장군이 놀라는 듯했다. 아마도 아는 사람인 모양이었다.

“아는 잡네까?”

마석 장군이 물었다.

“아니. 알지는 못하지만 이름은 여러 번 들어봤디. 중실휘 앞잡이로 온갖 나쁜 짓은 도맡아 하는 놈이다. 궁에 있던 놈인 모양인데 이름은 기억이 없네. 이번 보면 알게 되겠디.”

그러저런 얘기를 나누며 걷노라니 벌써 나루에 닿았다. 그리고 즉각 배에 올라 소금골로 향했다.

소금골에 도착하여 잘 아는 사공네 집을 찾아 태자에 대해 묻자 그는 선뜻 입을 열지 않았다. 그 대신 의혹의 눈초리로 광석 형제를 훑어보았다.

“와 기러네? 내래 황금 한 관을 혼자 다 처먹을까봐 기러네? 기런 일 없을 테니낀 날래 알려 달라. 태자 전하께서 위험해서 기래. 우린 태자 전하를 밀고하거나 해칠라는 게 아니라 보호할라는 기야. 기러니 걱졍 말라.”

광석이 상황을 설명해도 의심의 눈으로 바라보기만 할 뿐 알려줄 생각을 안 했다.

"내래 태자 전하를 모시던 을지광이라 하는데 내 이름은 들어봤네?"

참다 안 되겠는지 을지광 장군이 나섰다.

"예? 누구시라곱쇼?"

"을지광 장군이란 말일세. 을지광 대로라 하면 알갔나?"

을지광이 장군 보검을 앞으로 내밀며 말하자 보검을 알아본 사공이 넙죽 절하며 말했다.

"자, 장군! 장군 얼굴을 뵙게 되다니……. 쇤넨 오늘 죽어도 여한이 없습네다. 몰라 뵈서 죄송합네다."

"기래, 고맙네. 일이 급하니 태자 전하 처소를 좀 알려달라."

"예, 장군. 쇤네가 모시갔습네다."

그러더니 앞장서서 걷기 시작했다.

"내래 말해달란 말엔 들은 체도 않더니 장군 말에 넙죽 절하는 꼬라진 또 뭐네? 기렇게 사람 차별해도 되는 거네?"

심사가 뒤틀린 광석이 중얼대자 사공이 대꾸했다.

"농할 땔 가려서 해야디. 황금 한 관 들먹이는 놈한테 어띠 태자 전하 처솔 알려듀갔네? 내래 밸도 없는 놈이네?"

사공이 대차게 받자 마석 장군이 끼어들며 말했다.

"기래. 기래야디. 암, 기래야 하고 말고. 기게 바로 충이란 거디."

그 말에 사공이 우쭐대며 광석에게 농을 걸었다.

"들었네? 충이 뭔질? 넌 기래서 아직 멀었다는 기야."

"하, 이놈 보게. 지 혼자 충신일세. 난 목숨 걸고 무사를 따돌렸는데……."

"기래. 이렇게 훌륭한 충신들이 많아서 태자 전하께서 아딕까디 무사하신 거디. 자네들이야말로 충신 중의 충신일세."

을지광 장군이 감격스러운 말투로 두 사람을 칭찬했다.

농담을 진담으로 받는 을지광 장군의 말에 두 사람은 머쓱해서 더 이상 농담을 할 수 없었다. 괜히 자기 자랑하는 것 같아 입을 다문 채 걷기만 했다.

66

"태자 전하, 신 을지광 전하를 뵙습네다."

자다 깬 영을 향해 지광을 비롯한 일행이 절을 하자 영은 꿈인가 생신가 구별할 수 없었다. 꿈 치고는 너무 생생했고 현실 치고는 너무 뜻밖이라 헷갈리기만 했다. 을지광이 이 시각에 이곳 소금골까지 올 리가 없었다. 자신이 여기에 있다는 걸 알 턱이 없었다. 그러나 분명 을지광이었다. 다른 사람들은 낯설었지만 을지광만은 꿈에서도 잊을 수 없는 그 얼굴 그대로였다.

"대로께서 이 시각에, 어떻게 여길?"

영은 더 이상 말을 이을 수 없었다.

"전하, 시각이 없어 다 설명드릴 수 없으니 일단 자리를 피하신 후에 말씀드리갔습네다. 옷을 갈아입으시고 소신과 함께 가시디요."

"무슨 일입네까?"

"전하, 말씀은 가면서 드리기로 하고 날래 자릴 옮겨야갔습네다. 중실휘가 보낸 무사들이 곧 들이닥칠 겁네다. 기러니 날래 자릴 피하시는 게 좋갔습네다."

"중실휘가 보낸 무사?"

"기러하옵네다. 기러니 날래 옷을 입으시디요."

"아, 알갔습네다. 기럼 잠시만 기다리시라요."

영은 바우가 입혀주는 대로 옷을 입은 후 밖으로 나서려다 말고 바우에게 말했다.

"돈도 다 챙기라. 중실휘가 알았다믄 여기 있디 못할 기야."

"예. 알갔습네다."

바우가 부산스럽게 챙기는 소리를 들으며 영은 밖으로 나섰다. 밖에는 구명석과 을지광, 그리고 마석 일행이 준비를 마치고 기다리고 있었다. 그리고 그들이 안내를 받으며 을지광의 집으로 피신했다.

멈추지 않는 눈물로 그간의 사연을 나누느라 영과 지광, 마석, 구명석 그리고 바우와 광석 형제까지 저물녘까지 앉아 있었다. 그러는 중에도 영이 머물렀던 곳에 사람을 보내 살펴보게 했다.

한낮이 되자 무사들이 나타나 영을 찾다가 영이 없어진 걸 알고 집을 때려 부수더란다. 그런 후 마을을 돌며 수소문했고. 그래도 영을 찾을 수 없자 집으로 들어간 후 이렇다 할 움직임을 보이지 않는다고 했다.

보고를 받은 영은 을지광에게 범포 얘기를 했다. 그러자 을지광이 깜짝 놀라며 물었다.

"범포 그 사람이 아직 살아 있단 말입네까? 범포가 분명합네까?"

"예. 범포가 분명합네다."

"긴데 어떻게 그 사람이 해적 두목이 됐단 말입네까?"

영은 범포에게서 들은 얘기와 자신을 모시기 위해 몇 번이나 찾아왔다는 사실을 전했다.

영의 얘기를 듣는 내내 을지광은 뭔가를 골똘히 생각하는 듯싶었다. 그리고 영이 말을 마치자 무겁게 입을 열었다.

"이제 태자 전하의 거쳐를 안 이상 중실휘며 계비가 가만 있지 않을 거우다."

그러면서 중실 일가가 태자를 도우려던 사람들이나 자신과 관련된 사람들을 얼마나 철저히 파괴했는지를 얘기했다. 자신과 함께 태자 탈출을 도우려했던 사치근沙馳勤을 암살한 후 그 가족과 일가, 사치근과 친분 관계가 있는 사람들의 씨를 말려버렸다고 했다. 냇골[川谷] 송암네도 예외가 아니라 했다. 송암 가족과 일가, 냇골과 그 주변을 완전히 파괴해 흔적마저 없애버렸다고 했다. 그런 중실휘와 계비의 속성을 누구보다 잘 알기에 자신도 사병들이며 노복들을 다 돌려보낸 후 혼자만 가족들을 이끌고 왔노라고.

"기렇다고 지금 상황에서 중실과 대적할 수도 없습네다. 이미 고구려는 중실들의 나라가 됐으니낀 말입네다."

을지광이 무겁게 말을 마치자 방 안은 찬물을 끼얹은 듯 가라앉았다.

선발대로 온 두치 일당을 해치우는 건 일도 아니었다. 문제는 그후였다. 두치 일행이 당한 걸 알면 중실휘며 그 뒤에 똬리를 틀고 있는 계비가 가만히 있을 리 없었다. 대규모 군사들을 이끌고 와서 소금골을 비롯한 바닷가 일대를 초토화시킬 것이었다. 그리되면 권력과는 아무런 연관이 없는, 바다에 기대어 모진 목숨을 연명하고 있는, 아무 죄도 없는, 회포 백성들이며 주변 마을 백성들만 피해를 입을 건 너무나 자명한 일이고.

영이 이러지도 저러지도 못해 속을 끓이고 있자니 을지광이 옆에 앉은 마석에게 조용히 물었다.

"마석이, 우리도 이 탬에 섬으로 들어가는 게 어뜧겠네?"

그러자 마석이 기다렸다는 듯이 대답했다.

"안 기래도 내일 날이 밝으면 광석이넬 섬으로 보낼 참이었습네다. 광석이네 배론 부족할 테니 배 좀 보내라고 우리래 힘을 합티므 무슨 일이든 못하갔습네까?"

"기래, 잘 생각했네. 고맙네."

"일 없습네다. 기러고 태자 전하를 곁에서 모실 수만 있다믄 지옥인들 못 가갔습네까?"

두 사람의 의기투합을 옆에서 보고 있자니 영의 가슴이 찌잉 울었다. 예리하게 벼리고 벼린 칼을 휘둘렀을 때 울리는 칼의 울음소리 같은 것이었다. 그건 구명석이 자길 찾아왔을 때와는 또 다른 울림이었다. 망설임 없이, 자신의 망설임을 알고 먼저 나서주는 그들을 보고 있노라니 울컥하지 않을 수 없었다.

마음을 가라앉힌 영은 마음을 정했다. 구명석뿐만 아니라 을지광과 마석도 모두 한목소리로 섬으로 들어가자는데 영 혼자 거부할 수 없었다. 더 이상 망설이는 건 자신을 위해 모든 걸 바쳐온, 바치려는 사람들에 대한 도리가 아닐 것이었다.

영은 젖은 눈으로 을지광과 마석을 바라보았다. 영의 젖은 눈과 마주치자 두 사람은 조용히 고개를 숙여버렸다. 하여 그런 모습을 역시 젖은 눈으로 바라보는 구명석과 바우를 향해 고개를 끄덕여 주었다.

<1권 끝. 2권에서 계속>

| 지은이소개 |

**이성준**李成俊
1962년 제주 조천朝天에서 태어났다.
조실부모하여 괄시와 천대 속에서도 어머니의 지난한 삶을 세상에 알리겠다는 옹골찬 각오로 대학에 진학하여 국문학을 전공했고, 능력과 재주는 없지만 글 쓰는 일을 게을리 하지 않았다.
그러나 위대한 삶의 명령을 거역하지 못하여 국어교사의 길로 들어서게 되었고, 글과는 일정한 거리를 둔 채 20여 년을 살았다. 그러는 와중에도 글에 대한 열정을 다 버리지는 못해 시집『억새의 노래』,『못난 아비의 노래』,『나를 위한 연가』를 출간하기도 했다.
2010년, 더 이상 글과 먼 삶을 살 수 없어 학교를 그만두고 본격적으로 글을 쓰기 시작해 창작본풀이『설문대할마님, 어떵 옵데가?』, 시집『발길 닿는 곳 거기가 세상이고 하늘이거니』, 소설집『달의 시간을 찾아서』, 장편소설『탐라, 노을 속에 지다 1·2』,『해녀, 어머니의 또 다른 이름 1·2』를 펴냈다.
그리고 이제 10년 가까이 준비해온 대하소설『탐라의 여명—되살아나는 삼성신화』를 세상에 내놓는다.

# 탐라의 여명 1

되살아나는 삼성신화

초판 인쇄  2021년  1월  14일
초판 발행  2021년  1월  22일

지 은 이 | 이성준
펴 낸 이 | 하운근
펴 낸 곳 | 學古房

주      소 | 경기도 고양시 덕양구 통일로 140 삼송테크노밸리 A동 B224
전      화 | (02)353-9908 편집부(02)356-9903
팩      스 | (02)6959-8234
홈페이지 | http://hakgobang.co.kr/
전자우편 | hakgobang@naver.com, hakgobang@chol.com
등록번호 | 제311-1994-000001호

ISBN 979-11-6586-129-2 04810
       979-11-6586-128-5 （세트）

값 : 17,000원

이 도서는 한국출판문화산업진흥원의 '2020년 출판콘텐츠 창작 지원 사업'의 일환으로 국민
체육진흥기금을 지원받아 제작되었습니다.